A coleção de arrependimentos de Clover

Mikki Brammer

A coleção de arrependimentos de Clover

Tradução: Erika Nogueira Vieira

GLOBOLIVROS

Título original: *The Collected Regrets of Clover*

Editora responsável: Amanda Orlando
Assistente editorial: Isis Batista
Preparação de texto: Luisa Tieppo
Revisão: Priscila Thereso, Raïtsa Leal e Bianca Marimba
Diagramação: Alfredo Loureiro
Capa: Renata Zucchini

1ª edição, 2023

CIP-BRASIL. CATALOGAÇÃO NA PUBLICAÇÃO
SINDICATO NACIONAL DOS EDITORES DE LIVROS, RJ

B811c
Brammer, Mikki
A coleção de arrependimentos de Clover / Mikki Brammer ; tradução Érika Nogueira Vieira. - 1. ed. - Rio de Janeiro : Globo Livros, 2023.
320 p. ; 23 cm.

Tradução de: The collected regrets of Clover
ISBN 978-65-5987-136-0

1. Romance australiano. I. Vieira, Érika Nogueira. II. Título

23-82885 CDD: 828.99343
CDU: 82-31(94)

Gabriela Faray Ferreira Lopes - Bibliotecária - CRB-7/6643

Direitos exclusivos de edição em língua portuguesa para o Brasil
adquiridos por Editora Globo S. A.
Rua Marquês de Pombal, 25 — 20230-240 — Rio de Janeiro — RJ
www.globolivros.com.br

I

Quando vi alguém morrer pela primeira vez, eu tinha cinco anos.

O sr. Hyland, meu professor do jardim de infância, era um homem animado e gorducho, com uma careca brilhante e um rosto absolutamente redondo que me lembravam da lua. Uma tarde, durante a hora das histórias, meus colegas e eu estávamos sentados de pernas cruzadas no carpete áspero, encantados com seu jeito teatral de contar *Pedro Coelho*. Eu me lembro de como suas coxas rechonchudas se esparramavam para fora das bordas da cadeira de madeira infantil na qual ele estava sentado. Suas bochechas também estavam mais rosadas do que o comum, mas quem poderia culpá-lo por se empolgar com uma bela trama de Beatrix Potter.

Quando a história chegou ao clímax, no momento em que Pedro Coelho perdeu sua jaqueta fugindo do malvado sr. McGregor, o sr. Hyland se deteve, como se fosse uma pausa para causar um efeito. Nós olhamos para ele, com o coração martelando de expectativa. Mas, em vez de retomar a história, ele fez um som parecido com um soluço e seus olhos se esbugalharam.

Então, como uma sequoia cortada, ele desabou no chão.

Nós continuamos sentados sem nos mexer, os olhos arregalados, sem ter certeza se o nosso querido professor estava apenas pesando um pouco a mão no jeito dramático com que costumava contar histórias. Então, quando ele não se mexeu depois de uns bons minutos — nem sequer para piscar os olhos abertos — a sala explodiu com todo mundo gritando em pânico.

Todo mundo menos eu, na verdade.

Eu me aproximei o bastante do sr. Hyland para ouvir a última lufada de ar sair de seus pulmões. Enquanto o pandemônio ecoava pelo corredor e outros professores corriam até nossa sala, eu fiquei ali junto dele, segurando sua mão calmamente enquanto o último rubor vermelho desaparecia de seu rosto e seus lábios ficavam meio azulados.

A escola recomendou que eu recebesse acompanhamento depois do "incidente". Mas meus pais, que eram um pouco mais do que egocêntricos, não notaram nenhuma mudança significativa em meu comportamento. Eles me compraram um sorvete, passaram a mão na minha cabeça e — seguindo o raciocínio de que sempre fui um pouco estranha — julgaram que eu estava bem.

Em geral, eu estava bem. Mas desde então passei a me perguntar quais últimas palavras o sr. Hyland gostaria de ter dito, se elas não tivessem sido sobre as travessuras de um coelho muito levado.

2

Eu não pretendia ficar enumerando quantas pessoas eu vi morrer depois do sr. Hyland trinta e um anos atrás, mas meu subconsciente era um contador diligente. Sobretudo porque eu estava chegando a um marco impressionante — hoje o registro bateu noventa e sete.

Fiquei na Canal Street observando as lanternas traseiras do carro funerário se perderem no tráfego. Como uma corredora que acabara de passar o bastão, meu trabalho estava terminado.

Em meio à fumaça de escapamento e à mistura pungente de peixe seco e tamarindo, o cheiro da morte ainda se demorava nas minhas narinas. Não estou falando do odor de um corpo em decomposição — nunca tive que lidar com isso de fato. Só fiquei com os moribundos enquanto eles pairavam no limiar entre este e o outro mundo. Estou falando daquele outro perfume, o cheiro distinto de quando a morte é iminente. É difícil descrever, mas é parecido com aquela mudança imperceptível entre o verão e o outono, quando de algum jeito o ar está diferente, mas você não sabe o porquê. Eu tinha me aclimatado com aquele cheiro durante os anos em que fui doula da morte. Era assim que eu sabia se alguém estava pronto para partir. E se os entes queridos estivessem por lá, eu os avisava que era a hora de se despedir.

Mas naquele dia não havia entes queridos. Você ficaria surpreso com a frequência com que isso acontece. Na verdade, se não fosse por mim, pelo menos metade dessas noventa e sete pessoas teriam morrido sozinhas. Pode até ser que haja quase nove milhões de pessoas morando aqui, mas Nova York é uma cidade de gente solitária e cheia de arrependimentos. O meu trabalho é tornar os momentos finais dessas pessoas um pouco menos solitários.

Uma assistente social me designou para Guillermo há um mês.

— Tenho que te avisar — disse ela ao telefone. — Ele é um daqueles velhos cheios de raiva e amargura.

Eu não ligava — isso costumava significar apenas que a pessoa estava assustada, solitária e sentindo que não é amada. Então, quando Guillermo mal me cumprimentou nas primeiras visitas, eu não levei para o lado pessoal. Depois, ao me atrasar para a quarta visita porque sem querer tinha me trancado do lado de fora do meu apartamento, ele me lançou um olhar choroso quando me sentei junto de sua cama.

— Achei que você não vinha — disse com o desespero silencioso de uma criança esquecida.

— Eu prometo que isso não vai acontecer — respondi, apertando sua mão enrugada e áspera entre as minhas.

E eu sempre cumpro minha palavra. Guiar uma pessoa à beira da morte nos últimos dias de sua vida é um privilégio, sobretudo quando você é a única coisa que ela tem para se agarrar.

Flocos de neve giravam erráticos quando deixei a abarrotada quitinete de Guillermo em Chinatown para andar até minha casa. Eu poderia ter pegado o ônibus, mas sempre parecia desrespeitoso voltar logo à rotina da vida quando alguém acabava de perder a sua. Eu gostava de sentir a brisa gelada beliscando minhas bochechas enquanto caminhava, de ver a nuvem se materializar e depois sumir a cada vez que eu expirava — confirmações de que eu ainda estava aqui, ainda estava viva.

Para alguém tão acostumada a testemunhar a morte, eu sempre me sentia um pouco desorientada depois. Uma pessoa estava aqui na Terra e, de repente, se foi. Para onde, eu não sabia — era bastante agnóstica quando se tratava de questões espirituais, o que me ajudava a dar espaço para as crenças de cada um de meus clientes. Onde quer que estivesse, eu esperava que Guillermo tivesse conseguido deixar sua amargura para trás. Pelo que pude perceber, ele não estava em bons termos com Deus. Havia um pequeno crucifixo de madeira pendurado ao lado de sua cama de solteiro, com as bordas do papel de parede rasgado e amarelado sobre seus cantos. Mas Guillermo nunca olhou diretamente para ele em busca de conforto; disparava olhares sorrateiros, como se estivesse evitando o olhar escrutinador de uma figura de autoridade. A maior parte do tempo, ele ficava de costas para o crucifixo.

Durante as três semanas que passei fazendo visitas a Guillermo, decorei os detalhes do lugar onde ele vivia. A espessa camada de fuligem do lado de fora da única janela que abafava a luz do dia, tornando o espaço convenientemente sombrio. O guincho penetrante de metal contra metal da estrutura da cama decrépita toda vez que ele mudava de posição. A corrente de ar gelada que vinha de toda parte e de lugar nenhum. Os ocupantes esparsos dos armários da cozinha — uma xícara, uma tigela, um prato —, provas de uma vida de solidão.

Guillermo e eu provavelmente só trocamos um total de dez frases durante aquelas semanas. Não precisávamos dizer nada além disso. Eu sempre deixo a pessoa à beira da morte tomar a iniciativa — decidir se quer preencher seus últimos dias com conversas ou se deleitar em silêncio. Elas não precisam verbalizar sua decisão; dá simplesmente para perceber. Cabe a mim permanecer calma e presente, deixando que elas preencham seu espaço enquanto navegam por aqueles últimos momentos preciosos de vida.

Só que o mais importante é nunca desviar o olhar da dor de alguém. Não apenas a dor física de um corpo deixando de funcionar, mas a dor emocional de ver sua vida acabar, quando você sabe que poderia ter vivido melhor. Dar a alguém a chance de ser visto em seu estado mais vulnerável é uma cura muito melhor do que qualquer palavra. E foi uma honra fazer isso — olhar nos olhos delas e reconhecer sua dor, deixá-la existir sem diluição — mesmo quando a tristeza era esmagadora.

Mesmo quando meu coração estava em frangalhos por elas.

O aquecimento do meu apartamento era quase sufocante comparado ao da quitinete de Guillermo. Eu me livrei do casaco e o equilibrei sobre a massa de roupas de inverno no cabideiro junto da minha porta de entrada. O móvel protestou, mandando meu casaco de lã para uma pilha amarrotada no chão. Deixei assim, dizendo a mim mesma — como fiz com a maior parte da bagunça que se acumulava no meu apartamento — que eu cuidaria daquilo mais tarde.

Para ser justa, nem toda a bagunça era culpa minha. Eu herdei o invejável apartamento de dois quartos do meu avô depois de sua morte. Bem, tecnicamente, eu estava na escritura desde criança. Foi uma jogada esperta da parte dele, para garantir que nenhuma burocracia imobiliária da cidade de Nova York pudesse me defraudar da minha legítima herança. Por dezessete anos, nós dividimos o apartamento do terceiro andar em um prédio de tijolinhos aparentes que parecia relativamente mal-amado ao lado dos vizinhos bem cuidados de West Village. Meu avô já havia partido fazia mais de treze anos, mas eu ainda não conseguia me forçar a fazer uma triagem dos pertences dele. Então, aos poucos, fui colocando minhas próprias coisas nos raros espaços entre as dele. Por mais estúpido que possa parecer, manter tudo exatamente como ele deixara me proporcionava aquela lasca de esperança de que talvez meu avô chegasse em casa a qualquer momento.

Aquecendo as mãos ao redor de uma xícara fumegante de chá Earl Grey, eu estava parada na frente das minhas estantes, cheias de livros de biologia do meu avô, atlas mofados e romances de navegação. Encravados entre eles, três cadernos surrados se destacavam, não tanto pela aparência, mas pela única palavra inscrita na lombada de cada um deles. No primeiro, ARREPENDIMENTOS; no segundo, CONSELHOS; no terceiro, CONFISSÕES.

Além dos meus animais de estimação, essas eram as coisas que eu salvaria em caso de incêndio.

Desde que comecei a trabalhar como doula da morte, eu tinha o mesmo ritual: documentar as palavras finais dos meus clientes antes que eles tivessem deixado de respirar. Era como se fosse o meu dever sagrado, sobretudo quando eu era a única outra pessoa junto deles. E, mesmo quando esse não era o caso, os membros da família geralmente estavam consumidos demais pela dor para pensar em registrar essas coisas. Minhas emoções, por outro lado, estavam sempre muito bem escondidas.

Deixando o chá de lado, fiquei na ponta do pé para alcançar o caderno intitulado CONFISSÕES. Fazia um tempo que eu não tinha a oportunidade de acrescentar uma entrada a ele. Ultimamente parecia que todo mundo tinha vivido a vida com arrependimentos.

Então me acomodei no sofá e passei as folhas do caderno com capa de couro até chegar a uma página limpa. Em meu garrancho compacto, escrevi o nome de Guillermo, o endereço dele, a data do dia de hoje e a confissão que ele fizera.

Eu não estava esperando, para ser sincera — sentia que ele estava indo embora e pensei que já estivesse inconsciente. Mas então os olhos dele se abriram e ele pôs a mão no meu braço. Sem ser dramático, mais como se ele estivesse prestes a sair pela porta e tivesse esquecido de me dizer alguma coisa.

— Eu matei o hamster da minha irmã sem querer quando eu tinha onze anos — ele sussurrou. — Deixei a porta da gaiola aberta para irritá-la e então ele sumiu. Nós o encontramos três dias depois preso entre as almofadas do sofá.

Assim que as palavras saíram de sua boca, o corpo dele relaxou com uma leveza serena, como se estivesse boiando em uma piscina.

Depois ele se foi.

Eu não conseguia deixar de pensar naquele hamster enquanto meus próprios animais de estimação se juntavam ao meu redor no sofá naquela noite. George, o buldogue rechonchudo que encontrei revirando as lixeiras no andar de baixo seis anos atrás, pousou o queixo molhado em meu joelho. Os gatos Lola e Lionel, irmãos malhados que resgatei de uma caixa deixada na porta da igreja na Carmine Street ainda filhotes, iam e vinham roçando em meus tornozelos, formando um oito. A maciez da pelagem deles me acalmou.

Procurei não imaginar se o hamster tinha sofrido. Eram criaturas muito frágeis, então provavelmente não precisou de muito. Pobre Guillermo, carregando essa culpa por cinquenta anos.

Dei uma olhada no celular, equilibrado no braço desbotado do sofá. As únicas vezes que ele tocava — sem contar as ligações automáticas sobre seguro de carro e auditorias falsas de imposto de renda — era quando alguém queria me contratar. Socialização era um conceito que eu nunca tinha dominado de fato. Não que eu fosse contra a ideia de amizade; só parecia não valer a pena se pensasse no trabalho que daria. Quando você é filha única criada por um avô introvertido, aprende a apreciar a própria companhia. E se você não se aproximar das pessoas, não pode perdê-las.

Ainda assim, às vezes eu me perguntava como tinha chegado a esse ponto: trinta e seis anos, e toda a minha vida girava em torno de esperar estranhos morrerem.

Saboreando o vapor de tangerina do chá, fechei os olhos e deixei meu corpo relaxar pela primeira vez em semanas. Conter as emoções o tempo todo é um pouco exaustivo, mas é o que me torna boa no que faço. É responsabilidade minha sempre permanecer plácida e equilibrada para meus clientes, mesmo quando eles estão assustados e em pânico e não sabem como se render. Eu me recostei nas almofadas do sofá e os sentimentos começaram a descongelar, permitindo que o peso da tristeza se instalasse em meu peito e que uma ânsia apertasse meu coração.

Existe uma razão por que eu sei que esta cidade está cheia de gente solitária.

Eu sou uma delas.

3

Em geral, quando um serviço terminava, eu passava o dia seguinte correndo atrás das tarefas domésticas mundanas que eu havia negligenciado enquanto trabalhava. Tarefas domésticas e contas pareciam bastante inconsequentes quando alguém estava morrendo.

Três semanas de roupa suja se acumulavam no cesto que eu carregava para o porão. Meu avô não tinha só me legado o raro tesouro de um apartamento, mas um apartamento em um prédio com lavanderia. Uma das maneiras pequenas, porém infinitas, que ele encontrou para facilitar minha vida, mesmo quando não estava mais aqui, foi me salvar do fardo nova-iorquino de ir a pé até a lavanderia.

Enquanto voltava para o andar de cima, parei na caixa de correio para liberar a enxurrada de envelopes e catálogos que sempre aguardavam minhas visitas esporádicas. Eu raramente recebia algo que valesse a pena ler.

— De férias de novo, garota? — uma voz rouca chamou da escadaria.

A passada arrastada que a acompanhava era tão familiar quanto a própria voz. Leo Drake era um homem de cinquenta e sete anos muito vivaz quando fui morar com meu avô aos seis anos de idade, e as décadas seguintes mal deixaram sua marca, a não ser nos cabelos dele, que estavam um pouco mais esbranquiçados, e em seu caminhar, um pouco mais lento.

Ele também ainda era meu único amigo.

— Acho que poderíamos colocar nesses termos — respondi, esperando que ele descesse os últimos degraus. — Mas eu ia preferir a praia à lavanderia.

Alto e esbelto, com maçãs do rosto salientes, a idade de Leo só aumentou sua elegância. Eu ficava fascinada com o modo como os gostos quanto à moda das pessoas idosas tendiam a permanecer congelados em determinada era, geralmente a fase de seus trinta ou quarenta anos. Muitas vezes, eram motivos econômicos — por que comprar roupas quando você já tinha tantas —, mas para a maioria parecia estar relacionado à nostalgia daquilo que eles consideravam seus dias de glória. À época em que a porção maior de sua vida estava adiante deles, e não para trás. O estilo de Leo ainda estava firmemente plantado na alfaiataria marcada dos anos 1960: colarinhos engomados, lapelas com recortes, lenços de bolso feitos de linho e, quando a ocasião exigia, um chapéu de abas estreitas que ele adorava. Eu nunca o tinha visto desgrenhado, mesmo se ele estivesse indo tarde da noite ao mercadinho da esquina comprar leite. Provavelmente tinha sido assim desde quando ele trabalhava na Madison Avenue. Mesmo tendo ele sido relegado à sala de correspondência, isso não impediu seu olhar astuto de registrar cada floreio de alfaiataria dos homens para os quais, como homem negro, ele era praticamente invisível. E quando Leo finalmente teve os meios, imitou — e apurou — esse estilo para torná-lo sua marca.

Hoje Leo só estava verificando a correspondência e vestia camisa de botão e calça vincada. Um contraste evidente com minha calça de moletom e meu suéter largo de lã. Se minha teoria estivesse correta, meu legado de estilo não parecia promissor. Mas sem dúvida esses não eram os meus dias de glória — precisava ser mais do que passar o tempo vendo as pessoas morrerem, certo?

— E quando vai ser nossa revanche? — Leo sorriu maliciosamente, colocando a chave na caixa de correio.

Meu avô me ensinou a jogar mahjong assim que vim morar com ele. Levei quatro anos para finalmente conseguir ganhar dele — ele se recusou a me deixar levar de propósito, insistindo que isso não me ajudaria em nada.

— A vida é difícil, Clover — ele dizia enquanto eu ficava sentada desanimada e derrotada. — Mas dê duro e você vai acabar triunfando.

Eu ainda esperava que ele estivesse certo. Embora não tivesse certeza do que esse triunfo deveria ser.

Leo se tornou o adversário regular do meu avô depois que eu fui para a faculdade, e então manteve a tradição comigo quando voltei depois que ele morreu. Dispomos de uma rivalidade acalorada nos últimos treze anos.

— O que você acha de domingo que vem?

Vasculhando minha correspondência, encontrei apenas uma única carta que valia a pena abrir — um cheque da família de um homem com leucemia para quem trabalhei alguns meses atrás. Como Guillermo, ele tinha deixado o mundo com uma amargura inabalável que ainda me acompanhava. Você não pode obrigar alguém a ter uma boa morte, não importa o quanto tente.

— Está combinado — disse Leo, acenando com a aba de seu chapéu imaginário. Ele indicou o segundo andar. — Está sabendo que vamos ter um novo vizinho? Chega na próxima semana. Espero que sejam mais falantes do que o último pessoal.

Droga. Eu tinha esperanças de que o apartamento do segundo andar — que antes era o lar de um recluso casal finlandês — ficasse vazio por mais algum tempo. Ao contrário de Leo, eu gostava do fato de nosso relacionamento de vizinhança com os finlandeses ser limitado a acenos de cabeça educados e olás superficiais.

Leo tinha um jeito especial para conseguir fofocas da vizinhança antes de chegarem à boca do povo. No caminho de volta para o andar de cima, ele me contou todos os outros mexericos que tinha ouvido desde a última vez que havíamos nos falado. O drama da hospedagem do Airbnb no prédio ao lado, o divórcio confuso mais para o fim da rua, o restaurante caro demais fechado por infrações sanitárias. Soberano da conversa fiada, Leo passava grande parte do tempo nos quarteirões das redondezas, conversando com quem estivesse disposto a dar papo. Eu sempre me perguntei por que nós dois nos dávamos tão bem. Uma clássica atração de opostos, provavelmente.

A porta do apartamento vazio do segundo andar estava entreaberta enquanto subíamos a escada que rangia. Pela fresta, avistei um amontoado de latas de tinta no piso de madeira e um rolo aninhado em sua bandeja ali perto, pronto para ser usado. Leo fofocava, alheio, e o peso da inquietação se instalava no meu estômago.

Vizinhos novos eram inevitáveis em Nova York e eu suportei vários. Mas toda vez que um desconhecido se mudava para o meu prédio, ainda era como uma intrusão pessoal. No meu espaço. Na minha rotina. Na minha solidão. Significava uma nova personalidade para decifrar, novos rituais de cumprimento para estabelecer, novas peculiaridades para acomodar. Um vizinho novo significava imprevisibilidade.

E eu odiava surpresas.

4

O DIA EM QUE SOUBE QUE MEUS PAIS TINHAM MORRIDO foi o mesmo dia em que fiquei sabendo que os porcos rolam na lama para se proteger de queimaduras de sol.

Era hora do almoço de uma terça-feira na primeira série. Eu estava sentada junto ao pé do carvalho solitário no pátio da minha escola, entre duas raízes retorcidas que se estendiam como dedos artríticos. Era lá que eu passava a maior parte do horário de almoço lendo, enquanto meus colegas faziam barulho brincando ali por perto. Naquele dia, eu estava mergulhada em um livro sobre fatos do mundo animal.

O primeiro sinal de que alguma coisa não estava certa foi quando vi a diretora, a senhora Lucas, cruzando o parquinho e vindo diretamente na minha direção. O movimento de seu cabelo volumoso combinava com o ritmo da passada decidida e ela segurava firme seu blazer de poliéster com um ar de importância. Minha nuca formigava como se um inseto estivesse correndo sobre a pele, mas quando passei a mão, não tinha nada lá.

Logo atrás da senhora Lucas, em uma formação em V, estavam minha professora da primeira série e a terapeuta da escola. Como o trio parecia estar em uma missão, pousei o livro no colo com calma e esperei que elas chegassem até o carvalho.

— Clover, minha querida. — A melopeia enjoativa da sra. Lucas parecia suspeita, escorregadia, o tom que os adultos usavam quando precisavam que você cooperasse. Ela se inclinou para a frente com afetação, com as mãos cuidadosamente postas entre as rótulas em posição de oração invertida. — Você poderia vir com a gente até a minha sala, por favor?

Olhei de uma mulher para a outra que ladeavam a sra. Lucas e notei seus sorrisos graves. Fiquei me perguntando se alguma coisa que eu tinha feito naquele dia me renderia algum tipo de castigo. Será que eu tinha quebrado uma regra sem querer? Eu tentava dar o meu melhor para ser boa. Talvez eu tivesse me esquecido de devolver um livro à biblioteca.

Sentindo-me ligeiramente em desvantagem, continuei entre as raízes da árvore, grata por seu abraço protetor.

— Queria ficar aqui embaixo da árvore — respondi, silenciosamente emocionada com meu pequeno ato de rebeldia. — Ainda estamos no horário do almoço.

A sra. Lucas franziu a testa.

— Bem, sim, eu sei que o dia está lindo e ensolarado, mas tem uma coisa que eu, a gente, gostaria de conversar com você e acho que é melhor se for lá dentro.

Levei minhas opções em conta. Não parecia que a sra. Lucas e suas guarda-costas de jaleco iam me deixar em paz. Eu me levantei relutante, entreguei o almanaque animal para a diretora enquanto limpava os galhos da minha saia xadrez plissada e comecei a caminhar obedientemente rumo ao prédio da escola.

— Boa menina, Clover — disse a sra. Lucas, devolvendo-me o livro e seguindo atrás de mim.

Na sala da diretora, tive que me içar para conseguir me sentar na cadeira giratória de madeira. Eu estava sentada com as pernas penduradas longe do piso de linóleo, e as molas antigas debaixo do assento de couro espetavam desconfortavelmente minhas coxas esqueléticas.

O trio de rostos sombrios estava sentado diante de mim, ainda sem revelar a razão pela qual tinham me levado até ali. Elas trocaram olhares, como se estivessem tirando palitinhos em silêncio para ver a quem caberia a tarefa desagradável.

Ao que parecia, a terapeuta ficou com o mais curto. Ela respirou fundo, prestes a falar, então fez uma pausa enquanto reconsiderava as palavras.

— Clover — ela disse por fim. — Eu sei que seus pais estavam viajando de férias.

— Na China — acrescentei, prestativa. — É de lá que vêm os pandas. — Eu segurava o livro contra o peito como um tesouro precioso.

— Sim, imagino que sim. Isso é muito inteligente da sua parte.

— Os pandas comem bambu. E eles pesam mais de noventa quilos — eu disse, esperando consolidar minha esperteza para os adultos enquanto estava com sua atenção cativa. — Minha mãe e meu pai vão voltar para casa daqui a dois dias. Eu estou contando. — Eu esperava que eles não se esquecessem de me trazer um presente como fizeram da última vez, quando foram para Paris.

A terapeuta pigarreou e mexeu no broche elegante pregado em sua blusa.

— Pois é, sobre isso. Eu sei que seus pais deveriam voltar para casa na quinta-feira, mas aconteceu… um acidente.

Eu fiz uma careta, apertando ainda mais o livro.

— Acidente?

Minha professora se inclinou para a frente e deu uns tapinhas leves no meu joelho, seu conjunto de pulseiras baratas tilintando no pulso. As cores brilhantes me agradavam.

— Você está na casa de uma amiga da sua mãe, não é, Clover?

Eu balancei a cabeça com cautela e minhas orelhas começaram a queimar. Um comichão de suor abria aos poucos caminho entre o couro da cadeira e a parte de trás das minhas pernas. Os gritos de arruaça dos meus colegas pairavam janela adentro.

O sorriso desconfortável da minha professora era angustiante.

— Só que vai ficar com seu avô esta noite. Ele está vindo de Nova York para te buscar hoje à tarde. Não vai ser divertido?

Como eu só tinha passado uma ou outra tarde com meu avô materno ao longo da minha curta vida, me senti relativamente neutra em relação ao homem. Ele parecia legalzinho, ainda que não falasse muito e que ele e minha mãe meio que agissem como se não se conhecessem. Mas ele sempre me mandava um presente no meu aniversário — naquele ano tinha sido o livro de animais que eu estava segurando no colo. Talvez ele me trouxesse alguma outra coisa.

— Por que não posso ficar com a senhorita McLennan?

A velha solteirona que morava a um quarteirão da casa dos meus pais não era uma anfitriã agradável, e a casa dela sempre cheirava a rosbife, não importava o que ela estivesse cozinhando. Mas, além de garantir que eu estivesse me alimentando e frequentando a escola, a senhorita McLennan me deixava com os meus botões, geralmente lendo sozinha no quarto em que me hospedava enquanto ela ficava no sofá forrado de plástico fazendo crochê. E como meus pais muitas vezes me deixavam na casa dela por semanas a fio, nós aprendemos a conviver pacificamente. Embora eu tenha certeza de que ela fazia isso em troca do maço de notas que meu pai sempre colocava na mão dela.

As professoras trocaram olhares desanimadores e se comunicaram em algum tipo de código secreto usando apenas as sobrancelhas, o que culminou em um grande suspiro da senhora Lucas.

— Clover, sinto muito dizer isso, mas os seus pais morreram. — As outras mulheres respiraram fundo, pasmas com a maneira dura que a diretora deu aquela notícia tão delicada.

Igualmente chocada, fiquei sentada, os olhos arregalados. As mulheres pairavam nervosas ao meu redor como se estivessem tentando prever o movimento de um animal selvagem.

Por fim, consegui sussurrar.

— Morreram...? Igual ao senhor Hyland?

Pensei no episódio de *Vila Sésamo* a que a escola fez a minha classe assistir depois da morte dramática do nosso professor, no qual Garibaldo enfrentou a morte do amigo, seu Hooper.

— Infelizmente sim, Clover — lamentou a senhora Lucas, tentando compensar sua revelação abrupta. — Eu sinto muito.

Sentada ao lado do meu avô enquanto o Metro-North trepidava de Connecticut em direção a Manhattan no finalzinho da tarde, eu me dei conta de que não tinha me despedido de nenhum dos meus colegas. Mas como eles quase nunca falavam comigo, talvez não tivesse problema. Eles provavelmente nem perceberiam que eu não estaria sentada entre eles amanhã.

Meu avô chegou à escola bem na hora em que o sinal ecoou pelos corredores no fim do horário de almoço, segurando a malinha azul-celeste que eu tinha levado para a casa da senhorita McLennan. Depois de uma breve conversa aos murmúrios com minhas professoras, que me esforcei para decifrar, meu avô me guiou solenemente até um táxi que esperava do lado de fora do portão da escola.

No caminho para a estação de trem, ele me deu apenas alguns detalhes sobre o acidente dos meus pais — tinha envolvido um barco velho, uma tempestade tropical e uma coisa chamada rio Yangtzé. Eu apenas acenei com a cabeça em resposta, secretamente me perguntando se meus pais tinham avistado algum panda nas margens daquele rio. Mas, à medida que eu observava os subúrbios passando sem parar do lado de fora da janela empoeirada do trem, a realidade começou a se infiltrar.

Morrer, eu sabia, significava que você nunca ia voltar. Daquele momento em diante, você só existia na memória das pessoas. Eu me lembrei da minha mãe me guiando impaciente porta afora na manhã em que eles foram para a China. E o beijo distraído que ela mandou na minha direção quando me deixou com a senhorita McLennan e me disse para "ser boazinha", enquanto se alvoroçava por causa de seu reflexo na janela do carro. Pode ser que meu pai tenha acenado para mim do banco da frente, mas eu não tinha certeza. Naquela manhã, como sempre, eles pareciam ter outras coisas em mente.

Eu também sabia que era importante chorar quando alguém morria — depois do ataque do coração do senhor Hyland, eu vi o bibliotecário soluçando no corredor. E quando meu avô e eu nos sentamos no trem, notei que ele passava o polegar debaixo dos olhos várias vezes e o secava na manga. Então eu esperei ansiosa a primeira lágrima cair dos meus próprios olhos e até fechei bem as pálpebras algumas vezes só para conferir.

Mas nenhuma lágrima tinha caído ainda.

Duas horas depois, saímos da estação Grand Central e demos com as garras escuras da noite, o vento frio roendo minhas bochechas e o caos do tráfego invadindo meus tímpanos. Era a minha primeira vez na cidade grande — eu não tinha certeza se estava gostando.

Tentando me firmar em meio à estranheza, agarrei a barra do casaco do meu avô enquanto ele erguia o braço no ar e assobiava. Deve ter sido algum tipo de truque de mágica, porque um táxi amarelo se materializou na nossa frente. Embora eu mal conhecesse meu avô, de alguma forma eu tinha certeza de que estava a salvo. Além da mala azul, ele era a única coisa familiar a que eu conseguia me aferrar.

A paisagem que passava correndo pela janela do táxi estava a mundos de distância do subúrbio repetitivo da viagem de trem: prédios enormes, luzes vibrantes, uma multidão de gente ziguezagueando na calçada. Eu me perguntava como é que o meu avô poderia estar ignorando tudo aquilo. Mas ele apenas mantinha o olhar fixo na parte de trás do assento à sua frente e murmurava alguma coisa sobre a necessidade de ir comprar leite de manhã.

Quando chegamos à uma casa estreita de tijolo aparente, meu avô entregou ao motorista um maço de notas cuidadosamente dobradas.

— Agradeça, Clover — ele me instruiu, enquanto abria a porta do táxi.

— Obrigada, senhor motorista.

O rabugento que cheirava a alho no banco da frente respondeu com um grunhido.

Dentro do prédio de tijolo à vista, contei cada passo em voz alta enquanto subíamos até o terceiro andar. Assim que anunciei o número treze, um homem de chapéu apareceu gingando escada abaixo. Meu avô pousou minha mala para apertar a mão do homem.

— Leo — disse ele. — Esta é a minha neta, Clover.

Leo lançou um olhar breve e solidário ao meu avô, então se abaixou e estendeu a mão para mim, seu sorriso largo pontuado por um único dente de ouro.

— Muito prazer, garota — disse ele, a luz do teto refletindo em seus olhos como raios de sol em uma garrafa fechada de coca-cola. — Bem-vinda ao prédio.

Apertei sua mão o mais forte que consegui, admirando o âmbar caloroso de sua pele.

— Muito prazer, senhor.

Leo deu um passo para o lado, lançando o braço escada acima como um lanterninha de teatro.

— Vou deixar você seguir seu caminho — disse ele, tirando o chapéu. — Mas espero ver vocês dois em breve.

No terceiro andar, observei o vovô examinar as chaves em um anel preso ao cinto, depois abrir a sucessão de fechaduras. Ele pendurava nossos casacos no cabideiro junto da porta, e eu olhava a sala com admiração. Prateleiras cobriam as paredes do chão ao teto, abundando com todo tipo de objeto — pedras preciosas, crânios de animais, máscaras tribais, criaturas em potes. Era como se o meu avô morasse no museu que eu tinha visitado no mês anterior em uma excursão da escola.

E agora eu também morava lá.

Depois de jantar feijão e torradas, e de só trocarmos algumas palavras, meu avô me levou para um quartinho no fim do apartamento. Uma mesa de madeira enorme ficava em um canto, com pilhas de papéis e livros alinhados como chaminés em cima dela. No outro canto havia uma cama de solteiro e uma mesinha de cabeceira com uma luminária verde e dourada, e um pequeno vaso com uma peônia solitária.

— Este vai ser o seu quarto — disse meu avô, então indicou as pilhas de livros. — Vamos dar um jeito nisso tudo amanhã.

Ele puxou a cadeira de madeira de encosto arredondado da mesa e colocou minha mala em cima dela. Seu vinil azul-celeste brilhava contra a paleta contida de mogno, couro e tweed da sala.

— Foi... um dia cheio. Se precisar de mim, vou estar na sala. — Ele me deu um tapinha firme na cabeça, depois, rapidamente voltou a colocar as mãos nos bolsos. — Boa noite, Clover.

— Boa noite, vô.

Eu fiquei no meio do quarto, assimilando a minha nova realidade. Será que eu tinha que escovar os dentes toda noite agora que morava na cidade? (A senhorita McLennan era uma entusiasta de dentes limpos.) Muitas coisas poderiam ser diferentes dali em diante. Quem é que ia me levar para a escola? Eu poderia pegar livros emprestados da biblioteca na minha nova escola? Será que ia ter um carvalho no pátio?

Eu decidi, para fazer um teste, "esquecer" de escovar os dentes naquela noite. Entrando nos lençóis, inspirei o cheiro de sabão em pó desconhecido condimentado com naftalina. A roupa de cama estava presa com tanta firmeza ao meu redor que era difícil virar para o lado, e imaginei que era como receber um abraço apertado. Mas como eu não tinha recebido muitos, não tinha certeza absoluta.

Estendi a mão para a mesinha de cabeceira e puxei devagar a borda da toalha descolorida para apanhar meu almanaque do mundo animal sem derrubar o vaso. Deitada no travesseiro empelotado, pousei o livro no peito e fui virando as páginas até a seção que indicava a letra P.

Satisfeita por saber tudo sobre os pandas, comecei a aprender tudo o que podia sobre os porcos.

5

A NÃO SER POR LEO, QUE ENCONTREI NA CAIXA DE CORREIO no dia seguinte à morte de Guillermo, dei um jeito de passar os cinco dias seguintes sem interagir com uma alma sequer. Mas a solidão prolongada sempre era algo volúvel. A princípio acalmava, me isolando do caos e das expectativas do ser humano. Depois, de uma hora para a outra, ia do rejuvenescimento ao isolamento entorpecente.

Sentada no sofá enquanto o sexto dia de reclusão se estendia, incapaz de me lembrar da última vez que tinha escovado os dentes ou lavado o cabelo, senti o começo dessa mudança. Era como o comichar denunciador na garganta antes da amigdalite.

O assalto dos sintomas começou como sempre, com o que eu costumava assistir. É claro, não há nada de errado em se perder em um filme romântico ou um programa de TV — é para isso que eles existem. Mas até eu sabia que havia um limite perigoso entre assistir a algo vicariamente e assistir para substituir emoções da vida real. O sinal de que eu estava à beira desse limite era sempre quando eu começava a assistir de maneira compulsiva, uma vez seguida da outra, às mesmas cenas românticas, tentando tirar mais da narrativa do que de fato havia ali — como se, na centésima repetição, uma nova cena pudesse aparecer num passe de mágica. Hoje eu assisti às partes mais românticas de *Da magia à sedução* pelo menos vinte vezes cada. Mas em vez da agradável onda de oxitocina que eu costumava experimentar assistindo a filmes, senti uma dor no peito, como se os picos de emoção e depressões de Sandra Bullock fossem na verdade meus.

Quando você cresce sendo filha única, aprende a viver em sua imaginação quase com tanta frequência quanto o faz na realidade. Ninguém pode decepcioná-la — ou abandoná-la — quando você está no controle da narrativa. Então, quando a constante repetição de uma história de amor não saciava mais minha dor, muitas vezes eu continuava o enredo como uma fantasia na minha cabeça, imaginando a vida das personagens muito depois que davam o beijo final e que os créditos passavam.

Era quando eu sabia que precisava sair de casa e voltar a me conectar com o mundo real.

Enquanto eu vestia o casaco com relutância, uma luz bruxuleava no apartamento do outro lado da rua. O crepúsculo ainda flertava com a luz do dia, então o reflexo do que restava do brilho do pôr do sol contra a janela tornava mais difícil do que o normal enxergar o interior. Mas ainda assim eu reconheci as duas figuras que tiravam seus casacos e se aninhavam no sofá. Nos quatro anos em que viviam diante de mim, Julia e Reuben não tinham fechado suas persianas nem uma vez sequer — eu não tinha nem certeza se eles tinham cortinas. Parecia ser menos um sintoma de exibicionismo e mais um fato de que eles estavam tão contentes em sua bolha particular que não pensavam em quem poderia estar assistindo de longe. Enquanto observava, me perguntava como devia ser estar tão envolvido com outra pessoa a ponto de o mundo do lado de fora não importar. Mas então a posição do sol mudou, lançando um reflexo quase ofuscante em meus olhos e acabando com minha visão da sala de estar deles.

Suspirando, baixei minhas persianas e me obriguei a sair.

Nunca concordei com aquela afirmação comum e problemática de Nova York ser um caldeirão cultural; Nova York para mim era mais parecida com uma sopa de legumes pedaçuda, em que geralmente as pessoas pairavam próximas umas das outras, sem interagir. Muitas vezes, no meio da semana, eu gostava de ir a uma sessão no cinema independente na Sexta Avenida ao lado de outros espectadores solitários — a coisa mais próxima que eu sentia de uma reunião de família. Espalhados em intervalos irregulares nas fileiras de assentos da sala como contas em um ábaco, podíamos ficar sozinhos juntos. E quando o projetor parava com um estalo e as luzes se acendiam, todos saíam de sua fileira e seguiam seu caminho solitário.

Mas, naquela noite, eu sabia que a ideia de assistir a um filme com o menor traço de romance — mesmo na companhia de mais gente — só incitaria meu comportamento compulsivo. Então, para me afastar da solidão, tomei o trem F em direção a Midtown, em direção ao único tipo de reunião social que eu realmente frequentava: o café da morte.

A primeira vez que fui a um café da morte, eu estava fazendo um mochilão na Suíça aos vinte e poucos anos e vi um panfleto meio rasgado colado em um poste, convidando os que passavam para um "*café mortel*". (Quem não ficaria tentado?) As reuniões casuais costumavam acontecer em restaurantes e tinham sido concebidas por um sociólogo suíço chamado Bernard Crettaz como forma de normalizar as discussões sobre morte. Completos estranhos se reuniam para ponderar sobre as complexidades da mortalidade enquanto comiam e tomavam vinho, e então seguiam seus próprios caminhos. Genial.

Desde então, a ideia evoluiu para uma rede informal de cafés da morte em todo o mundo, e eles começaram a brotar em Nova York nos últimos anos. Eu frequentava um a cada poucas semanas, confortada pelo equilíbrio da interação humana sem ter que investir muitas emoções. Além disso, se tinha um tema que eu sabia de cor era a morte.

O trem F abarrotado era um emaranhado de braços segurando as barras, rostos desviando de mochilas inesperadas e olhares evitando contato. A maioria das pessoas abominava a renúncia forçada do espaço pessoal, a sensação de outro corpo pressionado contra o seu. Eu achava levemente emocionante.

O trem parou na rua 34 e o mar de passageiros se abriu por um momento. Enquanto eu deslizava a mão pela barra, um homem magro de terno azul-marinho e casaco de tweed cinza se instalou ao meu lado, segurando um exemplar do *New York Times* dobrado. As portas se fecharam e os passageiros se apertaram, como se alguém tivesse puxado uma corda invisível ao redor deles, como um barbante em um feixe de gravetos. O embalo empurrou o homem para mais perto de mim, meu rosto estava a centímetros do meticuloso nó de sua gravata de seda listrada. Sentindo o calor de seu peito largo, fechei os olhos e inspirei a sedutora mistura de sândalo, transpiração e sabonete caro. Eu imaginei que ele envolvia os braços ao meu redor, colocando a mão no meu cabelo enquanto eu pressionava a bochecha em sua lapela. Meu coração inchou com a conexão.

— Esta. É. A. Rua 42. Bryant Park — ralhou a voz automática abruptamente pelo alto-falante. Arrancada da minha fantasia, segui devagar e relutante em direção às portas que se abriam.

O homem de terno azul-marinho não tirou os olhos do jornal. Mas enquanto eu me arrastava pelos degraus cheios de marcas de chiclete, imaginava que sentia o leve cheiro de sândalo em meu casaco.

6

O CAFÉ DA MORTE DAQUELA NOITE ACONTECEU NAS ENTRANHAS da Biblioteca Pública de Nova York. Eu evitava ir ao mesmo encontro de café da morte mais de uma vez em três meses. Mesmo que cada sessão atraísse novatos, também havia inevitavelmente os frequentadores que se agarravam a qualquer rosto familiar. Por sorte, havia vários cafés da morte espalhados pela cidade hoje em dia, de modo que era fácil continuar anônima.

A sala estava vazia quando cheguei, a não ser por um círculo de cadeiras de plástico pretas esperando por seus ocupantes. Eu nunca gostei da pressão de ser a primeira na sala. Isso significava que você tinha que cumprimentar cada pessoa que entrava e depois aguentar firme contra a ameaça de conversa fiada até que a reunião começasse. Assim, fui para junto das estantes que estavam próximas, fingindo que examinava os volumes bem organizados sobre engenharia aeronáutica.

Quando finalmente tomei meu assento no círculo, todas as outras cadeiras estavam ocupadas, exceto uma. Era fácil identificar os novatos; eles lançavam olhares rápidos e ficavam com as mãos inquietas de quem já ultrapassou há muito a zona de conforto. À medida que o relógio de parede ia aos trancos mostrando a hora que passava, a inquietação infestava a sala. A moderadora, uma italiana animada, bateu a pilha de papéis no joelho para indicar que era hora de começar. Eu não a tinha visto antes — teria me lembrado daquele nariz romano.

— Sejam bem-vindos — disse ela, radiante. — Meu nome é Allegra. — Fez uma pausa, notando um homem branco de trinta e poucos anos que olhava tímido para a sala.

— Olá, senhor! Está aqui para o café da morte? — Era normal que pelo menos uma pessoa tivesse que ser convencida a entrar na sala nessas reuniões.

Ele riu com nervosismo, se agarrando firmemente ao cachecol cinzento escuro.

— Acho que sim. Quer dizer, estou — disse ele. — Desculpe, cheguei um pouco atrasado. — Ele acenou com a cabeça penitente para todos.

— Bem, mas então que bom que guardamos um lugar para você — disse Allegra. Eu invejei a desenvoltura dela, o ar confiante que provinha de saber que você era muito amado. — Entre! Estamos começando agora mesmo.

O homem correu para a cadeira vazia e sentou-se sem tirar o casaco, ainda que a sala sem janelas fosse sufocante. O nervosismo óbvio dele parecia ampliar a inquietação de todas as outras pessoas, como uma reunião de correntes elétricas. Senti o impulso de atravessar a roda para acalmá-lo — meu instinto profissional entrando em ação, provavelmente —, mas resisti.

— Estou tão feliz por estar aqui com todos vocês para este café da morte — disse Allegra, e eu me perguntei como seu cabelo cor de mel, na altura dos ombros, conseguia ficar com aquele vago equilíbrio entre arrumado e desgrenhado. — Sei que esta pode ser a primeira vez de muitos de vocês, então queria explicar um pouco sobre o café da morte. — Ela fez uma pausa para examinar o círculo serenamente, sem se intimidar com as expressões de pânico das pessoas, inclusive a do retardatário, que pareciam poder sair correndo a qualquer momento. — Este é um espaço para discussão aberta e não seguimos uma agenda definida, por isso incentivamos vocês a trazer à tona quaisquer tópicos ou questões relacionadas à morte que possam ter em mente. Existem muitos cafés da morte pela cidade, e alguns de vocês já devem ter participado deles. A única diferença aqui é que, como estamos em uma biblioteca, não podemos servir comida e bebida.

Uma das diversas razões pelas quais este café da morte não era o meu preferido — eu teria que preparar o jantar quando chegasse em casa, em vez de me empanturrar de tira-gostos. Dedos cruzados, devia ter alguma coisa no meu freezer que eu poderia esquentar.

— Agora — disse Allegra, batendo palmas. — Vamos fazer a volta na roda e nos apresentar.

Os participantes eram variados, como sempre.

Um homem de vinte e poucos anos com uma gola rulê verde-esmeralda que sempre tinha sido fascinado pela morte, mas que descobriu que ninguém queria de fato conversar sobre isso.

Uma mulher idosa de óculos vermelhos grossos que havia sido diagnosticada com Alzheimer em estágio inicial e que estava lutando com a realidade de ver sua mente se esvair.

Uma estudante de teatro que recebeu uma criação ateia e sentiu que a falta de espiritualidade a deixou sem ferramentas para lidar com a morte.

Um turista holandês que se deparou com o folheto do café da morte na biblioteca e achou que seria um bom jeito de "experimentar Nova York" e praticar seu inglês ao mesmo tempo. (Senti uma fagulha de camaradagem com ele, mas não disse nada.)

O retardatário foi o próximo, sua perna direita não parava de balançar. Eu não tinha certeza se minha perna esquerda refletia a dele por empatia ou por causa do meu próprio nervosismo.

— Ah, oi, meu nome é Sebastian. — Ele lançou um aceno desajeitado, depois acertou os óculos de aro dourado. — Acho que estou aqui porque minha família nunca falou sobre a morte, então, hum, isso é bem estranho para mim. Eu meio que sinto um medo intenso da morte, na verdade. Achei que vir aqui e aprender mais sobre o assunto talvez me ajudasse a superar isso.

Alguns outros na sala assentiram em solidariedade. Sebastian se voltou para a pessoa seguinte, esperando desviar os holofotes de si mesmo o mais rápido possível.

Eu apertei os cintos e ensaiei silenciosamente na minha cabeça. Decorar o que eu ia dizer sempre reduzia a chance de contratempos oratórios. Eu nunca revelava minha verdadeira profissão em um café da morte — isso só levaria a uma avalanche de curiosidade e a perguntas bem-intencionadas. A maioria das pessoas nunca tinha ouvido falar de doulas da morte, muito menos conhecido uma pessoalmente. Em vez disso, assumi uma personalidade muito mais fácil de gerar empatia. Quando todos os olhos por fim se voltaram para mim, respirei fundo e abri um sorriso.

— Meu nome é Clover — falei, desejando que minhas bochechas não ficassem vermelhas. — A minha avó faleceu tem pouco tempo.

A roda reverberou murmúrios de condolências e eu senti vergonha da mentira. Mas, como sempre, era uma explicação que bastava para a minha presença, e a atenção do grupo passou para a mulher à minha esquerda.

Allegra começou a conversa com um artigo com que ela tinha deparado sobre um traje funerário de cogumelos que transformaria o corpo em adubo. Seguiu-se um debate acalorado sobre enterro versus cremação, que também ponderou os méritos de ser enterrado no mar ou doar seu corpo para a ciência.

— Adorei a ideia de me integrar à terra sendo adubo — disse a estudante de teatro ateia. — É como se a terra nos nutrisse enquanto estamos vivos e depois nós a nutríssemos de volta ao morrer.

O turista holandês assentiu enfaticamente.

— Sim, e é muito mais ecologicamente correto do que a cremação, todas aquelas emissões.

— Então, se eu quiser um enterro no mar, minha família pode me levar em seu barco de pesca e me jogar no Atlântico? — A mulher ao meu lado tinha uma forte veia pragmática.

— Não — o cara do suéter de gola rulê respondeu. — Dei uma olhada nisso por causa do meu tio-avô, que queria ser enterrado no mar. Você precisa de um monte de tipos de autorizações e outras coisas. Mas tem uma empresa na Nova Inglaterra que faz isso: leva você em um iate fretado para um cruzeiro de dia com um piquenique de almoço antes de lançar o corpo no mar.

Esse vai e vem era sempre divertido — a maioria dos nova-iorquinos não tinha vergonha de dividir suas opiniões. Eu preferia responder mentalmente para não ter que suportar o escrutínio coletivo da sala. De qualquer forma, eu ficava intrigada sobretudo com as ideias das outras pessoas sobre a morte como um conceito abstrato.

No meu trabalho, lidava com pessoas que estavam em processo de morte e tinham alguma clareza sobre as coisas. Saber que a morte é iminente parecia permitir que elas lidassem com uma ideia de completude — como se tivessem uma última peça para encaixar no quebra-cabeça de suas vidas e soubessem exatamente onde ela cabia. Havia certa liberdade em não ter futuro sobre o qual especular. Mas, para a maioria das pessoas, a morte era uma incógnita — um evento inevitável e nebuloso, que podia acontecer dali a minutos ou décadas. E, pela minha experiência, aqueles que preferiam não pensar nela durante a vida tendiam a ter mais arrependimentos na hora da morte. Eu gostava de fazer um jogo comigo mesma nesses cafés da morte: adivinhar como cada pessoa na sala processaria sua passagem. Algumas, como Allegra, a acolheriam graciosamente. Para outras, como o retardatário Sebastian, ela provavelmente suscitaria pânico e arrependimento.

Eu só esperava que elas tivessem alguém como eu para ajudá-las a passar por isso tranquilamente.

Uma chuva enevoada flutuava enquanto eu descia à grande escadaria do lado de fora da biblioteca. Depois do mofo da sala de reuniões, o ar úmido da noite desceu pelos meus pulmões como um limpador de palato, minha respiração formando uma nuvem efêmera diante do meu rosto.

— Clover! — chamou uma voz entusiasmada atrás de mim.

Isso me surpreendeu por duas razões. Primeiro, eu nunca conheci outra pessoa com o mesmo nome que o meu, então as chances de elas existirem e estarem perto de mim eram ínfimas. Segundo, já que a maioria das pessoas com quem passei a última década não estavam mais vivas, o fato de alguém estar especificamente me chamando também era incomum.

Eu me virei para identificar meu perseguidor quando me dei conta de que tinha acabado de dizer meu nome para uma sala cheia de gente. Sebastian guinava em minha direção com uma leve corrida na passada.

— Clover, oi! — Seu sorriso indicou que ele estava indiferente à expressão pasma no meu rosto, que eu nem tentava esconder. Calculei minha rota de fuga mais próxima. Em Nova York você tinha que ser esperta para se livrar de interações indesejadas. Nunca revele seu rumo, ou seja, a direção para a qual você estava indo ou a linha de metrô que estava prestes a tomar, até que a outra pessoa tenha mencionado o dela. Então você pode escolher o exato oposto para evitar qualquer coisa além de uma conversa rápida e educada sem parecer rude.

Eu poderia ter corrido sem olhar na cara de Sebastian, mas por respeito ao meu avô, minhas boas maneiras falaram mais alto.

Eu abri um sorriso amarelo.

— Ah, oi. Como vai? — Fingi não me lembrar do nome dele. Isso só o faria acreditar que eu queria falar com ele.

— Sebastian. — Ele estendeu a mão para que eu não tivesse escolha a não ser cumprimentá-lo.

— Sebastian, certo. — Eu não disse mais nada, rezando para que isso acelerasse as coisas e o forçasse a ir direto ao ponto do que quer que ele quisesse dizer. Nós dois nos contraímos com o silêncio que se seguiu.

Ele mudou o peso de lado desajeitadamente e torceu o lenço nas mãos.

— Ei, então, eu sinto muito pela sua avó. A minha está ficando bem velhinha também.

Não foi das melhores tentativas de condolências. Mas, apesar do que dissera no café da morte, minhas duas avós tinham morrido antes de eu nascer, então eu não estava em posição de criticar.

— Ah, obrigada, pois é, ela era uma mulher maravilhosa — menti. Eu nunca tinha de fato ouvido meu avô falar muito da esposa dele. Era um sacrilégio mentir sobre alguém que você não conheceu se isso lançasse uma boa luz sobre elas?

Sebastian insistiu.

— Então, eu percebi que você também não disse nada lá dentro. É tão estranho falar sobre a morte, não é? Para ser honesto, isso me assusta de verdade.

Eu me senti obrigada a contrariar a declaração dele. O silêncio pairava enquanto eu considerava se devia estragar meu disfarce.

— Para ser sincera — falei, retribuindo seu olhar pela primeira vez e notando que ele era ligeiramente mais baixo do que eu. — Não acho nem um pouco estranho. A morte é uma parte natural da vida. Na verdade, é a única coisa na vida com a qual podemos realmente contar.

Sebastian parecia um pouco espantado.

— Sim, acho que você está certa. — Sua risada era tensa. — É meio por isso que eu vim. Acho que vou ficar cara a cara com a morte mais cedo ou mais tarde, então posso tentar acabar com o meu medo agora, para que não seja tão ruim quando a hora chegar.

Eu concordei com a cabeça, tentando desesperadamente tramar minha saída sem parecer rude, sobretudo porque ele parecia ávido para continuar a conversa.

— Mas e aí, Clover, qual é a sua história?

— Minha história? — Estava ficando penoso. E ele continuar usando meu nome, como se fôssemos bons amigos, me deixava desconfortável. — Ah, nada muito interessante. Sou só uma garota que cresceu aqui na cidade.

Voltei meu corpo meio para a rua, esperando que fosse um sinal claro de que eu precisava ir embora.

— Você cresceu aqui? Que legal. É difícil conhecer nova-iorquinos de verdade hoje em dia. Todo mundo parece ser de outro lugar, como eu.

Ignorei o óbvio rebate de conversa.

— Bem, foi um prazer conhecê-lo — eu disse rápido. — Mas é melhor eu ir.

Comecei a descer as escadas e ele passou a andar junto de mim.

— Ei, para que lado você está indo? Vai de metrô? E se a gente fosse juntos?

Eu sabia que a convenção social aqui era expressar um sentimento de lamento bem-humorado, que eu esperava que meu rosto estivesse transmitindo. Eu nunca fui boa em fingir.

— Ah, na verdade, eu ia pegar um táxi. — Outra mentira. As únicas vezes que eu pegava um táxi era quando a temperatura estava em níveis indutores de congelamento.

— Ah, que pena — disse Sebastian, um pouco disponível demais em sua decepção.

Eu me apressei em direção ao meio-fio, implorando a qualquer Deus que estivesse ouvindo (imaginei que deveria estar em bons termos com todos eles naquele momento) para que um táxi me levasse para longe daquela interação. Agitei o braço no ar com toda confiança que consegui. Quando minha oração foi atendida, me segurei para não mergulhar de cabeça no táxi e bater a porta. Em vez disso, me virei obedientemente e ofereci a Sebastian um tchau apressado.

— Ah, até mais.

O táxi começou a andar, mas ele ainda tentava falar comigo pela janela meio aberta.

— Espera — chamou ele. — Quer tomar um café um dia desses?

— De jeito nenhum — murmurei quando Sebastian já não podia ouvir a minha voz. O motorista franziu o cenho para mim no espelho. Mesmo que ele não tivesse dito nada, seu julgamento me aferroou.

O táxi zarpou pelo sinal amarelo pouco antes de ele ficar vermelho e eu exalei meu alívio.

Pela janela manchada de chuva, eu olhava as luzes da cidade se misturando às manchas em néon. Será que digo ao motorista para me deixar na estação de metrô da rua 23? Não, eu não podia arriscar. Essa era uma das muitas maneiras como Nova York podia ser cruel — quase nove milhões de pessoas moravam aqui, isso sem falar nos turistas, mas você ainda trombava com a pessoa que estava tentando evitar. De jeito nenhum eu ia correr esse risco, mesmo que isso significasse ostentar em um táxi. Excluí mentalmente aquele café da morte da minha lista. Agora que o conceito estava pegando, eu ia encontrar outro para adicionar ao meu revezamento.

George, Lola e Lionel me esperavam na porta quando cheguei em casa. Como eu tinha colocado comida para eles antes de sair, era reconfortante saber que sua recepção entusiástica não era motivada pela fome. Senti que eles tinham ficado com saudades.

Depois de fazer uma torta individual no micro-ondas — a única coisa que havia no meu freezer — retomei minha posição no sofá, armada com o controle remoto. Mas depois de minutos zapeando pela minha lista da Netflix, percebi que não estava prestando atenção ao que estava na tela. O desconforto baixou com tudo em meus pulmões. Por que aquele cara, Sebastian, queria tanto falar comigo? Havia muitas outras pessoas no café da morte e eu mal tinha olhado para ele, a não ser quando ele estava se apresentando, o que era a coisa educada a se fazer. E eu tinha deixado bem claro que não estava interessada em conversar fora da biblioteca. Então, por que ele tinha sido tão insistente? Se havia uma coisa em que eu era boa, era me mesclar com a paisagem e passar pela vida despercebida. Era raro que alguém de fato me distinguisse, então devia haver uma razão para isso.

Aposto que ele era algum tipo de vigarista que assediava vulneráveis e ia a cafés da morte para encontrar seu próximo alvo inocente. Talvez fosse corretor de imóveis, ou vendedor de seguros de vida, ou estivesse vendendo serviços funerários superfaturados. Eu ajudei muitas famílias com providências funerárias para saber que aquele era um modo implacável de esgotar as economias das pessoas em um momento em que a tristeza nublava seu julgamento. Assim, eu estava sempre em alerta máximo quanto a esse tipo de vigarista para ter certeza de que não tirassem vantagem dos meus clientes.

Tudo fazia sentido. Eu mencionei a morte da minha avó e ele pensou que tinha encontrado seu próximo alvo para o golpe que estivesse armando. Idiota. Já não me sentia tão culpada por mentir. Eu me aconcheguei ainda mais debaixo do cobertor grosso de alpaca e voltei a zapear, dessa vez mais concentrada.

Eu estava prestes a dar play em *Uma linda mulher* quando um ataque de buzinas sincopadas e irritadas me deteve. Era tão agressivo que transcendia minha tolerância extraordinariamente alta para o barulho de Nova York. Colocando um cobertor nas costas, fui até a janela investigar.

Como um coágulo sanguíneo causando estragos arteriais, um caminhão de mudança bloqueou a rua estreita de mão única logo abaixo. Uma fila de homens robustos transportava caixas obedientemente como formigas, imunes ao retumbar das buzinas. Pela primeira vez conseguia simpatizar com os motoristas buzinando. Quem é que marca uma mudança para as nove horas da noite, afinal de contas?

A empatia logo se transformou em autopiedade quando avistei um desdobramento inquietante se desenrolando na rua abaixo. A fila laboriosa dos carregadores estava subindo os degraus da frente do meu prédio.

O novo vizinho tinha chegado.

7

Uma das muitas coisas que eu amava em George era que ele nunca tinha pressa em sair para se aliviar. Suspeitei que tivesse se condicionado a se segurar por pura preguiça, mesmo com sua última ida ao banheiro tendo sido oito horas atrás.

Isso significava que eu poderia adiar nossa saída do prédio até tarde da noite, depois que os carregadores tivessem ido embora. Com sorte, até lá, o novo vizinho estaria ocupado dentro do apartamento abrindo caixas.

Para a satisfação de George, esperei até as onze da noite antes de enfiá-lo em sua roupinha e apanhar sua coleira. Como ele em geral gostava de cheirar a escada ao descer, eu o carreguei no colo, me arrastando pelo segundo andar para não atiçar as tábuas barulhentas do piso. Gostando do luxo de ser carregado, George me observou intrigado, como se quisesse indicar o quanto aquilo tudo era ridículo. Quando chegamos à caixa de correio, percebi que tinha prendido a respiração durante todo o caminho.

Minha tentativa de furtividade havia sido inútil.

Assim que empurrei a porta da frente, uma mulher da minha idade estava subindo os degraus da entrada, com uma sacola de papel pardo na mão. Enfiando um cacho de cabelo escuro dentro do gorro de lã, ela abriu um sorriu largo.

Eu me senti como um rato flagrado petiscando na cozinha.

— Você deve ser a Clover! — A mulher pulou os últimos degraus para se juntar a nós no alto. — Conheci Leo quando vim pegar a chave outro dia e ele me contou tudo sobre você. — Ela estendeu a mão para me cumprimentar, ainda que meus braços estivessem obviamente ocupados por quase vinte e cinco quilos de buldogue em uma roupinha xadrez de inverno. — Eu sou Sylvie.

Segurei George como um escudo, mudando o peso dele de lado na minha bacia para que eu pudesse estender a mão por debaixo de seu traseiro corpulento.

— Oi — cumprimentei, irritada com Leo. — Bem-vinda ao prédio? — A minha intenção não era que isso saísse como uma pergunta, mas o deslize na entonação me traiu.

Os olhos castanhos de Sylvie revelaram diversão.

— E quem é esse bonitão? — Ela roçou a parte posterior dos dedos na cabeça de George. Ele olhou para ela com um sorriso bobo, a língua pendurada preguiçosamente de lado.

— Ah, é o meu cachorro, George. — Eu me contraí. É claro que era um cachorro.

— Prazer em conhecê-lo, George — Sylvie disse no tipo de voz caricatural que os humanos reservam para animais e bebês. — E você também, Clover. Espero poder conhecê-la melhor em breve!

Um meio sorriso assombrado foi tudo que consegui oferecer. Era como se ela fosse uma abelha zumbindo erraticamente em torno da minha cabeça — talvez se eu ficasse bem parada e a ignorasse, ela fosse embora por iniciativa própria.

O silêncio desajeitado não pareceu incomodar Sylvie, que manteve a expressão de branda diversão.

— Bem, estou vendo que você e George estão indo dar uma volta, então não vou atrapalhar vocês — disse ela, procurando as chaves no bolso do casaco. — Meu *pho* está ficando frio, de qualquer modo.

— Prazer em conhecê-la — afirmei, descendo apressada os degraus restantes. — Uma boa-noite para você.

— Para você também! Ah, e Clover... — Sylvie começou a vasculhar seu chaveiro para a mais nova adição. — Vamos tomar um café um dia desses!

— Ah, sim. Claro.

Sem olhar para trás, andei com tudo para o mais longe possível do prédio antes que George tivesse a chance de escolher um lugar para se abaixar.

A ansiedade deixou a minha garganta apertada quando a caminhada que eu tinha feito milhares de vezes de repente me pareceu estranha. As luzes da rua brilhavam intrusivas. As rachaduras na calçada pareciam mais traiçoeiras. Corri em direção à biblioteca, ainda repudiando as tentativas de George de exercer seu direito de parar e farejar.

Eu me senti emboscada. E irritada comigo mesma por não estar mais preparada com uma desculpa de improviso. Meu nervosismo tinha me feito aceitar rápido demais o convite de Sylvie. Depois de tomar café com alguém, você não pode voltar a cumprimentar com a cabeça educadamente na escada.

E quanto mais você fala com alguém, mais motivos a pessoa tem para rejeitá-lo.

Eu tinha cometido esse erro com Angela, uma australiana que morava no apartamento do segundo andar dez anos atrás. Algumas semanas depois de se mudar, ela me convidou para ir conhecer uma casa de chá nova no bairro. Eu até fiquei levemente empolgada com a ideia de fazer uma nova amizade — minha primeira, exceto por Leo.

Enquanto tomávamos nosso *matcha*, pensei que nosso programa social estava indo bem. Eu não estava nervosa demais e até a fiz rir algumas vezes. Mas então eu disse a ela qual era a minha profissão — que eu tinha escolhido ver pessoas morrerem — e a conversa ficou forçada na mesma hora. Do nada, Angela se lembrou de que tinha outro compromisso e saiu correndo sem terminar seu *matcha latte*. E durante o resto do ano em que ela morou no prédio, mal trocou duas palavras comigo.

Eu já sabia como reconhecer aquela reação. Eu tinha visto isso inúmeras vezes desde então, sempre que eu mencionava meu trabalho para os outros. A forma como o corpo das pessoas ficava tenso, como elas evitavam fazer contato visual. A maneira como elas misteriosamente nunca tinham tempo para uma conversa. Era como se a minha mera presença pudesse de alguma forma agilizar sua mortalidade.

Eu não ia me deixar cair na mesma armadilha com Sylvie. Era mais seguro rejeitá-la antes que ela me rejeitasse.

Talvez eu pudesse simplesmente fingir estar ocupada demais — pela duração do contrato dela.

8

— Por que é que a gente morre, vô?

Eu tinha seis anos e estava sentada diante do meu avô em uma mesa do restaurante que ficava a poucos quarteirões do nosso apartamento. Já fazia um mês que eu tinha vindo morar com ele, e o lugar onde ele costumava tomar o café da manhã aos fins de semana tinha se tornado por osmose também o meu. Ele preferia o virado de carne e milho; eu adorava a rabanada.

— Essa é uma pergunta e tanto para uma garotinha — disse o meu avô. — Mas é uma pergunta muito boa.

Ele mergulhou a colherinha no café preto e mexeu enquanto pensava. Eu já o tinha visto realizar essa mesma ação tantas vezes nas últimas semanas que me perguntava se as respostas para todas as perguntas difíceis estavam no fundo de uma xícara de café. Meu avô ergueu a colher e deu três batidinhas — eram sempre três — no lado esquerdo da xícara.

— Olha só, Clover, com tanta gente nascendo todos os dias, não há espaço ou recursos suficientes para todos nós neste planeta. Isso quer dizer que as pessoas precisam morrer para dar espaço para outras nascerem.

Eu ponderava a resposta enquanto distribuía os mirtilos no meu prato formando uma cara sorridente.

— A gente não poderia simplesmente ir morar em outro planeta? Como Júpiter? Ou Netuno? Eles têm anéis, então provavelmente têm muito espaço sobrando. Mas a gente ia ter que ir para lá de foguete.

Meu avô passou a mão na barba por fazer que cobria seu queixo — um som que havia pouco se tornara familiar e que eu achava reconfortante.

— Talvez um dia possamos nos mudar para outros planetas, mas ainda não chegamos a descobrir como fazer isso.

Ele esticou uma perna comprida para fora da mesa, dobrando-a com alívio. O espaço apertado da mesa de algum modo enfatizava sua altura impressionante enquanto fazia minha estatura de seis anos de idade parecer ainda menor. Como um par, talvez fôssemos o equivalente a um ponto de interrogação sentado diante de uma vírgula.

— Eventualmente — continuou meu avô. — Os nossos corpos envelhecem tanto que não conseguem fazer o que deveriam. — Ele apontou para o cabelo grisalho em sua cabeça. — Meu cabelo era da mesma cor do seu. E as minhas mãos eram lisas como as suas. Mas eu estou ficando velho, e o meu corpo não funciona mais como antes.

Eu franzi a testa, então ergui as sobrancelhas preocupada.

— Você está morrendo, vô?

Ele alcançou a colher e começou a mexer novamente.

— Em essência, sim. — Pá, pá, pá. — Na verdade, todos nós estamos.

Ele pegou uma caixa de fósforos promocionais do restaurante junto dos condimentos. Selecionando um palito de cabeça verde, ele riscou a lateral da caixa e uma pequena chama ganhou vida. Observei o palito passar de um amarelo pálido firme para um preto desfigurado enquanto o fogo corria em direção aos dedos do meu avô.

Com um breve movimento de pulso do meu avô, a chama se transformou em fumaça.

— Você não devia brincar com fósforos, vô. — reproduzi com orgulho o ensinamento que me tinha sido passado recentemente pelos professores da minha nova escola.

Um sorriso dançou nos cantos da boca do vovô.

— Você está certa, Clover. Mas vamos abrir uma exceção desta vez para que a gente possa explorar sua pergunta. Tudo bem?

Eu girei meu canudo no copo com suco de laranja, deliberando.

— Tudo bem. Mas só se você prometer que vai ter muito, mas muito cuidado.

— Eu prometo — disse ele solenemente. — Agora, vamos pensar em cada um desses fósforos como uma vida humana.

Empurrando meu prato para o lado, apoiei os cotovelos na mesa e descansei meu queixo nas mãos.

— Em teoria — continuou meu avô —, cada um desses fósforos deve queimar exatamente pela mesma quantidade de tempo, certo?

— Certo.

— Mas às vezes, você acende um fósforo e ele apaga quase na mesma hora. Outras vezes, ele para de queimar no meio do caminho.

— E às vezes ele quebra quando a gente tenta acender.

— Exatamente! — A aprovação do meu avô parecia uma vitória. — Então, embora sejam tecnicamente iguais, cada fósforo é bastante único. Às vezes não é tão forte estruturalmente, por razões que não podemos entrever apenas olhando para ele. E também há fatores externos que contribuem, como a força com que o riscamos na caixa, ou a umidade do ar, ou se há corrente de vento quando tentamos acendê-lo. Todas essas coisas podem afetar por quanto tempo um fósforo fica aceso.

O acabamento de vinil gemeu quando eu me mexi impaciente no meu assento.

— Mas o que isso tem a ver com morrer?

Meu avô riscou outro fósforo, fazendo um floreio. Como se estivesse provando seu ponto de vista, o fósforo se apagou quase de imediato.

— Bem, minha querida, assim como só sabemos quanto tempo um fósforo vai durar quando o acendemos, nunca sabemos quanto tempo uma vida vai durar até que a vivamos. E muitas vezes há fatores sobre os quais não temos controle.

— Então, quem decide quando a gente morre? A minha mãe e o meu pai não eram velhos como você. Por que é que eles morreram?

Observei o peito largo do vovô subir e depois descer. Os cantos internos dos olhos dele cintilaram como se ali estivessem pequenos diamantes.

Ele deu de ombros, impotente.

— Essas são questões muito maiores, das quais infelizmente não sabemos a resposta.

— Bem… — eu disse, furando minha rabanada com o garfo. — Então temos muito trabalho a fazer, não é mesmo?

Prato vazio e estômago cheio, observei meu avô examinar a caligrafia bagunçada na nossa conta. Ele ergueu a mão educadamente em direção ao garçom, um varapau sardento com cabelo penteado para trás com gel.

— Com licença, senhor — disse meu avô, segurando a conta. — Quando você tiver um momento, parece que não cobrou o suco de laranja da minha neta.

Surpreso por ter sido tratado com tanta educação, o jovem garçom deu uma olhada na conta e acenou com desdém.

— Ah, tudo bem, cara. Vai ser por conta da casa.

Meu avô pegou seu clipe de dinheiro e olhou o garçom nos olhos.

— Bem, é muita gentileza, mas, se você não se importar, eu prefiro pagar por ele.

O garçom franziu a testa, depois deu de ombros.

— Como quiser, cara. São dois dólares a mais.

Vovô tirou várias notas e as empilhou ordenadamente em cima da conta. Quando colocou o clipe de dinheiro de volta no bolso da camisa, ele encontrou meus olhos.

— É sempre importante ser honesto, Clover, mesmo quando as pessoas não o respondem.

Como meu avô e eu estávamos lado a lado na faixa de pedestres fora do restaurante, tive que esticar o pescoço para trás para olhá-lo nos olhos, como para tentar enxergar o alto de um arranha-céu. Toda a minha pegada de tamanho infantil só era suficiente para agarrar dois de seus longos dedos, que eu segurava obedientemente enquanto esperávamos para atravessar a rua.

A rabanada estava ótima, mas eu tinha gostado ainda mais da segunda parte do nosso ritual de domingo recém-estabelecido.

Um sininho de latão no alto das portas francesas vermelhas anunciava nossa chegada à livraria todas as vezes. O tilintar me lembrou os sons do Natal — bem, de filmes de Natal pelo menos, já que meus pais nunca festejavam a data em si. Quando perguntei o porquê, eles me disseram que era hipócrita celebrar alguém em quem você não acredita (não tinha certeza se eles se referiam ao Papai Noel ou ao Menino Jesus).

— Olá, Patrick; oi, Clover!

A senhorita Bessie, a dona da livraria, estava se equilibrando de salto em cima de um banquinho, reorganizando uma série de livros de mistério em uma prateleira alta. Por baixo de seu vestido de poliéster apertado, seus seios fartos pareciam estar descansando em duas boias de piscina infláveis. Eu me perguntei se eles a ajudavam a boiar melhor quando ela ia à praia.

Meu avô tocou no chapéu.

— Olá, senhorita Bessie, é um prazer vê-la. — Ele estendeu a mão para ajudá-la a descer do banco.

— Olá, senhorita Bessie — eu repeti tímida atrás da perna do meu avô.

A senhorita Bessie sorriu para mim.

— Olha que sorte a sua, querida, recebi alguns livros infantis ótimos esta semana. — Ela estendeu uma mão rosa gorducha em minha direção. — Vamos dar uma olhada?

Meu avô abriu um sorriso agradecido a senhorita Bessie, então se voltou para mim.

— Pode ir — disse ele, me dando um tapinha na cabeça. — Mas não se esqueça: só um livro, então *escolha com sabedoria*.

Senti o peso de sua entonação dramática — eu levava essa missão semanal a sério. Pelo menos eu sabia que teria bastante tempo para tomar minha decisão, já que o meu avô sempre passava muito tempo na seção de não ficção fazendo sua própria escolha. Afinal, ele só podia escolher um livro.

Quando a senhorita Bessie e eu viramos e chegamos ao canto colorido dos livros infantis, ela alcançou atrás de um vaso de plantas uma tigela cheia de doces. Segurando-a na minha frente, ela levou o indicador aos lábios.

— *Sssshhhh* — sussurrou ela. — Vou deixar você pegar dois, mas você não pode contar para o seu avô.

Encarando os doces, eu estava dividida — realmente queria uma gota de chocolate da Hershey's e um pirulito. Tecnicamente, meu avô não tinha dito que eu não poderia pegar dois, mas a senhorita Bessie estava agindo como se fosse um segredo. Eu me balançava nos calcanhares, pensando no assunto.

— Obrigada, senhorita Bessie — eu disse, mantendo a cabeça erguida e sem tirar meus olhos dos dela. — Mas eu vou pegar só um.

Uma hora mais tarde, meu avô e eu voltamos a pé para o apartamento com os livros que tínhamos escolhido debaixo do braço — ele com uma biografia grossa do cientista Louis Pasteur, eu com um guia abrangente de uma vila mística de gnomos. Eu sabia exatamente como a gente ia passar o resto da tarde. Meu avô se sentaria em sua poltrona de veludo cotelê, eu me acomodaria em um pufe a seus pés e juntos nós fugiríamos para mundos diferentes nas páginas dos nossos livros. A previsibilidade era reconfortante e andei rápido para chegar em casa o mais rápido possível. Como o clima estava excepcionalmente quente naquele dia, as calçadas do nosso bairro de West Village estavam lotadas. Enquanto acompanhava a passada do meu avô, ziguezagueando entre os pares de pernas, examinei as pessoas que passavam, imaginando cada uma delas como um palito de fósforo parcialmente queimado.

Por quanto tempo será que meu avô e eu ficaríamos acesos?

9

Eu sempre tive as melhores intenções de guardar minhas roupas recém--lavadas, porém elas costumavam se sedimentar em algum lugar entre a lavanderia e a porta de entrada. Então, na semana que tinha passado, o cesto havia ficado em seu lugar de sempre, na frente do armário, pronto para ser usado. Lola e Lionel tinham se reapropriado de suas posições aninhados entre as roupas limpas, certificando-se de que eu continuaria a ser uma mulher cujo figurino não estaria completo se não estivesse salpicado de pelos de gato.

Enquanto recuperava um moletom entre os dois gatos, deparei com meu reflexo no espelho que ficava preso na porta do armário. Era raro parar e estudar meu rosto, então foi quase como encontrar uma pessoa depois de meses sem vê-la.

Eu me perguntava se a idade iria me tomar de fininho, ou se eu simplesmente acordaria um dia e pareceria velha. Até aquele momento, tinha escapado de qualquer sinal significativo de envelhecimento — as duas rugas na minha testa eram as mesmas que estavam ali desde os meus vinte e poucos anos, e só alguns poucos cabelos grisalhos tinham aparecido. Então me inclinei para mais perto, minha respiração embaçou o espelho enquanto eu franzia o rosto para ver como ficaria com pés de galinha permanentes. Expressiva, talvez. Ou abatida.

Não que isso importasse — a não ser por Leo, não havia ninguém para notar que eu estava envelhecendo.

Passei a me concentrar na foto presa no canto do espelho. Meus pais parados na frente da porta de uma casa que existia para mim apenas em fragmentos sensoriais — o pinicar das escadas de carpete contra meus pés descalços, o cheiro condimentado de sebes úmidas do lado de fora da janela do meu quarto, o ventilador de teto que golpeava o ar como hélices de helicóptero. Meu avô tinha me dado a foto pouco depois que vim morar com ele. As poucas lembranças que eu ainda tinha dos meus pais eram um amálgama do que realmente tinha acontecido com o que eu evoquei ao olhar para a mesma fotografia por décadas.

Na maior parte do tempo ela me fazia pensar se eu deveria sentir mais falta deles.

Quando voltei para a sala, quase me engasguei com o cheiro impregnado de areia de gato competindo com o mofo dos velhos pertences do meu avô. Quanto tempo fazia que estava assim? Era assustador o fato de eu estar tão acostumada com aquele cheiro que muitas vezes não notava até que estivesse quase rançoso.

A tinta de décadas descascou da janela quando a abri. Uma leve brisa se esgueirou para dentro, dissipando o ar choco enquanto eu acendia um fósforo e o segurava junto de um incenso até que a chama saltasse de um para o outro.

Eu preferia o cheiro de madeira condimentada do palo santo, mas parecia errado usá-la como mero ambientador quando ela era uma ferramenta tão importante nos rituais dos que estavam à beira da morte. E alcançava uma paz tranquilizadora no ritual de defumar — o processo de limpar a energia negativa com golpes repetitivos de palo santo ou sálvia acesos. Eu tinha estudado religiões e credos espirituais o suficiente para pelo menos admitir a existência de uma energia invisível que fluía em todos nós. Mesmo que a limpeza fosse pouco mais do que um efeito placebo, eu tinha visto em primeira mão como ela poderia dar esperança e a sensação de recomeço a alguém.

Ou pelo menos de se deixar ir.

Pousando o incenso em um pote de barro, observei a fumaça subir enrodilhada para a janela aberta como uma cobra até seu encantador. A trilha sonora habitual de gemidos de sirene, alarmes de carro exageradamente sensíveis e conversas agressivas flutuava rua adentro. Eu nunca me importei de fato com aquele barulho ambiente — ele me fazia companhia. Mas então um som muito menos frequente atravessou o barulho urbano: o toque do meu celular.

Quando o desenterrei debaixo da barriga de George no sofá, o identificador de chamadas de um hospital no Upper East Side apareceu na tela.

Um novo trabalho.

Em uma hora, eu estava no trem 6 (que eu detestava apenas um pouquinho menos do que o trem R) chacoalhando rumo a Uptown. Eu costumava preferir pelo menos um intervalo de duas semanas entre os trabalhos, uma regra frouxa que eu havia estabelecido depois de um burnout infernal alguns anos atrás. Não era estar perto da morte que eu achava difícil — mas o fardo de ser um porto seguro quando todos ao meu redor, em geral familiares de luto, estavam emocionalmente à deriva.

Mas era provável que esse trabalho não durasse mais de um dia. A enfermeira no telefone explicou que a paciente, uma sem-teto de vinte e seis anos chamada Abigail, tinha sido levada depois de ser encontrada desmaiada na salinha de um caixa eletrônico em Midtown com insuficiência hepática em estágio terminal. Provavelmente resultado de cirrose — e da garrafa inteira de gim que ela havia tomado. Embora Abigail estivesse lúcida e conversando, o prognóstico não era otimista. A família estava a caminho, saindo de Idaho, mas era provável que chegasse tarde demais.

Eu não poderia deixá-la morrer sozinha de jeito nenhum, não importava quão exausta eu estivesse. E em situações como essa, minha tarefa era simplesmente estar presente. Os hospitais estavam tão cheios e com falta de pessoal que não era possível para uma enfermeira ficar com um paciente o tempo todo. Então eles começaram a oferecer os serviços de doulas da morte — financiados por doadores particulares — para dar conforto a quem não tinha mais ninguém.

Às vezes, a única coisa que eu podia fazer era segurar a mão da pessoa.

* * *

Abigail estava dormindo quando cheguei ao cubículo estreito na enfermaria do hospital. A não ser pelo amarelo revelador de sua pele e pelas olheiras que pareciam cinzas espalhadas debaixo de seus olhos, não era óbvio que ela estava se aproximando da morte. Mas eu sabia como o corpo podia esconder o caos interno, e as máquinas ligadas a Abigail contavam uma história mais deprimente.

Eu me acomodei na cadeira de couro dura junto da cama e saquei meu livro.

Três capítulos de *The View from the Ground*, de Martha Gellhorn, se passaram até que Abigail começasse a se mexer. A desorientação nublou seu rosto, virando preocupação quando ela se deu conta dos tubos rastejando como trepadeiras ao longo de seus membros emaciados. Ela estalou a língua no céu da boca, buscando desesperadamente saliva. Apertei o botão para chamar a enfermeira e peguei o copo de papel com água ao lado da cama, posicionando a ponta do canudo diante de seus lábios.

Abigail estremeceu enquanto tomava um gole.

— Estou doente pra caramba, né? — Os olhos dela me incitavam a contradizê-la.

Meu coração disparou, mas eu sorri calma. Era meu trabalho deixá-la nas últimas horas o mais confortável possível, mas isso não significava mentir para ela. Alimentar seu medo não adiantaria de nada, então aprendi a ser misericordiosamente vaga.

— Está — falei, mantendo meu tom regular. — Mas os médicos aqui estão cuidando muito bem de você. — A pele amarelada a fazia parecer ter muito mais do que vinte e seis anos; o álcool faz isso com as pessoas. — Eu sou Clover. E você é Abigail, certo? Ouvi dizer que você é de Idaho. Eu sempre quis ir lá.

Dentes retos, mas negligenciados, e gengivas inchadas despontavam de seu sorriso cansado.

— Sim, de Sandpoint. — Ela delineou o perímetro do cubículo com o olhar, a luz fluorescente enfatizando cada mancha na cortina, um tom salmão anêmico. — Sinto muita saudade de lá.

Abigail parecia disposta a conversar, então continuei.

— Do que é que você mais gosta lá?

— Bem, minha cidade é superbonita. É cercada por montanhas e fica bem perto do lago. — O sorriso então desapareceu. — Mas quando eu era adolescente, achava tudo muito chato, então vim para Nova York para virar artista.

— É uma carreira legal — eu disse, silenciosamente notando seus batimentos cardíacos aumentando no monitor.

Abigail olhou para o teto bege.

— Foi muito mais difícil do que eu imaginava. Acho que eu não era durona o bastante para esta cidade. Ela meio que me engoliu.

Fazia sentido. Quando a administração do hospital entrou em contato com os pais de Abigail, aquelas foram as primeiras notícias que eles tinham da filha em cinco anos. Ela cortou contato depois que eles tentaram convencê-la a ir para uma reabilitação por alcoolismo. Eles não faziam ideia de que ela estava morando na rua havia um ano.

— Nova York sem dúvida nenhuma pode ser difícil. — Eu descansei a mão levemente sobre a dela. Nem todo mundo gostava de ser tocado, então era melhor avaliar sua resposta. — Você sempre gostou de arte?

Abigail apertou meus dedos com força.

— Eu desenho e pinto praticamente todos os dias desde que era criança. — As palavras ficaram mais lentas e ela lutava para ficar acordada. — Meus pais diziam que eu desenhava em todas as paredes e em todos os móveis com giz de cera. Eles disseram que a casa era para mim como uma grande tela. — A dor sufocou sua risada e seu rosto ficou solene. — Eles estão vindo?

Eu garanti que meu assentir fosse confiante, mas casual.

— Eles já estão a caminho. Devem estar aqui muito em breve. Tenho certeza de que mal podem esperar para te ver e te abraçar.

A esperança curava as pessoas de um jeito mágico — ou pelo menos as ajudava a aguentar um pouco mais. Não era importante apenas para Abigail poder ver sua família pela última vez; o encerramento também era valioso para os vivos. Não poder ter a chance de se despedir de um ente querido deixava cicatrizes emocionais persistentes — depois de treze anos, a minha não havia cicatrizado. Eu prometi a mim mesma que aliviaria os outros desse mesmo fardo sempre que pudesse.

— Que bom — disse Abigail, relaxando os ombros. — Sabe, eu pensei em ligar para eles tantas vezes e perguntar se eu podia voltar para casa, mas estava com muita vergonha. — Suas pálpebras tremeram e sua fala virou um murmúrio. — Eu nunca tinha percebido como eu os amava até não poder dizer a eles...

Era melhor que Abigail ficasse acordada, pois havia o risco de não voltar à consciência. Mas o sono tomou conta dela antes que eu pudesse responder. Ela nem se mexeu com o som de argolas de plástico guinchando contra o metal quando um enfermeiro puxou a cortina fina.

— Ela ficou acordada e consciente por um tempo curto — relatei a ele enquanto ele verificava os sinais vitais de Abigail metodicamente. — E ainda consumiu pequenas quantidades de líquido.

Os olhos do enfermeiro estavam sombrios.

— Que bom que você está aqui.

Os pais de Abigail chegaram pouco depois da uma e meia da madrugada. O rosto deles exibia as cicatrizes de uma jornada inesperada pelo país e a desorientação de terem mergulhado em uma cidade desconhecida.

Eu me desloquei para o pé da cama, dando a eles o máximo de espaço que aqueles quartos apertados permitiriam. O monitor cardíaco de Abigail apitava ritmicamente, como um metrônomo marcando o ritmo da comoção do hospital além da cortina.

— Ela me contou sobre como adorava ser artista e o quanto amava e sentia falta de vocês dois. — Sorri mais com os olhos do que com os lábios, uma forma de transmitir calor e conforto sem negar a tristeza da situação.

Os pais de Abigail estavam paralisados, lutando para acreditar que o destino havia lhes dado um golpe tão cruel.

— Vocês podem conversar com ela, ela vai ouvir — eu disse, mantendo a voz baixa e calma. — Mensagens de amor sempre chegam, mesmo quando a pessoa está inconsciente. — Infelizmente, muitas vezes era a primeira vez que o amor era expresso. — Eu vou estar ali fora, na sala de espera, se precisarem de mim.

Assentindo, os dois se agarravam um ao outro como a galhos de árvores em uma enchente — a única coisa que os impedia de serem varridos.

O sono de Abigail tornou-se eterno às seis horas e quatro minutos da manhã.

Mais uma vez, meu trabalho tinha terminado.

10

A CONFUSÃO FRENÉTICA DO HORÁRIO DE PICO somada à minha falta de sono crônica, fez o trem 6 ficar ainda mais penoso na volta para casa depois da morte de Abigail. Enquanto eu tentava não cair no sono encostada na barra, observei uma adolescente esboçando furiosamente em um caderno. Sua concentração na arte era quase um transe, alheia aos passageiros impacientes e ao balanço nauseante do vagão.

Uma dor perfurou o vão entre minhas costelas. Uma jovem vida criativa floresce enquanto outra termina; havia algo de belo sobre a realidade tênue de ser humano.

O sol da manhã feriu meus olhos cansados enquanto eu subia os degraus do metrô. Saquei da bolsa minha armadura urbana — óculos de sol e um imponente par de fones de ouvido. O contato visual era a porta de entrada para a conversa e apenas as almas mais corajosas (em geral turistas alemães) estavam dispostas a acenar para mim pedindo orientações enquanto eu a usava. Mas os fones de ouvido eram mais do que um meio de impedimento; eram também um refúgio mental. Colocá-los era como fugir para um espaço particular e só meu, observar o mundo em vez de participar dele.

Eu adorava como a cidade se movia em ritmos simultâneos, mas contrastantes. Um era o movimento vagaroso e fascinado dos visitantes que estavam em Nova York pela primeira vez, enquanto saboreavam cada detalhe de cada paisagem urbana. O outro era uma ágil coreografia de desviar dos visitantes e ultrapassá-los, que os moradores da cidade haviam aperfeiçoado para conseguir ir de A a B o mais rápido possível. Era como ver peixes se lançando por entre algas marinhas oscilantes.

O sol mergulhou por um instante em um aglomerado lúgubre de nuvens, criando uma atmosfera que refletia mais o meu humor.

Mesmo sendo esse o meu trabalho, abalava ver duas pessoas morrerem no intervalo de uma semana. Por trás das minhas lentes escuras, observei cada um dos transeuntes — suas expressões, sua linguagem corporal, a maneira como ocupavam o mundo. Todos pareciam alheios ao fato de que eram fósforos acesos cujas chamas poderiam se extinguir inesperadamente a qualquer momento.

Como se ressaltassem meus pensamentos, pneus cantaram e gritos irromperam na rua atrás de mim. Um homem preocupado com o celular adentrou o trânsito iminente, evitando por pouco uma colisão com um caminhão de entregas da UPS. Sua chama fraquejou brevemente, como flertar com uma respiração suave, mas continuou a queimar.

Ele foi um dos que tiveram sorte.

A exaustão rebocava meus pés, cada passo exigia mais esforço do que o anterior enquanto eu vencia a pé os últimos quarteirões até o meu apartamento. Mas enquanto esperava o sinal abrir na Sétima Avenida, o que avistei na esquina oposta me animou.

Um casal estava emaranhado em um beijo, alheio ao fervor do mundo ao redor.

O bipe da faixa de pedestres foi se transformando em uma cadência urgente e os pedestres impacientes responderam a ele como a um tiro de largada.

Mas eu continuei imóvel, observando os amantes com curiosidade. A mulher estava ligeiramente na ponta dos pés, segurando a barra da jaqueta do homem, mas eu não conseguia dizer se era por paixão ou por uma necessidade de estabilidade gravitacional. Os pés dele estavam fincados em uma postura ampla, uma concessão física instintiva para reduzir a discrepância entre a altura dos dois.

Senti alfinetadas de culpa por me intrometer na intimidade deles, mas eu não conseguia desviar o olhar. Meu corpo formigava. Meu estômago revirava. Eu conseguia sentir a investida inebriante por tabela. Será que uma narrativa dramática precedera o beijo? Se eu tivesse chegado minutos antes, quem sabe teria visto o cara correndo atrás dela antes de declarar seu amor na frente de todo mundo. (Ou vice-versa — eu preferia meus temas recorrentes mais contemporâneos.) Ou talvez eles fossem melhores amigos que finalmente tinham tomado coragem para expor o que sentiam um pelo outro depois de muitos anos. A ocitocina encapotou meus sentidos como um cobertor macio e quente enquanto eu imaginava as possibilidades de narrativas.

Mas então minha fissura logo deu lugar a um anseio profundo.

Eu tinha esperado por trinta e seis anos pacientemente — quando é que eu ia sentir um toque delicado como aquele?

Gavinhas de luz matinal se espalhavam pelo meu apartamento e fui escrever as anotações sobre Abigail sentada na poltrona favorita do meu avô. Os ombros largos dele tinham desbastado o topo das saliências de veludo cotelê, e o estofado do assento estava ligeiramente mais afundado de um lado, porque ele sempre cruzava uma perna sobre a outra com elegância. Todas as manhãs, ficava ali sentado lendo o *New York Times*, o tornozelo apoiado na panturrilha oposta, revelando a meia que tinha escolhido naquele dia — sempre listrada de algum jeito. A fumacinha de seu café preto dançava com a luz do sol que sempre banhava aquele ponto exato da sala.

Aquela poltrona parecia enorme quando eu era criança, e o meu avô era fora do comum. Mas quando voltei a morar no apartamento depois que ele morreu, o lugar parecia ter encolhido, assim como ele com a idade. Um homem ágil beirando os 1,95 metro, ele tinha se elevado sobre o resto do mundo, tanto que sua cabeça parecia sempre estar inclinada para a frente, em deferência. No fim, ele estava mais para 1,88 metro.

Eu me aninhei na poltrona como se estivesse recostada no abraço dele e considerei o que escreveria sobre Abigail.

As pessoas em geral não percebem que as palavras que estão dizendo vão ser as últimas a serem proferidas. Essas palavras costumam ser bem mundanas, como "Mas que frio está fazendo aqui", ou "Estou cansado", ou uma série de frases sem sentido provocadas pelo delírio da morte. Mesmo assim, eu não deixava de documentar as últimas palavras de meus clientes em um dos meus cadernos, pelo bem da precisão. Mas então eu elaborava o registro acrescentando qualquer outra informação pungente ou interessante que a pessoa pudesse ter dito durante o tempo que eu passei cuidando dela. Afinal, é um pouco injusto ser lembrado por uma coisa só porque foi a última que você disse fisicamente.

As últimas palavras de Abigail, embora ela as tenha dito horas antes de sua morte de fato, eram um tema recorrente no meu caderno de ARREPENDIMENTOS. Se eu analisasse meus registros estatisticamente — e talvez eu o faça um dia — é provável que esse tema acabe por ser o que ouvi com mais frequência.

Eu queria ter dito a eles como eu os amo.

Às vezes as pessoas se referiam aos pais ou cônjuges, outras a amigos. Em quase todos os casos, era porque eles tinham estado tão ocupados em suas vidas que subestimavam seus entes queridos.

Ou simplesmente nunca tinham conseguido encontrar as palavras certas.

Há poucas expressões de vulnerabilidade mais cruas do que *eu te amo*. Pelo menos, foi o que eu concluí ao ouvir as pessoas falarem a respeito — eu não disse nem fui a destinatária de tais palavras. Meus pais não se derramavam exatamente em afeição, verbal ou não. E mesmo que eu soubesse que meu avô me amava mais do que qualquer pessoa, ele nunca disse isso em voz alta. Mas até onde eu sabia, *eu te amo* era uma das coisas mais difíceis de dizer em inglês. Não por causa da pronúncia (na minha opinião, *synecdoche* levava esse título), mas pelo peso que ela encerrava. O modo como hesitava na ponta da língua, como uma criança na borda de uma piscina antes de se lançar em seu primeiro mergulho. O coração salta, o batimento retumba e eles se perguntam se é tarde demais para voltar atrás.

Soava meio emocionante, para dizer a verdade.

Olhei para Lionel e Lola dando uma cochilada na faixa banhada pelo sol no assoalho de madeira. E depois para George roncando aos meus pés. Meu coração se encheu de adoração e gratidão por como eles tornaram minha vida melhor de tantos modos — suportável, até.

Pigarreei.

— Eu amo vocês.

As palavras pareciam estranhas saindo da minha boca, como sempre que eu falava japonês ou francês — eu entendia o que eu estava dizendo, só que parecia ser uma versão diferente de mim mesma. Mas não foi tão difícil quanto eu pensava. Talvez porque nenhum deles abriu os olhos para manifestar que tinha ouvido.

Pelo menos eu sabia que, se alguma coisa acontecesse comigo, não me arrependeria de nunca ter dito aos meus entes queridos como eu me sentia.

Os sinos da igreja mais adiante no quarteirão soaram às oito da manhã — três minutos depois do horário, como faziam havia anos. Sempre me perguntei se deveria avisar alguém da igreja sobre o atraso, mas eu gostava da imperfeição da situação. Era prova de que todos estamos vivendo a vida um pouco fora de sincronia uns com os outros.

Despojada de uma noite inteira de sono, fiquei instigada a ir direto para a cama, mas sabia que não deveria bagunçar meu ritmo circadiano. Eu tentaria me manter acordada pelo menos até o pôr do sol. Assistir à TV só me deixaria com mais sono, então eu precisava de algo que me mantivesse ativa.

E eu sabia exatamente o que podia fazer.

Havia outro ritual que eu tinha desenvolvido enquanto recolhia os arrependimentos de todas essas pessoas. A cada poucas semanas, eu selecionava uma delas do caderno e tentava fazer algo para honrá-la. Se eu conseguisse não cometer o mesmo erro que elas tinham cometido — se eu tivesse aprendido com o arrependimento delas — então eles não teriam sido em vão.

Fechei o caderno ARREPENDIMENTOS e pousei a lombada na minha coxa, fazendo com que ele voltasse a se abrir em uma página aleatória. Era assim que costumava selecionar o arrependimento que ia reverenciar — parecia um método mais democrático.

Doris Miller.

Ah, por que sempre abria no dela? Devia ter alguma coisa a ver com a encadernação. Isso não valia de fato como aleatório — eu ia deixar o arrependimento dela para outro dia.

Fechei os olhos e deixei as folhas virarem entre meus dedos antes de parar em outra página.

Camille Salem.

Sim, era um bom. Uma mulher energética cujo maior arrependimento foi só ter começado a comer manga depois dos cinquenta anos.

— Eu comi uma vez quando era criança e não suportei a textura viscosa — ela me disse desamparada em seu leito hospitalar. Eu me lembro de como a quimioterapia havia suplantado seus cílios. — Mas aí meu marido me fez experimentar quando estávamos de férias nas Filipinas e eu quase tive um orgasmo com a delícia do sabor. Imagine só quantas mangas eu perdi por ter ficado quarenta anos sem comer!

Para ser sincera, eu era bastante indiferente quanto às mangas. Eu preferia frutas mais azedas, como a framboesa. Mas hoje eu ia sair e achar uma manga deliciosa de verdade. Então eu ia me sentar e desfrutar dela como se fosse a melhor coisa que eu já tivesse provado, deixando o sumo escorrer pelo meu queixo, saboreando cada naco suculento.

Um arrependimento a menos que eu carregaria comigo pela vida. Se ao menos fosse assim tão fácil me livrar de todos os outros.

II

Era um perrengue chegar de metrô ao café da morte do Harlem. Mas ao ver os prédios de tijolo aparente se aquecendo no crepúsculo depois de deixar a umidade batizada de urina no subsolo, fiquei feliz por ter encarado o trajeto.

Leo nasceu e tinha sido criado no Harlem. Nas vezes em que tomava conta de mim quando eu era criança, ele me levava até sua sorveteria favorita, me encantando com histórias de bares clandestinos e jazz enquanto passeávamos ao longo das casas geminadas. Hoje em dia ele raramente visitava o bairro — não suportava ver as marcas da gentrificação nas ruas que ele tanto amara quando criança. Mas eu gostava de deixá-lo a par de que alguns dos lugares de que ele se lembrava continuavam intactos. Talvez eu comprasse um pote de sorvete para ele quando estivesse voltando para casa.

O café da morte acontecia em um salão comunitário com correntes de ar que parecia estar o tempo todo infundido com o cheiro de cânfora e de toalha úmida. A família do moderador era dona de um restaurante de culinária típica do Sul dos Estados Unidos nas redondezas, então eles costumavam servir frango frito e biscoitos na reunião — outra razão pela qual considerei que a árdua viagem de metrô valeria a pena. Cheguei quinze minutos adiantada para dar o bote no bufê antes que todo mundo se aglomerasse em volta dele. Com um prato de papel bem cheio (macarrão com queijo tinha sido um requinte extra naquela noite). Eu me sentei em uma cadeira no canto da sala e prestei mais atenção do que o necessário para fisgar minha comida com o garfo de plástico. Como previ, logo sete pessoas se arrastavam ombro a ombro diante do bufê, competindo pelos melhores pedaços de frango.

Uma mesa de cavaletes comprida estava no meio da sala com dez cadeiras posicionadas aleatoriamente ao redor. Além de Phil, o moderador — um homem grande que parecia eternamente jovem graças às bochechas de querubim e aos olhos bondosos —, não reconheci ninguém. Geralmente havia uma grande rotatividade nesses cafés, já que muitas pessoas achavam o debate constante sobre a morte confrontador demais. Além disso, acho que muitas vinham a este café em particular especificamente pela comida.

Eu me sentei e prendi a respiração, na esperança de que o assento ao meu lado continuasse vazio, como se estivéssemos em um avião logo antes da decolagem. Por sorte, o velho do meu outro lado parecia tão avesso quanto eu a bate-papos amigáveis. Ficamos sentados em silêncio enquanto eu pensava em pegar mais um pedaço de frango antes que as apresentações começassem.

— Clover!

A minha nuca formigou.

Aquela voz masculina entusiasmada poderia pertencer a inúmeras outras pessoas e não àquela que eu receava que pudesse ser. Comecei a estimar quão rude seria se eu não me virasse, apenas a ignorando. Infelizmente, a resposta estava muito além do meu limite mais flexível para a falta de educação.

Sebastian, o suposto predador da funerária/imobiliária/seguro de vida, estava tirando o cachecol quando me virei para ligar a voz a um rosto. Seu sorriso aberto provocou um acesso de raiva no meu peito — ele estava claramente fazendo o tour dos cafés da morte da cidade em busca de pessoas desavisadas para ludibriar. Fiquei tentada a expô-lo na mesma hora para todos na sala, mas eu tinha que ao menos juntar algumas provas antes.

— De todos os cafés da morte no mundo todo — disse ele, dando muito mal uma de Humphrey Bogart. Eu me considerava bastante apta a fazer esse julgamento; tinha visto *Casablanca* pelo menos cem vezes e era capaz de imitar literalmente as falas.

Eu fingi parecer confusa.

— Desculpa… a gente se conhece?

Sebastian vacilou, mas manteve o sorriso.

— Sim! A gente se conheceu no café da morte da Biblioteca Pública de Nova York, lembra? — O sorriso dele desvaneceu um pouco. — Você falou que sua avó tinha acabado de falecer.

O descaro. Se eu realmente tivesse uma avó que tivesse morrido recentemente, ela já estaria enterrada faria muito tempo e não precisaria de serviços funerários com preços exorbitantes. Aposto que ele estava apostando a longo prazo e tentando descobrir se eu tinha outros parentes mais velhos debilitados.

— Por favor, se acomodem, pessoal — disse Phil, olhando enfaticamente para Sebastian.

Ele levava sua cadeira para mais perto da mesa, e Sebastian parecia mais relaxado do que quando nos conhecemos. Provavelmente porque agora ele já sabia como era o jogo nos cafés da morte. Ou talvez aquela cena de recém-chegado nervoso tivesse sido parte da sua artimanha. Era um velho truque: suscite a empatia de seus alvos e vai ser muito mais fácil ganhá-los.

Nas apresentações, ele vendeu a mesma história que da última vez — que sua família nunca falava sobre a morte. Do mesmo modo, eu mantive minha mentira sobre a minha avó ter morrido recentemente. (Quer dizer, ele tinha acabado de anunciar isso na sala, de qualquer maneira, então teria sido estranho se eu não abraçasse a história.)

Phil tinha uma abordagem um pouco mais improvisada do que os outros moderadores de café. Em vez de sugerir um tópico para que a conversa fluísse, ele abria para a sala.

— Bem, então... vamos começar — disse ele, com um leve ceceado. — Quem tem alguma coisa sobre a qual quer conversar?

Uma ruiva de roupa com estampas chamativas e desencontradas ergueu a mão ansiosa, acenando-a desnecessariamente, já que não estava competindo com ninguém. Eu já suspeitava de que ela fosse obstinada — sempre dá para dizer pela postura dominante de alguém, os cotovelos na mesa e a maneira como examinavam a roda na esperança de travar contato visual com alguém.

Phil assentiu sabiamente na direção dela, consultando por um instante a folha de caderno arrancada diante dele. Dava para ver que ele tinha desenhado um esquema da mesa durante as apresentações e escrito o nome de cada pessoa em seu lugar.

— Tabitha, certo? — A ruiva assentiu ansiosa, como se tivesse um segredo que estava louca para revelar. — Bem, Tabitha, o que você tem para dividir com a gente?

Tabitha segurou o grande cristal rosa pendurado em seu pescoço.

— Então — disse ela, examinando o retângulo de rostos que a olhavam incertos. — Vocês já se perguntaram se temos um momento específico em que devemos morrer... meio que como destino, acho? Sabe quando você ouve aquelas histórias de pessoas que escapam da morte, como em um acidente de carro ou em um daqueles tiroteios, e então morrem em um acidente bizarro alguns meses depois? É como se a morte tivesse o número dessas pessoas e não fosse possível fugir dela.

Embora nunca fosse admitir isso para ela, muitas vezes eu pensava nessa questão. Eu testemunhara coisas estranhas o bastante ao longo dos anos para suspeitar de que todos tinham uma data de validade predestinada. Alguns anos atrás, tive um cliente — um corretor da bolsa, de cinquenta anos — que foi diagnosticado com uma doença terminal, com três meses de esperança de vida. Para o espanto dos médicos, ele se recuperou de tudo, mas três meses mais tarde, caiu de uma escada enquanto trocava uma lâmpada na sua casa no lago e morreu por causa de um ferimento na cabeça.

— Eu acredito plenamente que sim — disse uma jovem atarracada com delineador de gatinho e camadas drapeadas de roupas pretas. — Acho que já está decidido no dia em que nascemos. — Ela se inclinou sobre o macarrão com queijo baixando a voz para um efeito dramático. — A questão é: se você pudesse saber a data de sua morte com antecedência, você iria querer?

A sala ficou em silêncio. Uma sirene crescente soava nas cercanias enquanto a proposta era assimilada. Era uma hipótese que eu ainda não havia levado em conta.

Sebastian quebrou o silêncio.

— De jeito nenhum — disse ele, balançando a cabeça. — Se eu soubesse quando ia morrer, ficaria obcecado em mudar esse desenlace como pudesse. E então eu ia acabar vivendo uma vida miserável de qualquer jeito.

Eu fiquei irritada por concordar com um baita imoral daqueles.

Tabitha olhava serena do outro lado da mesa para Sebastian.

— Pessoalmente — disse ela, mexendo com seu cristal —, eu acho que gostaria de saber. Eu ia poder priorizar um pouco as coisas. Se você soubesse exatamente quanto tempo ainda tem, é mais provável que você o usasse com sabedoria, não?

Na cabeceira da mesa, Phil assentiu, pensativo.

— É verdade, Tabitha. Mas o fato é que todo mundo sabe que vai morrer, não tem escapatória. Então, a gente não deveria estar aproveitando a vida ao máximo de qualquer jeito?

— Sim — eu respondi, surpresa comigo mesma por falar e me arrependendo na mesma hora quando todos os olhares se voltaram para mim. — A razão pela qual tanta gente morre cheia de arrependimentos é porque elas viveram a vida como se fossem invencíveis. Elas só pensam na própria morte pouco antes de acontecer.

— É como aquele filme do Brad Pitt — interrompeu Sebastian. — Aquele em que ele é a morte encarnada em um humano e vem atrás de Anthony Hopkins, mas depois se apaixona pela filha dele.

Minha abominação por Sebastian aumentou ao saber que ele conhecia bem outro dos meus filmes favoritos.

O cara louro e barbado ao lado de Tabitha revirou os olhos.

— Cara, eu não acredito que você assistiu a isso. Tem umas quatro horas.

— Eu cresci com três irmãs mais velhas — disse Sebastian, dando de ombros. — E, para dizer a verdade, não é tão ruim. Além do mais, tem uma trilha sonora ótima. Acho que foi Thomas Newman quem compôs.

O cara louro balançou a cabeça, ainda mais desagradado, e enfiou o garfo de plástico no último pedaço de frango frito.

Phil batia a caneta na mesa.

— E quem mais tem um tema que gostaria de discutir? — Ele estava evitando de propósito fazer contato visual com Tabitha, que obviamente tinha mais a dizer e nenhum freio para dominar a conversa a noite toda.

O tema passou para assuntos mais práticos, como se cabia a você mesmo ter um funeral.

O cara louro disse que não queria um.

— Só beba uma cerveja, ou fume um baseado, em minha homenagem — ele proclamou.

Previsivelmente, Tabitha tinha um contraponto.

— Os funerais não são para os mortos — insistiu ela. — São para que as pessoas que ficaram tenham um encerramento.

Sebastian assentiu enfático.

— Sim, acho importante que as pessoas tenham a oportunidade de se despedir. E, além disso, não é como se você tivesse qualquer controle sobre o que vão fazer. Já vai estar morto.

Mas é claro que ele era a favor dos funerais. Afinal, eram suas galinhas dos ovos de ouro. E provavelmente tinha ganhado ainda mais dinheiro convencendo as pessoas a comprar coisas extras de que não precisam na cerimônia. Como arranjos florais suntuosos e apresentações piegas de PowerPoint. Eu me concentrei em segurar a língua pelo resto da reunião, com medo de dizer para Sebastian algo de que me arrependeria e fazer uma cena. O alívio veio quando Phil encerrou a reunião e convidou todos a se servirem do restante da comida.

Quando eu estava prestes a reclamar minha porção do que sobrara, vi que Sebastian conversava com o velho que tinha se sentado ao meu lado. Ele entregou ao homem seu cartão de visita e deu um tapinha no ombro dele — sem dúvida marcando seu próximo alvo. Eu queria intervir, mas tecnicamente ainda não tinha provas suficientes. Acabei jogando meu prato no lixo e saindo do prédio sem sobras.

Determinada a não ser pega esperando do lado de fora do café da morte de novo, fui voando para o metrô. Eu teria que comprar o sorvete para o Leo da próxima vez.

Com o MetroCard na mão, desci correndo os degraus, o coração pulando ao ver o trem parando quando cheguei à catraca. Em um gesto, deslizei o cartão pelo leitor e me lancei contra a barra giratória.

Biiiiiiiiiiiiiiiiiip. O texto verde no mostrador da catraca exigia que eu voltasse a passar o cartão.

O músculo da minha coxa doía do golpe contra a barra. Esfreguei a faixa magnética do cartão na manga do meu casaco e passei novamente.

Biiiiiiiiiiiiiiiiiip. O mostrador me instruiu a repetir a ação.

Minhas mãos tremiam em uma mistura de frustração e adrenalina quando ouvi o anúncio monótono ecoando da entranha do trem 1.

"Atenção. Não. Segure. As. Portas. Evite. Atrasos. Em. Todo. O. Sistema."

Deslizei meu cartão desesperada uma última vez e o mostrador exibiu zombeteiramente seu veredicto final:

Cartão já utilizado nesta catraca.

Eu só lançava mão de palavrões na minha cabeça, e raras vezes. Esta noite foi uma dessas ocasiões.

Porra!

Eu deveria ter passado por debaixo da catraca e corrido para o espaço cada vez mais diminuto entre as portas, mas hesitei por tempo demais e assisti melancólica ao trem ir embora sibilando da estação. O monitor de partidas agravou minha decepção: dezenove minutos até o trem seguinte. Uma regra de trânsito arbitrária de Nova York ditava que eu não poderia voltar a passar meu cartão pelos próximos dezoito minutos, já que estava registrando recém-usado.

Eu me voltei para a bilheteria para defender meu caso, mas não havia ninguém ali. Eu estava à mercê de uma pausa inoportuna de um funcionário da MTA, a Autoridade de Trânsito de Nova York. Enquanto eu considerava minhas opções, um homem desgrenhado abriu a braguilha e começou a se aliviar junto da máquina de bilhetes, revigorando o fedor de urina. Uma corrente amarela fumegante formou um arco por entre suas mãos quando ele tombou a cabeça para o lado e sorriu com desdém para mim.

Eu não ia esperar lá embaixo de jeito nenhum.

Subi as escadas correndo até o nível da rua, me perguntando se deveria investir em um relógio Fitbit para monitorar todo aquele exercício físico. O brilho fluorescente da farmácia Duane Reade me pareceu um santuário. Eu precisava comprar umas vitaminas para compensar a recente falta de vegetais na minha vida. Configurei o alarme do celular para dali a quinze minutos — tempo exato para chegar à estação, com uma reserva para qualquer contratempo do MetroCard.

Uma balada de música country anasalada saía das caixas de som do lugar enquanto eu examinava o carnaval de multivitamínicos.

— Você de novo!

Em nada além do que um sussurro, me permiti praguejar de novo — desta vez em voz alta.

Sebastian estava em pé ao meu lado, com as mãos enfiadas nos bolsos do casaco.

— Oi. — Eu nem tentei parecer amigável.

— Acabei parando para comprar um remédio para alergia — explicou Sebastian. — A quantidade de pólen está incontrolável. — O tom rosado dos contornos de suas narinas parecia corroborar o álibi, mas eu não respondi. Ele tentou de novo. — Então, você está fazendo um estoque de vitaminas?

Com a mera ideia de suportar qualquer tipo de conversa com ele, eu irrompi.

— Por que você não para de me seguir? — A exasperação fez a pergunta sair mais alto do que eu pretendia. — Não estou interessada em nada do que você está vendendo!

Sebastian franziu o cenho, confuso.

— Vendendo? O que quer dizer?

— Funerais, imóveis, seguro de vida: não sei. Seja lá o que você faz para ludibriar as pessoas atrás de dinheiro. Eu vi você dando o seu cartão de visita para aquele cara.

Enfiei de volta na prateleira o frasco de multivitamínico, derrubando os que estavam ao lado. Nós dois tivemos o reflexo de saltar para apanhar os frascos que despencavam como malabaristas desajeitados.

Sebastian ainda balançava a cabeça confuso enquanto colocava os potes errantes de volta na prateleira.

— Eu não sei mesmo do que você está falando… quer dizer, eu de fato trabalho no Federal Reserve, mas sou modelador econômico lá. Isso não é exatamente ludibriar as pessoas para arrancar dinheiro delas.

Quando me abaixei para apanhar os últimos frascos, me dei conta de que talvez tivesse permitido que minha imaginação cultivasse uma narrativa ligeiramente ultrajante sobre Sebastian.

— Bem, por que você não para de aparecer nesses cafés da morte? — interroguei, orgulhosa demais para admitir que poderia estar errada.

Ele deu de ombros como se a resposta fosse óbvia.

— Eu disse, nunca tive a chance de falar sobre a morte antes. Família emocionalmente engessada e tudo o mais. Fiquei sabendo dos cafés da morte e achei que podiam me ajudar.

O ardor da vergonha foi se apossando das minhas bochechas.

Sebastian olhou para os sapatos e esfregou a sola direita no chão.

— Mas acho que você está certa. Não é só isso.

O ardor abrandou. Talvez minha fabulação não fosse tão ultrajante, no fim das contas.

— É uma coisa que meio que temos em comum.

— Ah, é? — Eu estava confusa.

— É a minha avó. Descobrimos há algumas semanas que ela está à beira da morte, mas ninguém da minha família quer falar a respeito, o que é ridículo, na minha opinião.

Pela segunda vez naquela noite, eu relutantemente concordei com ele: não conversar sobre a morte só tornava as coisas mais difíceis. Senti uma pontinha de compaixão.

— Sinto muito. Deve ser difícil para você.

— É, sim. — Sebastian olhou para mim esperançoso. — Mas eu sei que você entende, já que acabou de perder a sua avó.

A culpa tomou conta do meu estômago. De nós dois, era eu que estava sendo desonesta.

— Ah, é. Imagino que sim.

— De qualquer maneira — disse ele —, eu sinto muito mesmo se pareceu que eu estava seguindo você. Eu só achei que poderia ser bom conversar com alguém que entendia pelo que eu estava passando, e foi uma surpresa muito boa deparar com você esta noite. Eu moro no Upper West Side, então este café da morte fica bem perto para mim.

Desonestidade era uma coisa, mas enganar alguém que estava de luto por um ente querido parecia cruel.

Respirei devagar.

— Na verdade, minha avó não morreu, Sebastian. Bem, ela morreu; minhas duas avós morreram, mas foi antes de eu nascer, então nunca conheci nenhuma das duas.

— Ah. — Sebastian esfregou o queixo. — E por que é que você mentiria sobre isso?

— Porque eu realmente não quero falar sobre a minha profissão.

— Mas o que é que isso tem a ver com ir a um café da morte? Ninguém menciona o emprego nesses lugares.

— Sim, mas eu meio que trabalho com a morte.

— Como assim? Você por acaso é uma espécie de assassina? — O tom nervoso indicava que ele estava apenas em parte brincando.

— Não. Sou uma doula da morte.

— Uma doula *da morte*? Nossa, nunca ouvi falar nisso. Parece meio sinistro.

Eu lutei contra emoções concorrentes. Vergonha por ter deixado minha imaginação voar. Culpa por ter sido pega mentindo. Empatia por Sebastian e sua avó à beira da morte. Meu cérebro lutou para transmitir uma frase que fizesse sentido à minha boca.

O alarme do meu celular foi meu salvador.

— Tenho que ir. — Coloquei delicadamente o último frasco de vitaminas de volta na prateleira para não provocar outra avalanche. — Tenha uma boa noite.

— Espera, será que a gente poderia...

Quando ele terminou a frase, eu já tinha saído.

12

Depois de uma semana com o céu da cidade coberto por um algodão acinzentado, uma infinita extensão azul-claro enfim se lançou por sobre ele enquanto eu esperava para atravessar a Sétima Avenida. Fiquei grata pela injeção de ânimo — os domingos ainda eram melancólicos sem o meu avô.

Nos meses seguintes à morte dele, não consegui me forçar a botar os pés no restaurante. Ou na livraria. Continuar nossa tradição semanal sem o meu avô era um lembrete provocador de que eu tinha falhado com ele. De que eu estava do outro lado do mundo quando ele mais precisara de mim.

Mas o meu avô sempre me ensinou a enfrentar as consequências dos meus erros e a lidar com eles de cabeça erguida. E, aos domingos, quando eu não estava trabalhando, tomava café da manhã sozinha na nossa mesa preferida do restaurante e depois ia a pé até a livraria, sua ausência tão pungente quanto sua presença sempre fora. Depois de mais de uma década, a culpa ainda ardia, mas a dor tinha diminuído um pouco.

Fechei mais o casaco e percorri os poucos quarteirões a partir do restaurante, a gordura da rabanada embalando o meu estômago em uma falsa sensação de saciedade. Duas décadas de invasão comercial tinham despojado a vizinhança ao redor de muitas de suas joias originais, mas a livraria de Bessie resistira. A própria mulher, agora na casa dos setenta anos, também permanecera robusta — a cintura claramente mais redonda, as bochechas mais rosadas do que nunca.

E ela ainda tentava me instigar com doces.

— Clover, querida! — Bessie se arrastou de lado no espaço entre as duas prateleiras para acomodar sua circunferência generosa. — A biografia de Georgia O'Keeffe que você estava esperando está aqui atrás do balcão. Você sem dúvida adora essas pioneiras solitárias!

— Obrigada, Bessie. — A ideia de uma vida solitária entre as montanhas e o deserto do Novo México definitivamente tinha seu apelo. — Acho que vou só dar uma olhada rápida para ver quais são as outras novidades.

— Por favor!

Eu não precisava de mais livros, mas gostava da onda de dopamina que recebia quando adicionava um novo título à minha lista de leitura. Eu me afastei da seção de ciências, tentando não imaginar a silhueta escultural do meu avô lendo atentamente suas prateleiras.

Dois jovens, ambos vivazes, estavam olhando as lombadas de ficção entre as letras E e K. O mais baixo apoiou a cabeça no ombro do mais alto, seus mindinhos casualmente entrelaçados. Dei um passo para trás em silêncio, para não obstruir sua bolha. Cada homem usou sua mão livre para sacar livros e dar uma olhada nas sinopses, colocando-os de volta com a mesma mão para não romper a conexão do mindinho que os mantinha unidos. De vez em quando, um oferecia um livro ao outro, junto com um sorriso e um sussurro:

— Acho que você vai gostar deste aqui.

Eu invejei a intimidade dos dois. A riqueza de ter alguém que conhece seu gosto para livros — e um ombro para descansar a cabeça enquanto procurava. Um vazio ardia no meu coração, bem ao lado do buraco que pertencia ao meu avô.

Perdi a vontade de esquadrinhar as prateleiras em busca de adições para minha lista de leitura.

Ao virar a esquina da livraria, com Georgia O'Keeffe debaixo do braço, senti meu celular vibrar no bolso do casaco. Não reconheci o número, mas isso não era incomum se alguém estivesse me ligando por causa de um trabalho.

Debaixo do toldo de uma loja, me preparei. Com a morte eu conseguia lidar; já telefonemas eu abominava. Por que as pessoas não podiam simplesmente mandar um e-mail?

— Alô, aqui é a Clover.

Um breve silêncio do outro lado da linha, depois um pigarro.

— Ah, alô, Clover.

Reconheci a voz imediatamente.

— É o Sebastian. Dos cafés da morte. — Uma risada nervosa. — E do corredor de vitaminas da farmácia.

Eu poderia simplesmente desligar, mas a curiosidade me impediu.

— Oi, Sebastian.

— Então, desculpe incomodá-la no domingo… aposto que você está se perguntando como consegui seu número.

— Dá para dizer isso.

— Juro que não estou atrás de você. Quer dizer, meio que estou, mas não do jeito que você imagina. — Silêncio desconfortável. — Depois que você foi embora na outra noite, cheguei em casa e pesquisei no Google para ver exatamente o que era uma doula da morte. E, sabe, quanto mais eu lia a respeito, mais eu percebia como era legal.

— Entendi.

— E aí eu me dei conta de que uma doula da morte é exatamente o que a minha avó precisa. Acho que isso a ajudaria de verdade. — As frases de Sebastian estavam ficando ritmadas, como se ele estivesse tentando botar logo tudo para fora antes que fosse interrompido. — Ela quer ficar em casa, então está com cuidadores para ajudá-la o tempo todo, mas ninguém como você. Alguém que possa ajudá-la com as coisas mais experienciais. Isso é o que você faz, certo?

— É, mais ou menos. — Eu fui com cautela. — Mas como é que você conseguiu o meu número?

Outra risada nervosa.

— Na verdade, não foi tão difícil. Quer dizer, quantas doulas da morte chamadas Clover existem em Nova York? E eu sou muito bom em vasculhar os buracos de coelho da internet.

Um bando de adolescentes passou correndo por mim na calçada. As risadas desagradáveis e os movimentos erráticos aumentaram meu desconforto.

— Existem muitas doulas da morte em Nova York que podem ajudar a sua avó — disse eu, tentando manter minha voz baixa. — Posso recomendar algumas.

— Sim, provavelmente... mas acho que ela ia gostar muito de você. — A persistência dele estava começando a me irritar.

— Você não sabe absolutamente nada sobre mim. A única coisa que você achava que sabia era mentira. — A lateral do meu pescoço doía de forçar tanto meus ombros.

— Bem, você está aceitando novos clientes?

Era difícil dizer não a um trabalho em potencial. Longos períodos sem clientes não eram bons para as minhas finanças, mesmo que eu soubesse economizar. Além do mais, era difícil não ajudar alguém que precisava — a avó do Sebastian não merecia uma morte solitária.

— Estou... mas talvez eu já tenha um. Ainda não está de todo confirmado. — Outra mentira. Eu nunca fui mentirosa, mas de algum modo esse comportamento fluía sem esforço sempre que eu falava com Sebastian.

— Eu estou disposto a pagar mais do que o seu honorário normal. Basta dizer o valor.

— Você nem sabe se eu sou boa no que eu faço.

— Na verdade, eu sei — disse Sebastian com uma satisfação irritante. — Encontrei um obituário on-line que mencionava você. Tudo o que eu precisei fazer foi pesquisar seu nome no Google junto com as palavras "morte" e "Nova York", e apareceu um obituário que mencionava você, agradecendo seu apoio.

Quem poderia ter feito isso? Era raro que eu tivesse esse tipo de reconhecimento público.

— Acontece — continuou Sebastian — que eu tenho um amigo que é enfermeiro no hospital onde a pessoa, hum, faleceu, e ele foi atrás do seu nome e do seu contato.

Soava um pouco como invasão da minha privacidade. Só que, mais uma vez, se alguém tivesse feito a mesma coisa para me encontrar e me oferecer um trabalho, eu provavelmente não teria pensado duas vezes.

Sem se intimidar com o meu silêncio, Sebastian continuava falando.

— Seu trabalho foi altamente recomendado, o que não me surpreende, é claro. E significaria muito para mim se pudesse ajudar a minha avó. Eu só quero tentar deixar toda essa *coisa* o mais simples possível para ela.

Eu queria desesperadamente dizer não. Mas seria antiético da minha parte não ajudar alguém sabendo que eu poderia. Mesmo que não estivesse aqui para dizer, eu sabia que o meu avô ficaria desapontado comigo.

Suspirando, me rendi.

— Tá bom, eu vou pensar a respeito. Mande para mim o seu e-mail; se o outro cliente com quem estou conversando não fechar, posso enviar toda a papelada e, a partir daí, vemos. — Mais uma mentira para a coleção.

— Ótimo. Espero te ver de novo logo, Clover.

Por que eu era tão simples?

13

No meu aniversário de nove anos, meu avô me deu três coisas de presente: um caderno de capa de couro azul-marinho, uma caneta-tinteiro prateada e um par de binóculos. Sentados no restaurante, com os pratos de café da manhã vazios entre nós, ele tirou um pacote de debaixo da mesa e o empurrou na minha direção.

— Muitas voltas felizes, minha querida.

Já eufórica de expectativa (eu tinha avistado o presente embrulhado debaixo do braço dele enquanto íamos a pé do nosso apartamento), eu rasguei avidamente o papel listrado. As dobras assimétricas e o uso abundante de fita adesiva eram provas enternecedoras de que ele mesmo o embrulhara.

— A inteligência só vai levar você até certo ponto na vida — disse meu avô, me observando satisfeito. — E o mesmo pode ser dito para a sagacidade e o charme. Mas duas coisas vão lhe ser mais úteis do que qualquer outra.

A pausa enfática me fez erguer os olhos dos tesouros que tentava desenterrar do papel. Meu avô era um homem de conversa parca, então eu sabia ouvir com atenção sempre que ele dedicava algum tempo para transmitir qualquer tipo de sabedoria.

— E quais são elas?

Ele tomou um gole de café pensativo.

— Curiosidade sem fim e um tino aguçado de observação.

Puxei o caderno das dobras e corri os dedos pela capa de couro lisa. Um fio do mesmo couro dava duas voltas ao redor do caderno, com a caneta-tinteiro presa sobre ele. Durante anos, vi meu avô andar com um diário quase idêntico, parando regularmente para fazer uma série de anotações, documentando a vida como ele a via.

E agora eu tinha o meu.

— Obrigada, vô! Adorei tudo. — Levei o binóculo aos meus olhos e examinei a margem do restaurante.

— De nada, querida — disse meu avô. — Mas lembre-se, esses binóculos vêm com uma ressalva.

— O que é uma ressalva?

— É uma condição ou uma regra.

— Uma regra como?

— Você nunca deve usá-los para invadir a privacidade de outra pessoa. — O tom dele era firme. — Sei que nesta cidade todos vivemos na palma da mão uns dos outros. E essa proximidade pode tornar tentador mergulhar na vida das pessoas, ou nas suas janelas, de maneiras que a gente não deve. Então nada de espiar os vizinhos, entendeu?

— Entendi. — Eu correspondi ao tom sóbrio, embora me arrependesse em segredo de ter dado minha palavra. Olhar as janelas iluminadas dos prédios de tijolo aparente do outro lado da rua todas as noites, cada uma com seus próprios protagonistas e seu próprio enredo, era um dos meus hobbies preferidos. E os binóculos tornariam ainda mais fácil assistir a essas histórias se desenrolarem.

— Boa menina — disse meu avô. Ele enfiou a mão no bolso do paletó e sacou o próprio caderno, acenando sedutoramente. — Que tal a gente fazer uma pequena viagem de campo hoje. O que me diz?

Eu me sentei ereta para mostrar o meu entusiasmo.

— Digo sim!

Todos os anos, meu avô encontrava um jeito memorável de distinguir o meu aniversário. No ano anterior, tinha sido uma viagem ao aquário de Coney Island e um almoço de bolinhos de chuva e cachorros-quentes. No aniversário anterior, fomos em uma aventura até a estação de metrô abandonada debaixo da Prefeitura.

— Mais uma coisa antes de a gente ir — disse meu avô, voltando a colocar seu caderno no bolso e acenando em direção à cozinha do restaurante.

Hilda — minha garçonete favorita por causa dos penteados enormes e sua personalidade também avantajada — estava vindo até a mesa levando algo na mão esquerda escondida pelo cardápio de plástico que segurava com a direita. Ela escorregou o cardápio para o lado, revelando um *cupcake red velvet* com uma única vela tremeluzindo no centro. Estrela esporádica de shows off-Broadway, Hilda deu início a uma versão dramática de "Parabéns pra você".

O barítono suave e profundo do meu avô, que ele reservava para ocasiões especiais, seguiu com a conclusão.

— Muitos aaaanoooos de viiiiidaaaaa.

Café da manhã comemorativo concluído, meu avô e eu nos sentamos lado a lado no trem C enquanto ele seguia letargicamente rumo ao Upper West Side. Nossos binóculos pendurados no pescoço e nossos cadernos de couro descansando no colo.

Nos três anos desde que eu tinha começado a morar com ele, eu tinha desenvolvido uma curiosidade intensa sobre o conteúdo dos cadernos do meu avô. Às vezes, eu deparava com um deles desacompanhado — em geral todo aberto na mesa lateral junto da poltrona, o cordão de couro tentadoramente desatado — e lutava contra a tentação de o ler. O que poderia ser tão importante na vida que exigisse uma documentação tão extensiva?

Professor emérito de biologia na Universidade de Columbia, meu avô tinha paixão por categorizar coisas. Desde que seu escritório se tornara o meu quarto quando cheguei para morar com ele, cada centímetro de espaço livre no apartamento havia sido preenchido com sua parafernália pedagógica. Fileiras lotadas de potes com espécimes naturais se alinhavam nas estantes da sala de estar. E a partir do dia em que aprendi a dominar o uso da etiquetadora, meu avô me chamou para ajudar a classificar o conteúdo de quaisquer novos frascos acrescentados à coleção. Ele soletrava devagar os nomes científicos complicados enquanto eu girava diligentemente o rotulador para um lado e para o outro, gravando cada letra na eternidade. (*Ornithorhynchus* foi meu rótulo mais memorável — embora o minúsculo feto de ornitorrinco suspenso em líquido de fato não fosse muito fofo.)

Descendo do trem C na rua 81, seguimos o caminho que levava ao Central Park e continuamos pelo bosque abaixo do castelo. Eu nunca tinha me interessado por histórias de princesas que ficavam sentadas esperando pelos príncipes, mas gostava da ideia de morar em um castelo com salões infinitos e masmorras a serem exploradas. De vez em quando, eu imaginava um príncipe se juntando a mim nessas expedições, mas era sempre eu quem tomava a frente.

Vagamos debaixo das espessas copas das árvores até que meu avô parou junto de um poste.

— O que você percebe neste poste de luz?

Eu o examinei cuidadosamente, correndo os olhos para cima e para baixo procurando absorver cada detalhe antes de dar minha resposta final. A única coisa que o distinguia de um poste normal era uma plaquinha numérica bem no meio dele.

— Os números? — lancei timidamente, procurando um indício no rosto neutro profissional do meu avô. O sorriso dele confirmou meu palpite, como uma porta escondida se abrindo após uma senha secreta ser pronunciada.

— Exatamente. — Ele arregaçou as pernas da calça e se ajoelhou com uma perna para que ficasse na altura dos meus olhos. — Se você se perder no Central Park, essas placas podem te ajudar a encontrar o caminho.

Eu franzi a testa para a sequência de números aleatórios.

— Como?

— Veja os dois últimos números mais de perto — disse ele, correndo os dedos sobre o metal em relevo. — Se eles forem ímpares, quer dizer que você está mais perto do lado oeste do parque. E se eles forem pares, você está mais perto do leste.

— Mas e os dois primeiros números?

— Eles representam a rua transversal mais próxima. — Ele descansou o cotovelo no alto do joelho. — Então, está escrito 7751. Qual você acha que é a rua mais próxima?

Eu balancei meus braços de um lado para o outro enquanto pensava.

— 77 Oeste?

Meu avô piscou.

— Garota esperta.

À medida que o novo aprendizado se alojava no meu cérebro, senti a satisfação de ter desvendado mais um dos segredos infinitos do mundo. Eu fui pulando atrás do meu avô enquanto ele me guiava pelo caminho até uma pequena clareira perto do lago com uma fileira de bancos ao redor.

Ele indicou o último banco.

— Vamos nos sentar um pouco.

Minhas pernas balançaram embaixo enquanto eu passava a mão na curva do braço de ferro do banco.

— Este é um dos melhores lugares para avistar pássaros — disse ele, batendo com o binóculo intencionalmente. — E se você apontar os seus para aquele aglomerado de árvores ali, é capaz de ver uma família de beija-flores de pescoço vermelho.

Eu posicionei as lentes emolduradas de borracha presunçosamente no alto do meu nariz.

— Não estou vendo nada — lamentei depois de apenas alguns momentos varrendo as copas das árvores.

— Bem, isso é porque você está deixando de lado o elemento mais importante do avistamento.

Olhei para ele por sobre o meu binóculo.

— E qual é?

Ele mexeu as sobrancelhas.

— Paciência.

Suspirando, voltei a focar minhas lentes nas árvores e esperei, determinada a mostrar como eu poderia ser paciente. Três minutos se passaram antes que eu avistasse um rastro carmesim se movendo entre a folhagem.

— Estou vendo um! — sussurrei em tom alto, tentando não assustar a criatura. — Estou vendo o pescoço vermelho dele.

Meu avô se inclinou e manteve a voz baixa.

— Isso quer dizer que é macho. As fêmeas têm rastros verdes, não vermelhos. O que mais você consegue observar nele?

— Tem um bico comprido e afiado. Mais longo do que o bico de outras aves. E está sempre em movimento, não pousa em um galho.

— Isso porque é raro que os beija-flores parem de se mexer. Eles batem as asas até oitenta vezes por segundo, e é daí que vem o zumbido que eles produzem.

— Uau, que rápido.

Enquanto o pássaro desaparecia entre as árvores, apoiei o binóculo nos joelhos e olhei para o meu avô, ansiosa para que a lição continuasse.

— Nós entendemos a natureza observando seus padrões. Com os pássaros, sabemos que eles aparecem em determinada época do ano e que preferem certos tipos de árvores e certos tipos de alimentos. — Ele suspendeu uma perna comprida sobre a outra, revelando uma meia listrada de azul e verde que cobria o tornozelo. — Ou veja as estações do ano, por exemplo. Como é que você sabe que é outono?

— Porque as folhas mudam de cor e caem no chão.

— Exatamente. Acontece a mesma coisa todo ano. E quando as folhas caem, isso nos ajuda a saber que tipo de casaco precisamos usar ou quais legumes devemos plantar.

— Ou que o Halloween já está chegando.

— Isso. Portanto, o melhor jeito de entender o mundo é ir atrás de seus padrões. — Ele deu um tapinha no caderno. — E o caderno serve para isso. Anotando tudo de interessante que você vê, a gente acaba descobrindo que as coisas acontecem com regularidade. E isso ajuda a aprender como elas funcionam. Vamos fazer algumas anotações sobre o que observamos até agora?

— Vamos! — Eu estava desesperada para escrever no meu caderno a manhã toda. Abri minha caneta-tinteiro e comecei a descrever cuidadosamente o poste com minha melhor letra.

— Sabe, não é apenas a natureza que nos mostra padrões. — Meu avô indicou a clareira, onde vários grupos de pessoas estavam relaxando. — Você também pode aprender muito sobre as pessoas apenas observando-as.

Ergui meus binóculos para dar um close em um trio de garotas em cima de uma toalha de piquenique. Meu avô colocou as mãos sobre ele e o empurrou suavemente para baixo.

— Lembre-se do que eu disse: nada de espiar.

— A res-sal-va — eu falei, orgulhosa de que a palavra tivesse ficado na minha memória.

— Sim, exatamente, a ressalva. Mas podemos observar de longe em público. — Com o braço ainda estendido ao longo do encosto do banco, ele apontou sutilmente para uma família sentada em um dos bancos do outro lado da clareira. — Então me diga o que você vê ali.

Eu franzi a sobrancelha.

— Um homem e uma mulher com seus dois filhos. — Eu me senti levemente insultada por ele ter me feito uma pergunta tão óbvia.

— Mas o que você consegue me dizer sobre o que eles estão fazendo?

— Ele está falando... mas não parece que ela está de fato ouvindo.

— Como você sabe?

— Bem, o corpo dela está virado para o outro lado e ela está olhando para tudo o que está em volta.

Meu avô assentiu.

— E está vendo como as pernas dele estão voltadas para ela e ele está se inclinando bem junto dela, mas quanto mais ele se inclina, mais ela se afasta?

— Estou vendo.

— O interessante é que provavelmente nenhum deles se dá conta de que isso está acontecendo. Você pode aprender muito observando a linguagem corporal das pessoas. Muitas vezes ela lhe diz muito mais do que o que elas estão de fato dizendo.

— Eu acho que a linguagem corporal dela está dizendo que ele não é lá muito interessante — deduzi. Depois parei para anotar esse fato no papel.

Meu avô deu uma risada.

— É capaz de você estar certa.

Olhei para as duas menininhas aos pés do casal.

— Só que ela também não está dando atenção às filhas. — A observação foi um pouco incômoda. Eu tinha certeza de que tinha visto o mesmo olhar indiferente no rosto da minha própria mãe. — Talvez ela esteja infeliz. Parece que ela não quer estar lá.

Meu avô abriu a boca para responder, mas depois parou, como se tivesse lançado uma linha de pesca e logo a estivesse puxando de volta.

— Sim, pode ser verdade. — Ele apertou os olhos por sobre as copas das árvores. — Infelizmente, há muitas pessoas neste mundo descontentes com a vida que escolheram.

— Isso é muito triste, vô. — Eu lançava as minhas pernas para a frente e batia os pés um no outro. — A gente não pode fazer nada para ajudar?

— Às vezes, mas nem sempre cabe à gente fazer isso.

Olhei para ele, insatisfeita.

— A lição aqui — meu avô continuou — é que dá para entender quase tudo se você estudar bastante. Até os seres humanos. Algumas pessoas têm uma capacidade natural de ler os outros e entendê-los, mas, para o restante de nós, procurar seus padrões ajuda.

— Que tipo de padrões?

— Bem, à medida que você começa a conhecer mais gente na sua vida, vai ver que existem personalidades diferentes no mundo, e isso quer dizer que você não pode abordar todo mundo do mesmo jeito. Por exemplo, você e eu gostamos de ficar sentados em silêncio lendo nossos livros, não é?

— É, sim!

— Mas para algumas pessoas isso seria uma tortura. Elas preferem estar sempre cercadas por muitas outras pessoas, matraqueando.

Eu estava cética.

— É sério? — Uma vida sem livros soava como uma tortura para mim.

— É sério — disse meu avô. — Então, ao interagir com as pessoas em sua vida, tire um tempo para observá-las. Veja como elas habitam o mundo. Elas gostam de ser notadas ou preferem se mesclar? Elas abordam os problemas de modo criativo ou intelectualmente? O que as agita ou as acalma?

A minha caneta pairava sobre a página, mas meu avô continuou falando.

— Aprender esses padrões vai ajudar você a ser mais útil para as pessoas — disse ele. — Não vai te ajudar a entendê-las completamente. Nós, humanos, somos um bando complexo, mas isso vai lhe dar pistas sobre o que as move.

— Pessoas, padrões, pistas… — Anotei as palavras como se fosse uma fórmula matemática complicada. — Entendi.

Meu avô se levantou, quase dobrando de altura.

— Agora, o que acha de irmos atrás do carrinho de sorvete?

— Tá bom! — Eu pulei do banco, o seguindo. Mas enquanto rumávamos de volta pelo caminho, um toque de culpa tomou conta de mim, enquanto eu lutava contra a tentação de usar meus novos binóculos para mais do que apenas avistar pássaros.

14

— Sabe, eu achei que você tinha evaporado — brincou Leo, enquanto examinava as peças de mahjong espalhadas entre nós em sua mesa de jantar. Ele pinçou um azulejo com o indicador e o polegar, considerando sua jogada. — Não te vejo há uma semana. Chegou a sair de casa?

— É claro que sim — respondi, de um jeito mais impetuoso do que pretendia, só que ele estava me provocando de propósito. — Eu levei George para passear todos os dias, duas vezes.

— Isso não conta a não ser que você realmente tenha interagido com outro ser humano. — Leo devolveu a peça à sua fileira e descartou a vizinha. — Não entendo como você pode passar tanto tempo em casa sem ver ninguém.

— Nós não somos tão sociáveis quanto você, Leo. Por que eu tenho que interagir com alguém? Eu gosto de ficar sozinha.

Leo se recostou na cadeira, cruzando os braços como um leão de chácara desaprovador.

— Sabe, eu não entendo como é que você alega não ter amigos.

Eu apertei os cintos. Leo tinha ficado cada vez mais filosófico no último mês, como se acabasse de perceber que estava envelhecendo e ainda não tivesse ponderado muitas das grandes questões da vida. Infelizmente, isso significava que ele começara a filosofar sobre a minha vida também.

Dando de ombros, peguei uma peça da parede de mahjong.

— Simplesmente gosto da minha própria companhia na maior parte do tempo.

Era quase verdade.

A vantagem de ter perdido meus pais tão jovem, se é que houve uma, foi uma autossuficiência ferrenha. Ocupados demais com a própria vida, meus pais nunca pensaram em me levar para brincar com outras crianças. Então, quando cheguei à idade escolar, não tinha de fato aprendido a arte, ou o objetivo, de fazer amigos. Antes da morte repentina do nosso professor do jardim de infância, as outras crianças da minha classe não tinham ligado muito para mim, mas minha reação curiosa — sobretudo o fato de que eu não ter surtado com a situação — só me isolou deles. Depois que um garoto começou a espalhar rumores de que eu passava meu tempo com mortos (necromancia ainda não estava em seu vocabulário de cinco anos, mas era o que ele estava insinuando), fui oficialmente cimentada como uma esquisitona. Mas como não tinha amigos a perder, apenas me refugiei ainda mais na minha imaginação — e fiquei tão confiante em mim mesma que não precisava de ninguém.

Eu não esperava chegar aos trinta e seis anos e ter apenas um amigo. Essa é a questão sobre a solidão: ninguém nunca a escolhe de propósito. Mas uma vez que você se estabelece como uma pessoa solitária, mesmo que seja por acidente, isso se torna um hábito difícil de abandonar. Minhas habilidades de fazer amigos não tinham atrofiado, já que nunca tinham sido de fato usadas. E depois da rejeição de Angela, não ousava voltar a tentar.

Leo não deixou o assunto passar batido.

— Mas você é tão boa com as pessoas, é só olhar para o trabalho que você faz. — Ele estendeu a mão e beliscou minha bochecha, como se eu ainda fosse a garotinha que ele tinha conhecido. — Você só precisa se abrir um pouquinho mais.

Eu me esquivei da mão dele.

— É fácil ser "boa com as pessoas" quando elas estão morrendo. Sei que estou ajudando e sei do que elas precisam: conforto, companhia e alguém para ouvi-las. — Contei os itens nos dedos para enfatizar.

Leo grunhiu discordando.

— Acho que você está subestimando o quão raras são suas habilidades, garota. Cada um enfrenta a morte de forma diferente. Puxa, a maioria de nós nem quer falar sobre isso até que ela esteja batendo na porta. É preciso uma pessoa muito especial para ajudar alguém a navegar pelo processo de morte à sua própria maneira.

— Certo. Mas eu sou boa nisso porque esse é o meu trabalho. — O estímulo persistente dele era exaustivo. — Não há falsas aparências com pessoas à beira da morte. E não há pressão para causar uma boa impressão, porque elas não vão estar presentes para se lembrar de você.

— Isso é fugir dos riscos, se quer saber — disse Leo. — Que tipo de vida está vivendo se nunca deixou ninguém ver o seu verdadeiro eu?

Eu tensionei meu corpo para que não me contorcesse.

— Você vê quem eu sou de verdade.

Mais uma vez, quase a verdade.

— E eu também tenho quase o dobro da sua idade. Não vou estar aqui para sempre. — Ele balançou a cabeça. — Você não quer se casar um dia? Quem sabe ter um ou dois filhos?

Dei de ombros, esperando que parecesse casual.

— Acho que nunca pensei a respeito.

Na verdade, eu pensava nisso. Muito.

— Bem, eu não quero dar uma de avô para cima de você, mas talvez você devesse. Não existe nada como estar apaixonado, mesmo que não dure tanto quanto você quer. — Os olhos de Leo brilharam quando ele admirou o retrato glamoroso de sua esposa, Winnie, que velava nossas partidas de mahjong. Eles foram bastante proeminentes na cena do jazz nas décadas de 1950 e 1960, mas seu romance invejável (do qual eu nunca me canso de ouvir falar) foi interrompido quando Winnie morreu em um acidente de carro aos trinta e cinco anos.

Leo voltou a franzir o cenho para suas peças.

— Sabe, todo mundo fala sobre como quer viver para sempre, mas não pensa em como é quando sua esposa e todos os seus amigos já se foram e você é o único que resta. É solitário.

Uma dor jorrou no meu peito. Eu não precisava de nenhuma daquelas coisas para saber o que era a solidão.

Eu estava junto do meu fogão mais tarde naquela noite, esquentando leite para fazer chocolate quente e ruminando sobre minha conversa com Leo. Por mais versada que eu fosse nos meandros do amor romântico fictício, ainda estava por dominá-lo na vida real. Ou, mais especificamente, ainda por experimentá-lo. Minha imaginação, por outro lado, precisava apenas de um olhar passageiro ou de um roçar de ombros para inflamar o pavio de uma paixão fantasiada. E eu tive muitas ao longo dos anos — baristas, bibliotecários, motoristas de ônibus, atendentes de mercadinhos. Mas, na maioria das vezes, eles nem percebiam que eu existia. E eu era muito tímida para tentar chamar a atenção deles; eu não tinha certeza nem se era digna disso.

Todo mundo sempre diz que o amor aparece quando você não está procurando. Então, por anos eu tentei não ir atrás dele. Esperei pacientemente que acontecesse comigo quando menos esperava — que alguém me notasse, me escolhesse, me amasse.

O que acontece é que quando você tenta não pensar em alguma coisa, isso é só o que o consome.

Fechando os olhos, inspirei o vapor do leite com canela que fervia em fogo baixo na panela de cobre. Entre o meu avô e eu, o cabo estava manchado por três décadas de uso em dois lugares distintos. Esmigalhando o chocolate no leite, comecei a misturá-lo de forma cadenciada. O líquido marrom cremoso formava uma espiral meditativa conforme eu o derramava do lado da panela que tinha uma prega.

Enquanto eu fechava as mãos ao redor da caneca de cerâmica, um desejo familiar me aborrecia. Um cabo de guerra incongruente entre a necessidade de solidão e a ânsia de conexão emocional — eu não queria companhia, mas não queria me sentir sozinha.

Meu avô entenderia. Pelo menos era isso o que tinha aprendido a dizer a mim mesma. E eu já havia falhado com ele, então uma fraqueza a mais não ia fazer diferença.

Coloquei uma cadeira no canto da janela, depois pousei minha caneca no parapeito e me enrolei no cobertor de alpaca. Apaguei todas as luzes da sala, deixando apenas a da rua que entrava, levantei devagar a persiana para que o movimento fosse imperceptível do lado de fora. George se aproximou, pronto para assumir seu papel naquela sequência que ele conhecia tão bem. Eu o puxei para o meu colo e levei o binóculo até os meus olhos.

A luz da sala do outro prédio brilhava forte, como um farol para o meu navio. Lá estavam eles, como era costume por volta dessa hora da noite, sentados em ângulos retos um de frente para o outro na mesa de jantar.

Julia e Reuben.

Não eram seus nomes verdadeiros, é claro. Ou pelo menos, provavelmente não eram seus nomes verdadeiros; na verdade, eu não os conhecia pessoalmente. Mas os conhecia intimamente. Sabia que Reuben cozinhava quase sempre, mas que Julia sempre escolhia o vinho — em geral um tinto — e que bebia duas taças enquanto ele tomava uma. Que sempre paravam para um beijinho durante o jantar, como se fosse um limpador de palato entre a salada e o prato principal. Que quando eles assistiam à TV no sofá — Reuben sempre à esquerda de Julia —, ele distraidamente desenhava círculos nas costas dela, enquanto ela passava os dedos carinhosamente pelos cabelos dele.

Esta noite, observei Reuben abraçando Julia por trás enquanto ela lavava a louça, estendendo o braço para tirar uma mecha solta de seus olhos para que ela não precisasse usar as mãos molhadas e enluvadas. E depois, mais tarde, o jeito como eles mergulhavam alternadamente as colheres no pote de sorvete que compartilhavam enquanto os créditos de abertura de um filme bruxuleavam em seus rostos.

Eu me sentia bem com seu vínculo íntimo — um amor implícito em vez de declarado — como se aquilo pertencesse a mim.

Gradualmente, o anseio em meu peito começou a diminuir.

15

A TINTA TURQUESA CONTORNANDO MINHAS CUTÍCULAS quase brilhava debaixo da luz âmbar inclemente da escadaria da frente do prédio. Eu tinha acabado de terminar a aula de pintura abstrata para a qual me inscrevi, para honrar o arrependimento de uma bioquímica de oitenta anos chamada Lily. Ela nunca tinha ido atrás de sua paixão pela pintura por causa da avaliação franca de sua professora do nono ano, segundo a qual ela não tinha talento algum e deveria se ater à ciência. Alguns dias antes de morrer, eu levei uma tela e tintas para que Lily pudesse por fim colocar sua criatividade reprimida para fora. Mas àquela altura sua artrite já tinha deixado suas mãos tão fracas e doloridas, que isso só a deixou mais triste por não ter tentado antes.

Até aquele momento eu não estava demonstrando muito talento para a coisa, mas pelo menos eu poderia dizer que tinha tentado.

O tempero do bisque de frutos do mar do Leo estava sendo levado pela escada, como costumava acontecer às terças-feiras, ficando mais forte à medida que eu caminhava furtivamente até meu apartamento. Eu tinha conseguido passar várias semanas sem voltar a encontrar Sylvie.

Mas eu não deveria ter ficado tão arrogante.

Assim que eu achara que tinha passado com segurança pelo segundo andar, esqueci de desviar da tábua de madeira mais barulhenta da escada. Atrás de mim, uma porta se abriu.

— Clover, oi! — Sylvie chamou do outro lado do patamar.

Eu me virei relutante e encarei minha nova vizinha, que estava encostada na porta usando um moletom cinza exibindo uma espécie de nome de banda.

— Ah, oi, Sylvie. — Eu estava grata por minhas chaves me oferecerem algo para fazer com as mãos. — Que legal te ver de novo.

— Você também! — Sylvie sorriu e eu me perguntei se seu nível de entusiasmo alguma vez ficava em algum outro patamar além de alto. — Eu estava esperando encontrar você de novo, mas continuamos nos desencontrando. Sorte que ouvi você passando do lado de fora da minha porta. Sabia que não era o Leo porque ele não conseguiria subir as escadas tão rápido!

— Ah, é — eu disse, decepcionada comigo mesma. — E aí… como vão as coisas? — Não pude deixar de devolver um pouco de sua simpatia, como se fosse contagiante.

— Finalmente terminei de arrumar a mudança! Bem, ainda tem algumas caixas que precisam ser abertas. Mas estou ansiosa para conhecer o bairro. E os vizinhos, é claro.

Uma risada aterrada borbulhou da minha garganta.

— Eu sei que Leo sempre adora conhecer gente nova.

— Ah, sim, Leo é um senhor encantador. E claramente adora frutos do mar — disse Sylvie, erguendo os olhos para o teto e franzindo o nariz. — Mas eu quero saber mais sobre você! Quem sabe por fim a gente possa tomar aquele café amanhã?

Ia ser muito difícil continuar a evitá-la. E Leo estava certo: ele não estaria por perto para sempre e eu não teria ninguém quando ele se fosse. No mínimo, precisaria de alguém para listar como meu contato de emergência em formulários de inscrição — faria sentido prático para mim travar um novo conhecido apenas por esse motivo. Além do mais, a ideia de passar o ano seguinte subindo e descendo as escadas na ponta do pé, me escondendo de Sylvie, era exaustiva.

Talvez valesse a pena tentar. Eu só não podia me deixar apegar. Ou revelar coisas demais sobre mim.

— Com certeza — eu disse, embora eu não tivesse certeza alguma. — Parece legal.

O sangue afluiu para a minha cabeça. Não havia como voltar atrás.

— Excelente! — disse Sylvie. — Encontro você lá embaixo às dez da manhã?

Uma vertigem se espalhou pelos meus membros — aquele mesmo coquetel de adrenalina e nervosismo que aparecia sempre que eu me arriscava. Ela me lembrou como fazia desde a última vez.

— Sim, tá bom... — Eu provavelmente deveria ter fingido dar uma olhada na minha agenda.

— Perfeito. Nos vemos então! — Sylvie abriu um último sorriso antes de fechar a porta.

Será que meu sorriso pareceu forçado demais?

Era uma sensação fora do comum entrar de fato no café com alguém — eu estava acostumada a ir direto para a mesa de um só assento no canto. Dei uma olhada nas pessoas agrupadas em duplas e trios nas mesas ao redor e invejei sua desenvoltura. Será que elas percebiam que aquela era uma das primeiras vezes que eu ia tomar café com alguém? Será que a Sylvie percebia?

Quando nos sentamos, comecei a brincar com os pacotinhos de açúcar no centro da mesa para me distrair do nervosismo que apertava minha bexiga.

— Então — disse Sylvie, aparentemente imune a constrangimento —, eu sei o que é uma doula de parto, mas o que exatamente faz uma doula da morte?

O pânico atravessou as minhas costelas. Leo devia ter contado a Sylvie sobre meu trabalho e eu realmente gostaria que ele não tivesse feito isso, eu não queria assustá-la.

Mas enquanto apertava os cintos para o olhar de julgamento e pavor que eu tinha aprendido a reconhecer em outras pessoas sempre que eu revelava a minha profissão, ele não apareceu. A expressão de Sylvie era aberta e amigável, como se ela estivesse genuinamente interessada na minha resposta.

Ainda assim continuei com cautela.

— Bem, se você parar para pensar, é basicamente a mesma coisa, só que meio ao contrário — falei, organizando os pacotinhos de açúcar em uma fila ordenada. — Uma doula de parto ajuda a trazer alguém à vida, e uma doula da morte ajuda a pessoa a ir tranquilamente embora dela.

Sylvie arqueou uma sobrancelha curiosa.

— Mas você não é médica, certo? Você chega a ter algum treinamento médico?

— Algumas doulas da morte têm, mas eu não sou desse ramo. Acho que o que eu faço é mais... empírico — eu disse, procurando as palavras corretas. Eu nunca tive que explicar meu trabalho detalhadamente, porque era raro que as conversas chegassem tão longe. — Estou ali apenas para fazer companhia e ouvi-las, e também as ajudo a fazer as pazes com quaisquer erros ou arrependimentos, coisas assim. E se elas não têm mais ninguém, vou estar lá para segurar a mão delas enquanto estão morrendo.

— Nossa, que pesado — disse Sylvie. — Você não acha deprimente? Acho que eu não aguentaria ver as pessoas morrerem uma depois da outra. Ia realmente mexer comigo.

— Acho que acabei aprendendo a blindar meus sentimentos. — Eu estava orgulhosa daquela força. — Sou melhor no meu trabalho se não estiver emocionalmente envolvida.

As sobrancelhas de Sylvie flertavam com ceticismo.

— Você não derrama nem sequer uma única lágrima de vez em quando? Sabe, nos casos em que o coração aperta?

— Não — eu disse, dando de ombros. — Na verdade, eu não choro nunca.

— Nunquinha? Tipo, nunca na vida em geral? Nem nos filmes tristes?

Balancei a cabeça.

— Não. — Outro fato que apresentei como um distintivo de mérito.

Sylvie me olhou curiosa.

— Menina, não tenho certeza se isso é saudável. Só porque você não sente seus sentimentos, não quer dizer que eles não existam.

— Para mim funciona. — A defensiva na minha voz me surpreendeu.

— Se você está dizendo. — Mas ela claramente não estava convencida. — De qualquer forma, aposto que você já ouviu algumas confissões bem loucas de gente no leito de morte.

Pensei nos cadernos na minha estante. A essa altura, eu tinha anos de confissões, algumas mais sórdidas que outras. Mas eu levava meu dever ético a sério: eu jamais revelaria uma palavra deles a vivalma.

— Acho que ouvi algumas.

Sylvie se inclinou sobre a mesa.

— Então, alguém já te pediu para sair e fazer alguma loucura para ajudá-lo a resolver seus assuntos inacabados?

— Eu ajudei pessoas a fazerem telefonemas difíceis ou escreverem cartas de desculpas. Mas em geral é um anticlímax, porque na maioria das vezes eles deixam para tarde demais e a pessoa ou já está morta ou não consegue ser encontrada a tempo.

— Ai, cara, que tristeza. Espero que isso nunca aconteça comigo. — A animação dela diminuiu brevemente. — Mas, de novo, acho muito difícil guardar rancor. Depois de alguns dias, em geral eu esqueço o que tinha me deixado chateada a princípio.

Isso fazia todo o sentido — se Sylvie tivesse um rabo, aposto que ficaria abanando o tempo todo. Não pude deixar de me sentir um pouco encantada por seu entusiasmo geral pela vida. Era reconfortante.

— Então... você é historiadora de arte? — A maioria das pessoas adora falar sobre si, então raramente notavam quando eu desviava o foco para elas.

— Sou, sim! — disse Sylvie. Então inclinou a cabeça de lado e me observou, como se examinasse uma obra de arte em busca de seu significado. — Mas não pense que passou batido você ter acabado de mudar de assunto.

— Tá, desculpa. — Eu me atrapalhei para prosseguir. — E você é de Nova York?

— Não, de Chicago. — Uma pitada de bravata enrijeceu sua postura. — Sempre jurei que nunca moraria em Nova York, mas cá estou. Eu trabalhei em um museu de arte em Tóquio por dois anos e então o The Frick me fez uma oferta que não dava para recusar. Nunca diga nunca, imagino.

— Eu amo Tóquio. Passei uns meses lá quando tinha vinte e poucos anos, na época em que estava fazendo minha tese. — Eu não esperava encontrar algo em comum com Sylvie tão rápido.

— Espera, o que você estuda exatamente para se tornar uma doula da morte?

Eu me encolhi diante do olhar escrutinador do garçom enquanto ele pousava os cafés na mesa.

— Todo mundo tem um caminho diferente, como eu disse. — Esperei até que o garçom fosse embora para continuar. — Mas fiz minha tese em tanatologia.

— Que é...

— O estudo da morte.

— Não é possível. Essa é uma formação de verdade? Que legal.

Legal. Uma palavra que eu nunca tinha ouvido ser usada para me descrever.

— Bem, tem muita coisa em que você pode focar, mas eu estudei as tradições da morte de diferentes culturas. Era isso que eu estava fazendo no Japão.

Um grito estridente na mesa ao lado desviou nossa atenção. Uma garota britânica de cabelo cacheado estava esfregando freneticamente uma mancha de *cold brew* que corria por seu vestido branco enquanto sua acompanhante tentava represar o conteúdo que derramava da mesa.

— Aqui, toma. — Sylvie entregou para a garota um punhado de guardanapos com um sorriso simpático, depois se virou para mim. — Então você viaja muito?

— Na verdade, não mais... por causa do trabalho. — A garota só estava piorando a mancha ao esfregá-la.

— Difícil programar quando as pessoas morrem, hein? — Sylvie polvilhou açúcar em cima de seu latte. — Mas você já está sabendo que eu vou fazer um milhão de perguntas sobre o seu trabalho, não é?

Era lisonjeador ela me achar remotamente interessante.

— O que você quer saber?

— Para começo de conversa, como você passou de viajar pelo mundo estudando as tradições da morte a ficar aqui em Nova York trabalhando como doula da morte?

Mexi meu café preto, decidindo se queria me aventurar naquele assunto.

— Voltei para casa depois que meu avô morreu, o que meio que me levou a isso. Eu realmente não viajei desde então.

— Sinto muito... Leo disse que vocês eram muito próximos.

— Obrigada. Nós éramos mesmo. — Enquanto eu afastava o aborrecimento do peito, me perguntava se havia alguma coisa que Leo não tinha dito a ela. — Mas onde é que você morava em Tóquio?

Sylvie graciosamente deixou minha óbvia mudança de assunto colar.

— Em Ginza, a maior parte do tempo. Eu tinha um apartamento muito fofo. Te mostro umas fotos dele da próxima vez.

Próxima vez. A ideia de passar tempo com ela novamente desencadeou uma sensação pouco conhecida de possibilidade. Era como calçar um sapato de couro novo e duro pela primeira vez — do tamanho certo, mas ainda ligeiramente desconfortável.

Então era assim que acontecia o início de uma amizade?

16

QUANDO AVISTEI SEBASTIAN ENCOSTADO na grade de ferro forjado de uma casa na rua 87 Oeste, pensei em abandonar nosso combinado e voltar fugindo para o metrô. Mas então ele acenou para mim — um reconhecimento da minha presença que me pareceu estabelecer um vínculo — e minhas pernas me impulsionaram para a frente.

Ele não se apoiava confiante, do modo como outros homens que estavam seguros de seu lugar no mundo e seu propósito nele. Ele se apoiava hesitante, quase apologético, como se fosse uma inconveniência muito grande para o corrimão da escada. Mudava o tempo todo os pés de posição — um tornozelo apoiado no outro, os dois pés perfeitamente juntos, o esquerdo raspando no chão. No tempo que levei para chegar até ele, ajeitou o cachecol duas vezes.

Quando havia apenas um braço de distância entre nós, parei de repente.

— Oi, Sebastian.

Em geral, com um novo cliente, eu assumia minha persona profissional e ia direto aos detalhes, confiante no fato de que eu era boa no meu trabalho e que sabia exatamente por que estava lá. Mas a ansiedade me atormentou mais do que o normal naquele dia, dando um nó apertado no meu estômago.

— Oi, Clover. Que ótimo ver você!

Sebastian deu um passo na minha direção como se estivesse prestes a me dar um abraço. Então, provavelmente dissuadido pelo olhar pasmo no meu rosto, abortou o movimento de modo que pareceu que ele tinha tropeçado.

Com uma risada nervosa, logo estendeu a mão para um cumprimento, então deu um passo para trás e indicou os degraus.

— Então, é melhor eu dizer uma coisa — disse ele, tirando a luva para usar a chave na porta da frente. — Minha avó sabe que você está vindo, mas não sabe exatamente que você é uma doula da morte.

Os alarmes mentais que eu estava ignorando ficaram mais altos.

— Então, quem ela acha que está vindo?

— Eu meio que disse que você era uma amiga que estava interessada em ver o trabalho de fotografia dela.

O pânico se instalou.

— Mas eu não sei nada sobre fotografia. — Até este ponto da minha vida, eu tinha me orgulhado da minha honestidade. Mas, graças a Sebastian, eu estava basicamente me tornando uma mentirosa profissional.

— Você vai se sair bem — disse Sebastian com menos certeza do que eu gostaria. — Se você a fizer falar e relembrar, ela nem vai perceber.

Eu estava louca para me deixar enganar. E eu percebia quando alguém estava mentindo para mim, mas poderia estar fora do meu jogo por eu ter sido a primeira a mentir. E era tarde demais para voltar atrás — a avó dele estava esperando uma visita.

Sebastian me guiou por um corredor muito maior do que eu esperava quando estava do lado de fora. A decoração da casa era escassa comparada ao meu apartamento abarrotado, mas de propósito — cada objeto parecia ter sido selecionado criteriosamente e posicionado com precisão.

— Sua avó tem uma bela casa — comentei, lembrando a mim mesma que Sebastian era tecnicamente meu patrão e que eu devia levar uma conversa educada, apesar de sua tramoia.

— Pois é, acho que sim. — Sebastian olhou ao redor sem realmente ver. — Ela e meu avô compraram esta casa na década de 1950, mas acho que tem pelo menos uns cem anos. Eu passava muito tempo aqui quando era criança. Meus pais me mandavam para cá praticamente todas as férias.

Andar atrás dele significava que eu podia estudar sua aparência sem ele perceber. Sebastian provavelmente era quatro ou cinco anos mais velho do que eu — era difícil de afirmar com homens, embora sua estatura baixa o fizesse parecer mais adolescente do que de meia-idade. Havia uma mancha ocasional grisalha em seu cabelo escuro, mas nenhum sinal de entradas. As lentes de seus óculos eram grossas.

Fotografias em porta-retratos penduradas em intervalos regulares ao longo do corredor. Eu tinha antecipado retratos de família cheios, mas as vinhetas em preto e branco que me olhavam de volta eram portais evocativos para mundos distantes. Um cavalo musculoso erguido nas patas traseiras em um deserto, sua crina brilhante soprando ao vento como chamas. Os olhos abrasadores de um homem de turbante, cujo rosto estava esculpido com linhas de turbulência emocional.

— Você disse que sua avó era fotojornalista?

Sebastian parou para olhar a foto que eu estava examinando.

— É, ela foi uma das poucas fotojornalistas de sua época, na verdade. Antes de se casar com meu avô, ela viajou pelo mundo tirando fotos para jornais.

— E ela tirou todas essas?

— Tirou, sim. — Ele estufou um pouco o peito estreito enquanto estava ao meu lado. — Quase todas as fotos que você vir nesta casa são dela. — Ele continuou andando. — Vou fazer o devido tour mais tarde, mas você provavelmente deveria conhecer minha avó primeiro. O jardim é o lugar favorito dela.

Pelas portas francesas que separavam a cozinha do jardim, vi uma mulher idosa em uma espreguiçadeira de vime. Um xale azul-marinho envolvia seus ombros e um cobertor verde-musgo grosso cobria seus joelhos. Com o rosto voltado para o sol, ela estava sentada, de olhos fechados, um sorriso sereno no rosto. Parecia rude se intrometer em sua delícia solitária.

Sebastian não parecia se preocupar.

— Oi, vó! — Ele se aproximou e deu um beijo em cada uma de suas bochechas. Ela estendeu a mão e colocou uma delas em concha no queixo dele com ternura.

— Olá, meu querido. — A voz clara e robusta parecia incongruente com seu corpo pequeno e esgotado pela idade. — Eu estava só ouvindo os pássaros e tentando roubar um pouco de sol antes que o inevitável inverno acinzentado volte.

Sebastian fez sinal para eu me juntar a eles.

— Vó, esta é a amiga de quem eu estava falando... Clover.

— Muito prazer, sra. Wells. — Estendi a mão.

— Ah, por favor, me chame de Claudia — ela disse, cobrindo minha mão suas duas palmas. — É raro conhecer algum dos amigos de Sebastian.

Sebastian olhou para nós duas contente.

— Clover e Claudia, soa bem.

— Como um par de irmãs teimosas em um romance de Jane Austen — comentou Claudia.

— É um prazer, Claudia — eu disse, encantada com sua irreverência. — Sempre quis ter uma irmã.

Claudia fez uma reverência atrevida.

— Não vamos nos concentrar na diferença de idade entre nós. — Ela indicou a espreguiçadeira de vime ao lado. — Sente-se, minha querida Clover. Sebastian, faça um café para nós, sim?

Assentindo obediente, ele voltou apressado para a casa.

— Meu neto me disse que você está interessada em fotografia — Claudia disse, cerrando mais o xale em volta dos ombros. O tecido esticado enfatizava suas costas curvadas e angulosas.

Senti um lampejo de raiva por Sebastian por me forçar a enganar uma senhora tão adorável. Rezei para que minhas bochechas não ficassem vermelhas e denunciassem a mentira.

— Ah, sim, pois é — eu disse, o mais casualmente que pude, o que não era nada casual. Eu de fato achava fotografia interessante, então talvez não fosse uma mentira de todo. — Mas eu adoraria saber sobre sua carreira como fotojornalista. Parece fascinante.

— Foi só uma carreira breve, na verdade. — Uma pitada de frustração. — Naquela época, você podia escolher uma carreira ou um marido e uma família, não podia fazer as duas coisas. Não como vocês, mulheres de sorte de hoje em dia.

Bem, na verdade, marido e filhos nunca foram apresentados como uma opção para mim, então nunca precisei optar. Acho que isso fez de mim sortuda. Ou realmente azarada.

Afastei a crescente sensação de falta.

— Você está certa. A gente tem muito mais escolha e liberdade hoje em dia. Embora ainda não tanto quanto poderíamos e deveríamos ter. — Assim que eu disse essas palavras, estremeci ao revelar minhas crenças pessoais. Em geral, eu tentava ficar neutra.

O sorriso de aprovação de Claudia indicava que eu não precisava me preocupar.

— Acho que vamos nos dar bem, minha querida.

17

Claudia estava cochilando ao sol quando voltei para dentro da casa geminada. Sebastian tinha nos deixado sozinhas para "nos conhecermos" enquanto cuidava de uma lista de diversas tarefas domésticas que ela havia lhe dado. Trocar uma lâmpada na biblioteca. Apertar uma torneira no lavabo. Carregar uma caixa de livros para o porão.

Enquanto eu vagava desacompanhada pela casa, não pude deixar de dar uma olhada nos quartos que despontavam do corredor arejado. A mesma paleta de neutros dominava a sala de estar — tons benignos de *off-white* e cinza-claro que desvaneciam na decoração sem ofender sensorialmente. As únicas alusões de cor eram as hortênsias meticulosamente dispostas em vasos austeros e angulares.

Isso me lembrou as casas preservadas de famosos que eu vira nas minhas viagens — a de Monet em Giverny, a de Elvis em Graceland — onde vinhetas domésticas, isoladas por cordas, ficavam paradas no tempo como se os ocupantes tivessem apenas dado uma saída. Tudo naquela casa parecia austero, intocado e inconsistente com relação à mulher vibrante e calorosa que eu conhecera no jardim.

Ouvi o som lento de passos descendo a escada de mármore e me apressei a sair da sala de estar e voltar para o corredor, a pulsação martelando de culpa.

Sebastian estava desbravando os últimos degraus com um grande estojo de violoncelo, suas mãos desajeitadas em torno do centro como se estivesse tentando valsar com um parceiro voluptuoso. Ele fez uma careta quando o bateu sem querer na parede — não ficou claro se estava mais preocupado com o instrumento ou com o imaculado do acabamento branco.

— Ah, oi! — Ele descansou a extremidade bulbosa do estojo no chão. — Está tudo bem com a minha avó?

— Sim, ela só está tirando um cochilo ao sol. Achei que era melhor deixá-la aproveitar. — Olhei curiosa para o estojo do instrumento. — Esse violoncelo é dela?

— Não, na verdade é meu. — Os ombros de Sebastian se curvaram de vergonha. — A minha avó gosta de me ouvir tocar, então eu o trago de vez em quando e, sabe, faço uma serenata para ela, por assim dizer.

A ternura da imagem suavizou minha raiva. Imagino que Sebastian tivesse suas razões para mentir, assim como eu.

— Isso é muito legal de sua parte — falei. — Música pode acalmar bastante quem está à beira da morte.

Sebastian recuou ao ouvir minha última palavra.

— É só uma coisinha, mas acho que a faz se sentir melhor. Às vezes minha avó me pede para tocar por horas e simplesmente fica sentada ouvindo de olhos fechados, com o ar muito calmo e pacífico, como se ela estivesse tendo um sonho bom ou algo do tipo.

Eu abri um sorriso incentivador para ele.

— Pequenos prazeres como esse tendem a ser os mais cheios de significado para as pessoas que estão nessa fase.

O silêncio claramente pairou e nós olhamos para todos os lados, menos um para o outro.

Sebastian espiou o relógio.

— Puxa, é melhor eu ir. — Ele encostou o violoncelo na porta de entrada enquanto sacava seu celular. — Vai seguir para o centro? Eu te dou uma carona.

— Ah, não, tudo bem, vou pegar o metrô. — Dividir o banco de trás com Sebastian e permitir que ele soubesse onde eu moro parecia um exagero de… intimidade.

— Não tem problema nenhum. Você mora perto de West Village, não é? Ouvi você comentar isso com a minha avó. O ensaio da minha orquestra de câmara é na NYU, então posso deixar você no caminho.

Seria uma mentira óbvia dizer que preferia andar de metrô. Talvez eu pudesse evocar algum outro "compromisso" que eu tinha no Upper West Side. Mas nós de fato precisávamos falar das minhas próximas visitas a Claudia — aquela mentira não podia continuar.

— Seria ótimo se você pudesse me deixar no Washington Square Park. Obrigada.

Sebastian acedeu.

— Legal! Deixa só eu chamar um Uber.

Depois de um breve drama ao manobrar o violoncelo para entrar no porta--malas do carro, descemos a Columbus no banco de trás de um sedã Toyota roxo. Rhonda, uma loura de meia-idade, estava ao volante.

Quando passamos pelos fundos do Museu de História Natural, me bateu uma pontada de tristeza — eu tinha passado tantas tardes ali com o meu avô. Depois de treze anos, as garras geladas do pesar ainda apertavam ocasionalmente meu coração quando eu menos esperava. Olhei no banco de trás para Sebastian. Daqui a treze anos, ele provavelmente ficaria grato por ter sido tão atencioso com a avó nessa reta final de sua vida. Mas ainda ia parecer que não tinha sido o suficiente.

— Então, sua avó disse que só você da sua família mora em Nova York?

Sebastian pareceu surpreso por eu ter quebrado o silêncio.

— É, só eu. Minha mãe, meu pai e minhas três irmãs mais velhas ainda moram em Connecticut, na cidade onde eu cresci.

— E eles não vêm muito à cidade?

— Eles vêm nas férias e para outras coisas. — Ele brincava com o botão da manga da camisa. — Meu pai veio quando nós levamos a minha avó ao gastroenterologista. Era um cara que ele conhecia da faculdade e acho que ele mexeu uns pauzinhos para encaixá-la.

— Qual foi o diagnóstico?

Seus olhos castanhos embotaram.

— Câncer de pâncreas, estágio quatro.

— Sinto muito. — Deixei as palavras pairarem por alguns segundos. — Quanto tempo estimaram que ela ainda tem?

— Por volta de dois meses, na melhor das hipóteses.

— Deve ter sido um choque para todos vocês. E para ela.

— Veja, essa é a loucura. — O corpo de Sebastian ficou tenso. — O médico contou ao meu pai o diagnóstico antes e o meu pai pediu para ele não contar à minha avó que ela ia morrer.

— O quê? — Lutei contra a ânsia de expressar minha desaprovação. Era meu trabalho permanecer imparcial. — Isso é muito…

— Antiético? Sim. Eu fiquei com tanta raiva do meu pai quando ele me fez jurar que eu não contaria para ela. Mas ele insistiu que é melhor ela não saber. — Sebastian tirou os óculos e começou a esfregá-los vigorosamente com o cachecol. — Eu queria ter discutido mais com ele, mas é da mãe dele que a gente está falando. E na nossa família o que ele disse sempre foi a regra. — A amargura deu o tom de sua última frase.

— Só que ela sabe que está doente, certo?

— Ela sabe que está com câncer, mas não sabe quão sério é.

— E a sua família sabe que ela está morrendo, e mesmo assim eles não a visitam com mais frequência? — Eu estava meio que interrogando com Sebastian, mas precisava saber de tudo aquilo se fosse continuar a atender Claudia. Guiar-se em dinâmicas familiares complicadas era uma parte delicada do trabalho.

Ele assentiu.

— A minha família meio que sempre lidou com a morte desse jeito, não falando a respeito e fingindo que não vai acontecer. Não somos exatamente normais.

— Na verdade, isso é bastante normal, nos países ocidentais, pelo menos. Não é tão comum as pessoas discutirem isso abertamente.

O Uber parou no semáforo junto do Lincoln Center e Sebastian assistiu desamparado a fonte lançar elegantemente gotas de água no ar.

— É capaz de eles virem quando ela estiver chegando ao fim — disse ele enquanto o sinal abria. — Eles tentaram convencê-la a ir para uma casa de repouso no ano passado, antes de tudo isso acontecer, no entanto ela recusou. Então eles providenciaram cuidadores. Selma vem bem cedo de manhã para ajudar a minha avó a tomar banho, se vestir e todo o resto, e Olive chega às seis da tarde e passa a noite.

— E Claudia não estranha esses cuidados vinte e quatro horas por dia?

— Acho que não. Quer dizer, ela nunca falou nada. Meu pai disse a ela que, se quisesse continuar morando na casa dela, tinha que aceitar. E não é como se ela não tivesse espaço.

— Então, por que é que você precisa de mim? — Claudia claramente já tinha muita ajuda de pessoas que não precisavam fingir que se interessavam por fotografia.

— Bem, Selma e Olive são ótimas, mas o trabalho delas é garantir que a minha avó esteja tão saudável quanto possível e que suas necessidades diárias práticas sejam atendidas. Elas não gostam muito de se sentar e ter longas conversas sobre a vida.

— É difícil fazer isso quando você tem que cuidar de tantas outras coisas.

— Sim, sem dúvida. — Sebastian estava quase pesaroso. — Eu só meio que esperava que você pudesse ajudar a tornar tudo isso mais fácil para a minha avó de uma perspectiva mais filosófica, imagino. Para que, quando a hora chegar, ela esteja mais… preparada.

Minha empatia voltou a crescer.

— Que sorte dela ter você.

Ele deu de ombros.

— Ela foi muito boa para mim quando eu estava crescendo, meio que minha fuga, de diversas maneiras. É o mínimo que eu posso fazer.

— A mesma coisa aconteceu comigo e com o meu avô. — Eu tinha uma regra de não compartilhar detalhes pessoais da minha vida com os clientes. Mas as palavras tinham escapado.

— Vocês eram próximos?

Seria rude não responder, já que eu mesma tinha puxado o assunto.

— Ele me criou desde que eu tinha seis anos.

— Nossa, o que aconteceu com seus pais? — Assim que ele disse, ergueu a mão como se estivesse parando o tráfego. — Não, espera, deixa pra lá. Foi rude demais da minha parte ter perguntado.

— Não, tudo bem. Não adianta fingir que a morte não aconteceu. Além do mais, eu acabei de fazer todas aquelas perguntas sobre a sua avó. — Eu não conseguia me lembrar da última vez que tinha falado com alguém sobre os meus pais. — Eles morreram em um acidente de barco na China enquanto estavam lá de férias, e os corpos dos dois nunca foram encontrados.

— Sinto muito. Isso é horrível. — A bondade nos olhos dele parecia genuína.

Eu respirei fundo.

— Ninguém quer perder os pais, mas não me lembro muito deles de fato. Eles estavam sempre viajando, então não estavam muito por perto. Na maioria das vezes, pagavam uma senhorinha do quarteirão para cuidar de mim e tiravam férias.

— Meu Deus, que difícil.

Rhonda assistia curiosa pelo espelho retrovisor, nós três parados ouvindo o tique sincopado da seta. Como eu não queria dissecar minha história de vida com dois estranhos, conduzi a conversa para Claudia.

— Vou ser honesta, Sebastian... não tenho certeza de como as coisas vão funcionar com o atendimento à sua avó se ela não souber a verdade. Mentir sobre fotografia já é bem ruim. E, como você disse, é meio antiético.

Sebastian fez outra careta.

— Eu sei. Mas você pode pelo menos esperar umas duas semanas? Eu sei que ela provavelmente vai acabar por descobrir, mas eu só quero dar a ela um pouco mais de tempo para viver na bênção da ignorância. Não que o que ela está passando seja uma bênção.

— Eu sei o que você quer dizer. — Era difícil negar as boas intenções dele, mesmo que fossem moralmente falhas. — Mas parece um tanto forçado dizer a ela que vou visitá-la algumas vezes por semana só para conversar sobre fotografia. E eu não vou conseguir fazer meu trabalho direito.

— Eu sei. Eu sei. — Ele suspirou forte. — Vou conversar com meu pai a respeito. Mas, por favor, diga que vai continuar indo vê-la por enquanto? Eu só me sinto meio que impotente. E você vir passar um tempo com a minha avó parece ser o único jeito de fazer alguma coisa por ela sem ir contra a vontade do meu pai.

Pensei no meu avô. Eu teria feito qualquer coisa para tornar seus últimos dias — e momentos — melhores. E eu bem que poderia pedir a Bessie que encomendasse uns livros sobre fotografia.

— Tá bom — suspirei. — Vou esperar duas semanas.

18

Depois que Rhonda e Sebastian me deixaram na Washington Square, fiquei um tempo assistindo ao drama social do cercado para cães. Era outra tradição que meu avô e eu tínhamos desenvolvido quando eu era criança. Todos os domingos, indo da livraria para casa, observávamos o cercado para cães, comentando sobre as hierarquias sociais de seus atores caninos. Sempre havia um filhote exuberante e despreocupado que os outros seguiam com reverência, atraídos por sua confiança inata. E depois costumava haver um cão tímido que achava que toda aquela socialização era espalhafatosa demais, e ficava parado em silêncio no limite do cercado, ressentido com o dono por submetê-lo a tal tortura. Eu conseguia me identificar com o último arquétipo. Participar do mundo às vezes era sobrepujante.

Como eu não tinha de fato comprado as vitaminas depois de trombar com Sebastian na Duane Reade, dei uma passada na farmácia no caminho de volta pela Sexta Avenida. No final do corredor, reconheci uma silhueta familiar encostada no balcão, fascinando o jovem farmacêutico com uma história sobre "os bons e velhos tempos". Esperei até que ele tocasse na aba de seu chapéu fedora e se voltasse na minha direção.

— Mas olha só a sumida! — Leo me cumprimentou com seu sorriso largo e infalível. Sempre que fazia isso, eu imaginava ouvir o "plim" que soava nos filmes quando o dente de ouro de alguém aparecia.

Eu dei um empurrãozinho em seu braço de brincadeira.

— Foi você que evaporou desta vez. — Não era comum passar uma semana sem uma partida com Leo ou, pelo menos, sem encontrá-lo nas escadas.

— Pois é, pois é — disse ele. — Sabe como é quando você está com visita na cidade, estão sempre querendo que você dê uma volta com eles e mostre os lugares dos "locais".

Como nunca tive uma visita na vida, eu não sabia.

Olhei para o pacote de papel branco com uma receita grampeada na sua mão.

— Está tudo bem, Leo?

— Pode ter certeza. — Leo sacudiu o pacote para frente e para trás de modo que o conteúdo chacoalhou como um maracá. — Só fazendo um estoque dos remédios de sempre para colesterol, assim eu posso continuar comendo aqueles *cheeseburgers*.

— Não sei bem se é assim que os remédios para colesterol funcionam, Leo. Acho que o propósito é tomá-los e parar de comer coisas gordurosas.

— Não, eu prefiro a minha interpretação — zombou ele. — Falando nisso... o que você vai fazer agora? Quer comer um negocinho no restaurante?

Meu estômago roncou.

— Quero, sim.

As vitaminas podiam esperar.

Exceto por ter perdido um pouco do brilho, o restaurante tinha quase exatamente a mesma aparência da primeira vez que me sentei ali, aos seis anos. Os tons da fórmica e do vinil, agora desbotados, eram como os de um cartão-postal esquecido ao sol. Eu gostava do fato de que ele não tinha mudado — uma cápsula do tempo que também me alimentava.

Leo estava em seu meio, me inteirando das fofocas do bairro. Embora o meu avô sempre me dissesse para não incentivar a conversa-fiada de Leo sobre a vida dos outros, eu me deixava levar de vez em quando.

— Bem, antes de tudo, tem o drama da gata do mercadinho — contou.

— Olha, parece intrigante. — Com os cotovelos na mesa, descansei o queixo nas minhas mãos. Leo não precisava de muito incentivo, mas gostava de um público cativo.

— Você conhece a gata malhada gorda meio laranja do mercadinho em Grove?

— Aquela que deu à luz gatinhos entre dois sacos de batatas chips?

— A própria. — Ele levantou o pão de cima de seu *cheeseburger* para tirar os picles e depois me lançou um olhar enigmático. — Ela desapareceu na terça-feira passada.

— Roubada ou se perdeu?

— Ninguém sabe. Mas aqui está a surpresa: ela voltou misteriosamente três dias depois.

— Mas isso não é tão misterioso, Leo — afirmei, derramando calda na minha rabanada. — Os gatos têm o costume de passear. É meio que a diversão deles.

— Você está certa... eles fazem isso. — Leo molhou suas batatas fritas no ketchup. — Mas por acaso eles voltam com um gênero diferente?

— Você quer dizer que o gato que voltou era macho?

Leo recostou-se na mesa, satisfeito com a revelação da reviravolta no enredo.

— Sim.

— Nossa, mas então alguém trocou os gatos. — Eu tinha sido fisgada. — Quem faria isso? Eles não têm câmeras de segurança?

— Em todos os lugares, menos no corredor das batatas chips.

— E qual é a sua teoria?

— Uma rede de procriação de gatos, eu diria. Vamos ver se acontece um aumento no número de gatinhos laranja nas lojas de animais ainda este ano.

A passada de Leo estava ainda mais lenta do que em geral quando caminhamos alguns quarteirões para casa. Eu estava acostumada a diminuir meu ritmo caminhando com ele, mas hoje parecia que eu só precisava dar um passo a cada dois dele. Eu dava o braço para ele enquanto desviávamos dos pedestres que vinham na direção contrária, e ele se apoiou em mim mais de uma vez.

Fiel ao clima caprichoso de Nova York, o sol se escondeu sem aviso. Gotas de chuva grossas começaram a salpicar na calçada à nossa frente, passando de esporádicas a implacáveis em minutos. Mas, quando tentei guiar Leo para debaixo do toldo estreito de um clube de jazz, ele resistiu.

— É só um pouquinho de água, garota. E, além do mais, não é sempre que a gente tem a oportunidade de brincar debaixo da chuva. — Ele voltou o rosto para o céu, sorrindo enquanto as gotas caíam em suas maçãs do rosto. — É melhor aproveitar enquanto posso.

Eu estava junto dele, deixando o pé-d'água me encharcar, e tentei não pensar no que eu sabia ser inevitável.

19

Ei, C. Estou com preguiça demais de subir as escadas e bater na sua porta. Hahaha. Quer ir na ioga comigo amanhã? Eu preciso de alguém para não matar aula, hehe.

A MENSAGEM APITOU VIVA NO MEU CELULAR no início da noite de sábado. Por um lado, era um bom jeito de socializar com Sylvie sem me envolver muito. Por outro lado, ioga não era bem uma coisa em que eu fosse particularmente habilidosa e eu não queria fazer papel de boba e dar a ela um motivo para me rejeitar. Depois de reler a mensagem algumas vezes, preparei os polegares para responder.

Claro. A que horas? Tentei usar o mesmo tom casual de Sylvie, mas parecia artificial.

Três pontos, nenhum ponto. Depois, uma mensagem.

8h... eita. Cedo demais para você?

Flertei com a chance de recusar com graça. Mas eu nunca tinha passado muito tempo com uma mulher da minha idade (pelo menos, não com uma que não estivesse no leito de morte). Aquela poderia finalmente ser a minha chance.

Tá joia. Mas eu não fiz ioga muitas vezes na vida. Melhor não criar muita expectativa.

A resposta de Sylvie veio na mesma hora e eu me perguntei como ela tinha conseguido digitar tão rápido.

Sem problemas! Te dou umas dicas. Te encontro lá embaixo às 7h40. Bjo, S.

Em vez da comédia romântica francesa a que eu pretendia assistir naquela noite, me dediquei a uma série de vídeos de ioga no YouTube. Não sou a mulher mais flexível do mundo, mas consegui decorar o suficiente das posturas para não parecer completamente novata.

Sylvie já estava na escadaria da entrada quando cheguei lá embaixo na manhã seguinte. Com o tapete de ioga nas costas e um copo térmico de café na mão, a respiração dela soprava nuvens de vapor no ar da manhã, como um dragão alto e flexível com um rabo de cavalo especialmente vivaz.

— Clover, oi!

— Ah, oi, Sylvie.

Ela me entregou o copo.

— Imaginei que você poderia querer um pouco de café.

— Obrigada! É muito atencioso de sua parte. — Eu me senti surpreendentemente cuidada.

Sylvie fez um gesto de "deixa pra lá" enquanto dava as costas e descia as escadas de dois em dois degraus.

— É o mínimo que eu poderia fazer depois de te arrastar para a rua tão cedo.

Seguíamos a pé pelos dois quarteirões em direção ao estúdio de ioga e Sylvie continuou conversando.

— Então, deixa eu te contar tudo sobre os frequentadores. Só fui umas quatro ou cinco vezes, mas acho que já saquei a maioria das pessoas. — Ela só precisava de um aceno de cabeça meu para continuar. — A professora é ótima. Estudou na Índia. A única coisa é que ela tem um sotaque da Nova Zelândia e, por algum motivo, isso me incomoda muito durante a meditação guiada, o jeito como ela fala "casulo".

Não vi nada sobre casulos nos vídeos do YouTube, então se tivesse sorte seria algo que eu poderia improvisar. Minha confiança começou a minguar. Talvez não fosse tarde demais para cancelar — eu já estava meio dolorida por causa da minha sessão de treinos da noite anterior, de qualquer maneira.

Sylvie continuou a passar as fichas.

— Aí tem esse cara muito gostoso que está sempre na primeira fila e é superflexível. Mas, de novo, ele claramente sabe que é gostoso e superflexível, o que deixa tudo menos atraente, sabe.

Eu ri nervosa.

— É.

— Ah, aliás, você sabia que eles fazem *doga* nesse estúdio? Você devia levar George um dia! Ele ia adorar uma ioga.

Eu tinha certeza de que George, na verdade, não ia adorar uma ioga.

Quando enfim chegamos ao estúdio escondido no andar mais baixo de um prédio de tijolo aparente, o pânico enrijeceu os meus músculos já doloridos. Eu já tinha passado muitas vezes por bandos de praticantes de ioga cobertos de lycra e até gostava de observar os seus movimentos de longe. Mas de fato me movimentar entre eles, ser vista por eles, era um pouco aterrorizante.

A porta do estúdio se fechou atrás de nós e, por alguma façanha milagrosa do isolamento acústico, conseguiu bloquear o tumulto urbano lá fora. Uma mistura sutil de eucalipto, lavanda e talvez mirra seguia pelo ar por meio de um difusor engenhosamente oculto. O zumbido suave das tigelas ritualísticas tibetanas vinha de um conjunto também habilmente escondido de alto-falantes.

Sylvie abriu um sorriso para o homem atrás do balcão minimalista de madeira enfeitado com um único bonsai. Sua barba espessa e salpicada de pelos grisalhos estava assustadoramente bem cuidada e eu me perguntei se ele usava o mesmo pente para ajeitar os pelos faciais e o coque.

— Sylvie Anderson e Clover Brooks — disse ela, depois olhou para mim como se adivinhasse meus pensamentos. — Eu vi o seu sobrenome na caixa de correio.

— Espera — eu disse enquanto colocávamos os sapatos e as bolsas em caixotes debaixo de um banco acolchoado. — Quanto eu te devo pela aula?

Sylvie fez seu aceno de desdém mais uma vez.

— Não se preocupe, já cuidei disso. Você pode pagar a próxima.

Eu nem tinha certeza sobre a daquele dia. Eu ficava ansiosa com a ideia de obrigação, como se Sylvie tivesse colocado um peso nos meus tornozelos.

Entramos em uma sala com um piso aconchegante de carvalho e paredes de concreto artificialmente desgastadas. Uma pirâmide de tapetes de ioga enrolados e empilhados uniformemente estava em um nicho da parede como toras de madeira. Sylvie me entregou um e me guiou até um canto da sala.

— Eu gosto de colocar o meu tapete perto da janela para que tenha algo para olhar se eu ficar entediada quando eles te fazem ficar nas posturas por, tipo, uns dez minutos.

Quando ela começava uma série elaborada de alongamentos (eu devo ter deixado passar o vídeo que dizia para você se alongar antes de uma aula inteiramente composta por alongamentos), eu me sentei no meu tapete e estudei as outras pessoas na sala. Suas roupas caíam bem, coladas a cada músculo bem definido de seu corpo, enquanto a pele brilhava tanto pela paz interior quanto pelas rotinas caras de *skincare*.

Sylvie indicou com a cabeça o centro da sala onde um homem musculoso e de pele lisa se equilibrava nas mãos com as panturrilhas descansando no dorso dos braços.

— O cara super-gostoso-flexível. Assim que fica remotamente quente aqui dentro, ele tira a camisa; para o bem de todo mundo, sem dúvida. Não faz meu tipo. Eu curto mais uns caras magrelos das artes... Mas talvez faça o seu. — Ela mexeu as sobrancelhas enquanto passava a alongar o outro pulso.

Eu puxei um braço sobre o peito, tentando furtivamente determinar se o cara fazia o meu "tipo". Nunca tinham me perguntado isso antes.

— É meio difícil dizer daqui — eu falei, esperando que uma resposta vaga fosse suficiente.

Um sotaque sedoso da Nova Zelândia interrompeu nossa conversa.

— Bom dia, pessoal. — Uma mulher miúda e musculosa, com uma roupa branca justa, estava na frente da sala. Eu ponderei a logística de escolher a roupa íntima certa para o traje dela. — Meu nome é Amelie e é uma alegria tão, mas tão profunda ter todos vocês aqui —, a mulher disse como se estivesse embalando um bebê. — Obrigada por escolher começar seu dia conosco nesta linda prática.

Sylvie tossiu forçado.

* * *

Fiquei bem satisfeita comigo mesma por conseguir acompanhar a maioria dos movimentos. O fato de que os repetimos diversas vezes e que eu podia imitar todo mundo ao meu redor ajudou. O desafio era controlar meus devaneios — Sylvie teve que me cutucar diversas vezes para me avisar que já tínhamos passado para a postura seguinte.

Para aterrar minha mente, tentei imaginar a coisa menos estimulante que consegui.

Uma pedra. Uma pedra marrom e entediante.

— Posso encostar em você?

O pedido sussurrado e surpreendente partiu de Amelie, que vagava pela sala ajustando as posturas das pessoas.

Outra pergunta que nunca tinham me feito antes. Minhas orelhas começaram a queimar.

— Hum, tá, tudo bem — sussurrei de volta, imitando o tom da professora, já que obviamente havia uma regra implícita que proibia falar num volume normal.

Amelie se ajoelhou atrás de mim quando eu estava curvada para a frente e colocou as mãos na parte superior das minhas costas. A pressão quente e firme era uma sensação desconhecida, mas agradável, e meu corpo despertou. Eu não corria mais o risco de devanear.

— Isso mesmo — Amelie arrulhou baixinho. — Só respiiiiire ao se alongar.

Tentei me lembrar da última vez que eu tinha sido tocada de maneira tão prolongada e significativa. O único toque que eu costumava ter era com a mão dos clientes, para confortá-los ou ajudá-los a se sentarem e se levantarem de poltronas e camas. Mas tudo isso era a serviço deles.

Aquela foi a primeira vez em anos que eu fui tocada com tamanha expressão de cuidado e energia destinados apenas a mim.

A aula terminou com uma meditação guiada na qual Amelie conseguiu deixar a voz ainda mais monótona e airosa.

— Imagine-se cercado por uma beeeela luz de cura, como um *cá-sulo* dourado.

Sylvie bufou.

— Aquele *cá-sulo* é o seu espaço de cura e de segurança, onde nada pode machucá-lo.

Abri um olho para espiar Sylvie, que prendia o nariz para abafar a risada. Seu corpo inteiro tremia.

A inflexão *staccato* de Amelie na palavra "*cá-sulo*" era meio peculiar. Como se pertencesse a um coro cantado pelas crianças da família Von Trapp enquanto se despediam de todos, "até logo, adeus".

Eu tentava não sucumbir às risadinhas contagiantes de Sylvie. Mas quanto mais eu sabia que era proibido, mais forte a vontade ficava. Lágrimas pingaram, depois escorreram pelo meu rosto.

Amelie limpou a garganta enfaticamente.

— Vamos tooodos lembrar que a paz começa dentro de nós mesmos, dentro do nosso *cá-sulo* dourado.

Foi demais para Sylvie. Ela se sentou e encostou no meu ombro, que ainda estava sacudindo de tanto rir.

— Vamos embora daqui — ela sussurrou.

Evitando contato visual com os outros — e com Amelie —, enrolamos nossos tapetes e seguimos na ponta dos pés por entre o labirinto de corpos deitados, meditando. Enquanto recuperávamos apressadas nossos pertences e partíamos para a liberdade, senti o calor da cumplicidade transbordar sobre minha culpa por atrapalhar a aula. Descemos o quarteirão dando corridinhas, como se houvesse uma ameaça de Amelie nos perseguir em um furor meditativo.

Assim que viramos a esquina, Sylvie diminuiu o passo.

— Então, o que vai fazer essa semana? — perguntou ela, desfazendo o rabo de cavalo e voltando a atar outro. — Você ainda está de "férias"?

— Vou ver uma nova cliente amanhã.

— Sério? Me conta mais.

— É uma senhora no Upper West Side. Ela era fotojornalista na década de 1950.

— Nossa! Que legal! E mulher? Eu ia adorar conhecê-la. Aposto que ela tem que ser uma velha combativa e aberta se fez isso. — Sylvie arrumou a alça do tapete de ioga por sobre o peito. — Como você conseguiu? Pensando bem, como exatamente uma doula da morte consegue clientes?

— Eu conheci o neto dela. Aparentemente, ninguém a visita de fato, a não ser ele.

— Nossa, como isso é triste. — A expressão de Sylvie passou de taciturna para maliciosa. — Neto, hein? Ele é gatinho?

Minhas bochechas queimaram.

— Não sei. Acho que talvez sim.

— Talvez? Menina, na minha experiência, ou ele é gatinho ou não é.

Eu estava tão concentrada em ficar irritada com Sebastian que realmente não tinha parado para pensar nisso. Ia prestar mais atenção da próxima vez para poder voltar com a informação para Sylvie. Me esforcei para mudar de assunto.

— Então... como seu novo emprego no museu de arte está indo?

— Ah, sabe, bom na maior parte do tempo. Começar um novo emprego é sempre estranho, conhecer as personalidades de cada um e tudo o mais. E tem toda a política do escritório em que você tem que se guiar. O ramo da história da arte é bem cruel. — Sylvie acenou para um bassê que passava, mas ignorou seu dono.

— Pois é, meu avô era professor universitário de ciências e costumava dizer como alguns desses acadêmicos podiam ser calculistas.

— Sem dúvida. E o pior é que todos eles são tão passivo-agressivos. Eu sou sempre a favor de botar tudo para fora em vez de ficar guardando, mas ainda não tenho certeza se meus colegas iam dar conta de lidar com a minha honestidade brutal.

Eu gostava da franqueza de Sylvie porque aliviava a pressão de ter que adivinhar o que ela estava pensando. Tornava mais fácil estar com ela. Fiquei até um pouco decepcionada quando chegamos à escadaria do nosso prédio.

— Obrigada por se arrastar para fora da cama para ir fazer ioga comigo. Foi superdivertido! — Sylvie enfiou a chave na porta da frente. — Sério, eu não ria tanto assim faz tanto tempo. Vamos repetir em breve, se Amelie deixar a gente entrar.

— Seria ótimo — eu disse, surpresa por realmente querer dizer o que tinha respondido. O peso da obrigação desaparecera.

Eu subia as escadas e as minhas coxas queimavam por causa dos músculos recém-despertos, as maçãs do meu rosto ainda estavam pegajosas de tanto chorar de rir. Ocorreu-me que tinha sido o maior tempo que eu tinha passado socializando fora do trabalho com alguém além do Leo.

Também tinha sido a primeira vez em trinta anos que senti qualquer tipo de lágrima correr pelo meu rosto.

20

Quando cheguei na casa de Claudia pontualmente às duas da tarde, uma mulher com um jaleco floral e um coque volumoso cor de café atendeu a porta.

— Clover, certo? Sou Selma. Parece que vamos nos ver bastante. — O tom dela era de eficiência. — Claudia está no jardim, como sempre. Ela me pediu para dizer a você para ir até lá.

— Obrigada! E foi um prazer conhecer você, Selma. — Ela vestiu um corta-vento azul-marinho e reconheci o emblema do serviço de assistência de saúde domiciliar estampado no ombro esquerdo.

— Estou indo, mas volto em algumas horas. Ela deve estar comendo a salada que eu preparei para o almoço. Não deixe que ela te convença a comprar qualquer tipo de *junk food*.

— Pode deixar.

Meus passos ecoaram enquanto eu caminhava pela casa geminada, enfatizando tanto a falta de presença humana quanto a de objetos. As fotos em preto e branco na parede me lembraram da mentira que eu teria que continuar contando e senti uma pontada de ressentimento em relação a Sebastian. Eu tinha ficado acordada até tarde na noite anterior abarrotando meu cérebro com fundamentos da fotografia.

Profundidade de campo. Abertura. Regra dos terços. Balanço dos brancos.

Meu plano era fazer o máximo de perguntas possível a Claudia e então só atiçar o fogo da conversa à medida que fosse necessário. Se ela se parecesse com o neto, não precisaria de muito estímulo para continuar falando.

Parei para observá-la através das portas francesas da cozinha. Eu adorava observar as pessoas quando elas achavam que estavam sozinhas — o momento em que eram mais verdadeiras. Nenhuma pose para os outros. Claudia estava conversando com um pardalzinho que pulava na mesa de ferro forjado do jardim. Ela atraía a criatura para mais perto com um pedaço de tomate de sua salada intocada, os olhos dançando, evocando uma jovialidade ousada na testa enrugada. Era um paradoxo cruel do envelhecimento — embora seu corpo a estivesse deixando na mão, a mente de Claudia estava tão vivaz quanto sempre fora.

Empurrei a porta, permitindo que o som anunciasse minha chegada.

— Minha querida Clover. — Vincos de satisfação se sobrepuseram em seu rosto. — Estou tão feliz por você estar aqui. Venha se sentar. — Ela me observava com apreço enquanto eu seguia, como se saboreasse cada aspecto da minha aparência.

— Oi, Claudia. Eu encontrei Selma no caminho.

— Ah, sim, Selma. Aquela mulher só pensa em coisa séria. Sempre mandando em mim, tomando conta de mim, me fazendo comer verduras, como se eu fosse uma criança.

— Tenho certeza de que as intenções são boas. — Trabalhar com idosos espirituosos e teimosos costumava exigir certo nível de assertividade. Não era por acaso que Selma era ríspida.

— Eu sei, eu sei, ela só está fazendo o trabalho dela. — Claudia deu uma piscadinha. — Mas a vida é sempre mais interessante com um pouco de debate. Gosto de pensar nela mais como uma adversária digna.

Eu pisquei de volta.

— Entendido.

— Então, já que o bedel saiu, que tal nos divertirmos um pouco?

— O que você tem mente?

— Bem, é uma pena desperdiçar um dia tão bonito. — Havia um brilho nefasto no sorriso de Claudia. — Que tal você me ajudar com uma fuga para a liberdade?

— Hum. — Era melhor permanecer neutra até que eu soubesse com o que estava concordando.

— Vamos comer uma pizza. Estou morrendo de vontade de comer uma fatia de Margherita, bem gordurosa.

Observei o pardal bicando o tomate, enquanto considerava minhas opções. Realmente minha lealdade era para com Claudia, não com Selma. E era meu trabalho ajudar a tornar os últimos dias dela tão prazerosos quanto possível — mesmo que ela não soubesse disso.

Fingi dar uma olhada sorrateira ao redor, como se houvesse risco de sermos pegas.

— Pode contar comigo.

Deixei um bilhete para Selma como cortesia profissional, mas escolhi não mencionar a pizza.

Como Claudia era muito frágil para andar sem ajuda, nossa pretensa fuga estava mais para um vagar, enquanto eu empurrava a cadeira de rodas pela avenida Amsterdam. Apesar do calor fora de época da tarde, o corpo cada vez mais minguado dela tremia por causa da brisa leve.

— Você trouxe sua câmera, querida? — perguntou Claudia, apertando os olhos para as nuvens enquanto nos sentávamos a uma mesa de plástico bamba do lado de fora da pizzaria sem firulas. — A luz está perfeita hoje: sem muito brilho.

Eu estava chateada comigo mesma por não ter levado algum tipo de aparelho de fotografia, só para me sentir menos como uma fraude.

— Não trouxe, infelizmente.

Claudia ficou imperturbável.

— Por que você não traz da próxima vez e podemos falar de alguns exercícios básicos para você começar?

— Seria ótimo. — Eu esperava encontrar uma câmera básica que não fosse muito cara. Ou talvez eu devesse pedir para Sebastian arcar com isso. E, já que ele estava fazendo isso, com o tempo extra que eu tinha empregado pesquisando a respeito do assunto. — Mas eu adoraria ouvir sobre sua carreira na fotografia. Deve ter sido uma escolha muito pouco convencional para uma mulher na década de 1950.

— Você nem imagina. — A amargura preencheu os espaços entre as palavras de Claudia. — Meu pai quase me deserdou quando eu disse que era isso que eu ia fazer. Por sorte, puxei a teimosia da minha mãe, e ela proibiu meu pai de me proibir.

— Uau, sua mãe estava à frente do tempo dela. — Nossas fatias de pizza chegaram e eu me perguntei se deveria invocar minhas melhores maneiras à mesa e comer com garfo e faca.

— Estava e não estava — disse Claudia, apanhando entusiasmada sua fatia com as mãos. — Minha mãe me disse para ir para a faculdade e correr atrás da minha paixão enquanto fosse possível, o que, na cabeça dela, era até eu encontrar um marido. Segundo ela, a carreira das mulheres não deveria interferir no casamento. — O queijo derreteu de seus lábios com batom e ela fechou os olhos de prazer.

— Como você conheceu seu marido?

— Ele era amigo do meu irmão — disse Claudia. — Depois da faculdade, consegui um estágio em uma revista aqui na cidade. Fui a primeira estagiária mulher... E ele já morava aqui. Meu irmão e meu pai pediram para que ele ficasse de olho em mim e…

— Vocês se apaixonaram? — A perspectiva de uma história romântica disparou uma quantidade vertiginosa de endorfinas pelo meu corpo.

— Não exatamente. Naquela época, a gente tinha que fazer escolhas mais práticas. Estar apaixonada não era um pré-requisito para se casar. Na verdade, era uma surpresa se isso acontecesse. — Claudia limpou a gordura do queixo com um guardanapo de papel. — Posso dizer que nos admirávamos, só que o mais importante era o fato de que meus pais o consideravam uma escolha adequada.

Recuperei-me rapidamente.

— Ah.

— Sinto muito decepcioná-la, minha querida. — Claudia deu um tapinha na minha mão. — Eu sei que vocês jovens estão decididos a seguir o coração. Aquele meu neto parece se apaixonar toda semana, mas suponho que você já saiba disso.

Eu me ocupei com o restante da minha pizza, mas, pelo resto da tarde, não pude deixar de me perguntar sobre as entrelinhas do que ela havia dito.

Enquanto voltava para o metrô depois de acompanhar Claudia até sua casa em segurança, pensei nos pais dela. Eles pareciam controladores, mas também deve ter sido bom ter uma mãe que tentava assegurar que alguém cuidaria de você a vida toda.

Meu avô nunca falou muito sobre a minha mãe, mas eu percebi que minha chegada ao mundo não tinha sido exatamente planejada. E embora ela tenha cumprido biologicamente o papel de mãe, acho que nunca o assumiu instintivamente. Eu não conseguia me lembrar de qualquer sinal da ternura e do carinho que as mães nos filmes pareciam apresentar tão naturalmente. Nada de abraços calorosos, de amarrar laços no cabelo, de fazer *cupcakes*. Às vezes eu gostava de imaginar que ela poderia ter sido assim se tivesse tido a chance de desabrochar na maternidade. Quando você fantasia o suficiente sobre alguma coisa, pode quase parecer que é verdade.

Mas, sem nenhuma influência feminina, me guiei pelos obstáculos da puberdade com a ajuda de livros da biblioteca da escola (meu avô me apresentou uma explicação científica para o que estava acontecendo com meu corpo e me deu dinheiro para comprar os aparatos menstruais necessários, mas não foi de muita ajuda para além disso). E quando minhas colegas começaram a usar maquiagem, tentei reproduzir seus esforços usando produtos da farmácia que combinavam. Mas sem ninguém para me aconselhar sobre o tom de pele — ou as vantagens de não pesar a mão — os resultados me fizeram principalmente desistir da maquiagem para o resto da vida.

Eu sabia que o meu avô fazia o melhor que podia em relação a mim, mas muitas vezes me perguntava quais outras habilidades importantes para a vida eu estava perdendo por causa da ausência da minha mãe.

Será que eu era de certa forma menos mulher?

21

A GARRAFA DE *PINOT NOIR* PESAVA NA MINHA MÃO enquanto eu estava parada na frente da porta de Sylvie. Como primeira vez oficial que eu era convidada para jantar na casa de alguém em nome da amizade, parecia ligeiramente relevante.

Eu não fazia ideia do gosto dela para vinho, então dei ao cara da loja de bebidas uma avaliação superficial da personalidade de Sylvie. Ele sugeriu o *pinot noir* da Tasmânia como uma escolha irreverente, mas sagaz.

— A maioria das pessoas aposta na segurança com um *merlot* ou um *cabernet sauvignon* da Califórnia — disse ele com a condescendência desenfreada que parecia ser um pré-requisito para trabalhar numa loja de vinhos. — Mas como sua amiga parece ter viajado muito e ser meio caixinha de surpresas, esse tinto vai impressioná-la.

Minha amiga. Deixei o termo se repetir na minha cabeça e senti um alvoroço de nervosismo.

Com a mão pronta para bater na porta de Sylvie, avaliei minha roupa uma última vez. Eu não ia sair do prédio para valer, então não queria parecer que tinha me esforçado muito. Mas também não queria que passasse a impressão de que eu não tinha ligado — e minha roupa de ficar em casa tendia a ser desleixada. Uma calça jeans e meu suéter de lã mais bonito foram a decisão final.

Respirei fundo e dei três batidinhas. Meu nervosismo aumentou com o som de passos do outro lado.

A porta se abriu e revelou Sylvie com seu sorriso radiante de sempre. Por lógica, eu sabia que Sylvie sempre sorria como seu ponto de partida natural, independentemente de quem estivesse na frente dela. Mas seu olhar quente e estudado tinha também um jeito de fazer com que eu me sentisse muito mais interessante do que eu realmente era.

— Clover! Estou tão feliz por você estar aqui. Passei o dia ansiosa para colocar a conversa em dia. Sylvie deu um passo para o lado e estendeu o braço para me acolher. — Foi um dia de merda no trabalho e eu só quero esquecer. Estou tão feliz em ver um rosto amigo!

— Obrigada por me convidar. — Eu não estava acostumada a asserções entusiásticas da minha presença. Estendi a garrafa de vinho para ela. — Trouxe isto pra você.

— Aaaah, obrigada — disse Sylvie, girando a garrafa na palma da mão para examinar o rótulo. — Um tinto australiano. Você escolheu bem para mim.

Eu queria abraçar o elogio, mas essa era uma mentira que eu podia evitar.

— O cara da loja de vinhos me ajudou a escolher.

Sylvie apertou um olho.

— Você está falando daquele da 3 Oeste? O chato que fala como se você nunca tivesse visto uma uva antes, quem dirá uma garrafa de vinho?

Meus ombros relaxaram.

— Ele foi um pouco condescendente.

— Um pouco é eufemismo — disse Sylvie. — Às vezes eu gosto de ir lá e perguntar sobre vinhos obscuros só para vê-lo suar por não saber a resposta. Minha madrasta é enóloga, então confio muito mais no julgamento dela do que no dele. — Ela ergueu a garrafa. — Aposto que ele ia ter ficado puto se soubesse que você estava comprando esse vinho para mim.

Uma risada nervosa foi tudo o que consegui invocar.

— Vamos abrir isso — disse Sylvie, indo até o balcão da cozinha. — Correndo o risco de soar como uma cretina, você se importaria de tirar os sapatos?

No meio do passo, interceptei o toque do meu pé no chão e me esgueirei de volta para a porta, envergonhada por ter violado as regras da casa de Sylvie.

— É claro, desculpa.

Meias eram permitidas? Eu tirei as minhas, só para ter certeza.

— Não tem problema nenhum. — Sylvie sorriu. — Sabe, eu nunca pensei que seria uma daquelas pessoas cuzonas que fazem todo mundo tirar o sapato. Mas depois de morar no Japão por alguns anos, não consigo me forçar a usá-los em casa. — Ela gesticulou para os bancos altos alinhados no balcão. — Senta!

Estruturalmente, o apartamento era uma cópia exata do meu, exceto pelo fato de ter sido reformado nos últimos vinte anos. (Eu limitava as chamadas de manutenção a emergências, como banheiro inundado, para que o dono do apartamento não tivesse motivo para aumentar meu aluguel baixo, que era praticamente uma lenda urbana.) Esteticamente, o apartamento de Sylvie era a antítese do meu. Tínhamos exatamente o mesmo número de janelas, com a exata mesma vista, mas o apartamento dela era inexplicavelmente muito mais iluminado, mesmo no cair da noite.

— Você ainda está decorando? — perguntei, examinando o lugar muito pouco mobiliado. Nem um único tom da paleta fugia do branco, creme, cinza-claro ou madeira. Uma obra de arte minimalista solitária estava acima do sofá, mas as paredes, de um alabastro brilhante, estavam vazias. Pilhas esporádicas de livros, todas as lombadas adeptas à paleta de cores serena, estavam cuidadosamente dispostas sobre a mesa de centro e o aparador. As estantes estavam relativamente vazias, a não ser por um punhado de objetos bem espaçados, como cerâmica lisa, uma vela que parecia cara e um vaso de vidro com folhas secas de eucalipto.

E, ainda assim, tudo de alguma forma ainda parecia aconchegante.

Sylvie riu.

— Não, é isso mesmo. Acho que todo aquele minimalismo japonês também me atropelou. Embora meu gosto sempre tenha se inclinado um pouco para Agnes Martin. — Ela olhou ao redor. — Deus, eu sou um clichê *millennial* completo, né?

— Você não coleciona suvenires quando viaja ou algo assim? — Mesmo que fosse apenas um imã de geladeira, eu sempre gostava de trazer de volta algum tipo de lembrança dos lugares que tinha visitado. Por um tempo, recolhi pedras e conchas até perceber as implicações culturais e espirituais de surrupiá-las.

Sylvie franziu o rosto.

— Nah, eu não sou muito fã de *coisas*. Prefiro guardar só memórias de experiências como recordação. A única coisa que tento fazer em todos os lugares para onde vou é uma aula de culinária, para aprender um prato do lugar. Falando nisso... — O aroma de coco picante e capim-limão encheu o ar quando ela destampou uma panela fervendo em fogo baixo. — Espero que goste de comida tailandesa.

Depois do jantar, que comemos sentadas em almofadas ao redor da mesinha de centro, nos empoleiramos em extremidades opostas do sofá bebendo uma garrafa de *pinot noir* da madrasta de Sylvie. Minhas bochechas estavam o tempo todo coradas, o que significava que eu estava ficando bêbada. Se eu não estivesse tão preocupada em manchar os móveis imaculados da minha vizinha, talvez eu tivesse relaxado completamente.

— E como estão as coisas com a nova cliente? — perguntou Sylvie, suas longas pernas dobradas ordenadamente para o lado.

— Você estava certa — eu disse, notando suas unhas dos pés pintadas com elegância e me perguntando se eu deveria tentar pintar as minhas. — As histórias de Claudia sobre ser fotógrafa são realmente interessantes.

Sylvie olhou maliciosa por sobre a taça.

— E aquele neto? Qual é o nome dele, mesmo?

— Sebastian. — Dizer isso em voz alta me deixou constrangida, como se eu o estivesse conjurando na sala. — Ele está bem. Por quê?

— Eu imaginei que talvez você estivesse começando a conhecê-lo um pouco e que algumas faíscas pudessem começar a voar de vocês.

— Ele é meu chefe — eu disse, me perguntando se deveria esclarecer que minhas bochechas coradas eram por causa do vinho.

— Sim, mas sejamos realistas: esse trabalho tem um prazo para acabar — disse Sylvie. — Quando a avó dele morrer, ele não vai mais ser seu chefe, então você estará livre para fazer o que quiser com ele. Mesmo se estiver só procurando um pouquinho de diversão. Como um tipo de amizade colorida.

— Colorida como? — Eu entendi a insinuação dela, mas parecia mais seguro dar uma de joão sem braço. Sylvie me examinou por um momento.

— Sabe, tipo sexo.

— Ah. — Passei a me concentrar na obra de arte acima do sofá, fingindo estar fascinada com sua geometria tranquilizadora.

— Mas talvez essa não seja a sua praia. — O sorriso de Sylvie era reconfortante. — Muita gente gosta só de relacionamentos mais sérios.

— Bem... — Eu não tinha certeza se estava pronta para deixar essa conversa ir mais adiante. Mas se eu fosse continuar passando tempo com Sylvie, e eu queria fazer isso, provavelmente teria que tolerá-la mais cedo ou mais tarde. Inspirei devagar e lancei. — É mais que eu nunca mexi com... isso.

— O que você quer dizer? Com sexo? Ou um relacionamento?

— Hum, nenhum dos dois. — Talvez se eu murmurasse, ficasse menos chocante.

— Ah, entendi. — Faltava o julgamento que eu estava esperando na reação de Sylvie. — Então você é as?

— As?

— Sim, sabe... assexual? Isso é totalmente ok. Conheço algumas pessoas assexuais, na verdade.

Eu nunca tinha pensado em como eu me rotularia sexualmente.

— Não, acho que não. Quer dizer, eu me sinto atraída pelas pessoas.

— Caras? Mulheres? Todo mundo? Pessoalmente, eu gosto de manter minhas opções abertas. — Sylvie sorriu. — Binarismo nunca foi minha praia.

Eu revisei todas as paixõezinhas que tive ao longo dos anos — personagens fictícios, estranhos no metrô, professores universitários.

— Eu me sinto atraída por homens, acho. — Não era exatamente uma revelação, mas falar as palavras parecia mexer com uma parte de mim que eu tinha mantido adormecida de propósito.

Sylvie mudou de lugar no sofá para ficar de frente para mim.

— Então, o que te impediu de fato de sair com alguém? Você é um mulherão. Você sabe disso, não é? É inteligente, vivida, gentil, perspicaz e divertida.

A descrição me lisonjeava — sempre me senti enfadonhamente refreada quando comparada com a energia ilimitada de Sylvie.

— Nunca entendi direito como me comportar a respeito — falei, dando de ombros. — Sei que a gente deve esperar e deixar acontecer quando menos se espera, mas eu fiz isso e nunca funcionou. Ninguém nunca reparou em mim.

Os olhos de Sylvie eram gentis, sem pena.

— Tenho bastante certeza de que muitas pessoas repararam em você, Clover. Talvez você só precise se abrir mais para enxergar isso.

Eu podia sentir que estava ficando aflita.

— Mas namorar é tão confuso. Eu gosto de coisas que podem ser estudadas e aprendidas, nas quais há regras estabelecidas. O amor não é assim. Eu simplesmente não consigo entender como fazer isso.

— Como fazer isso? Bem, isso é meio que a grande questão. Ninguém jamais entende o amor. Quem diz que o entende ou está mentindo ou está em negação. Estamos todos só ajustando as coisas à medida que avançamos.

— E se eu errar? Ou se eu for muito ruim nisso? — Não havia como fugir da conversa, então era melhor ser terrivelmente honesta. — Eu nunca nem beijei alguém.

— Você nunca vai sair disso se não der a cara a tapa e tentar. — Sylvie dividiu o resto do vinho entre nossas taças. — Você escuta pessoas que estão à beira da morte o tempo todo falando sobre as coisas de que se arrependem de não ter feito, certo? Aposto que vai se arrepender de não tentar.

Nem me esforcei para esconder meu desconforto.

— Mas é meio apavorante.

— Exatamente — disse Sylvie, me olhando firme nos olhos. — O amor é como uma picada de mosquito: dolorosa e eufórica ao mesmo tempo. Você só precisa parar de pensar com a cabeça e fazer isso com o seu coração.

Eu não sabia se o meu coração era capaz de aguentar mais dor.

22

Ainda que Sylvie tivesse poucas coisas, uma delas era uma câmera digital meio chique. E ela estava mais do que empolgada para me emprestar.

— Você está de brincadeira? Pega a minha emprestada! — Sylvie tinha dito quando perguntei se ela sabia alguma coisa sobre comprar câmeras. — Estou tão viciada em toda essa farsa fotográfica com a senhora à beira da morte e o neto dela... eu ficaria honrada em desempenhar um pequeno papel na saga.

Uma tarde chuvosa no Upper West Side significava que minha "aula" com Claudia estava confinada ao interior da casa. Nós nos sentamos em uma ponta da mesa da cozinha em frente a uma natureza-morta improvisada composta de um arranjo de frutas e um bule de porcelana ornamentado. A aula era sobre profundidade de campo.

— Nunca fui fã dessas vinhetas chatas de objetos inertes — disse Claudia. — Mas ela vai te ajudar a aprender como alterar a profundidade de campo e o foco na sua fotografia.

— O que é que você mais gosta de fotografar então? — Olhei no visor, meu polegar e meu indicador formando um C enquanto eu ajustava a lente.

— Seres humanos, é claro — disse Claudia, como se a resposta fosse óbvia. — Eles são muito mais interessantes do que uma maçã ou uma banana. Ou uma paisagem, aliás.

— Aposto que tem uma verdadeira arte por trás disso, de tirar fotos de pessoas. — Pousei a câmera em cima da mesa. — Essas fotos nas paredes do corredor são impressionantes. Qual é o segredo para tirar uma boa foto de alguém?

Os olhos de Claudia brilharam.

— Paciência.

Minha mente retornou por um instante à lição do meu aniversário no parque com o meu avô. Eu toquei a tristeza para longe e me concentrei em Claudia.

— Como assim?

— Antes de fazer uma foto de alguém, eu reservava um tempo para conhecer a pessoa. Perguntava sobre seus sonhos de infância, suas memórias mais caras, as pessoas que elas mais amavam — contou Claudia. — E então, enquanto elas conversavam, eu começava a clicar.

— Então você estava meio que cutucando a essência interior delas.

— Precisamente. Se envolver com as pessoas as ajuda a baixar a guarda e a estarem vulneráveis. Sentir. E é disso que se trata a fotografia: fazer as pessoas se sentirem "olhadas". É claro, nós olhamos para as pessoas todos os dias, mas é raro pararmos para realmente enxergá-las por quem elas são.

— Faz sentido — falei, embora não tivesse certeza de ter me sentido olhada daquela maneira.

— A parte mais triste, minha querida — Claudia disse, soltando a pulseira de ouro que estava enroscando na manga do seu cardigã — é o que a maioria de nós faz com as pessoas que amamos. Ficamos presos a uma rotina e olhamos para elas como sempre, sem enxergar nelas as pessoas que se tornaram ou as pessoas que se esforçam para ser. Isso é uma coisa terrível de fazer com alguém que você ama.

— Eu nunca de fato pensei nisso dessa maneira. — Será que eu tinha feito isso com o meu avô? Talvez ele fosse diferente do homem que ocupava constantemente as minhas memórias.

— É libertador se abrir e ser enxergado de verdade por alguém — disse Claudia. — Nem todo mundo consegue experimentar isso na vida.

— Mas você conseguiu?

Claudia observou as gotas de chuva se chocarem contra a janela.

— Há muito tempo, e eu rezo para que isso aconteça com você também. — Ela deu um tapinha na minha mão. — Mas a lição que eu espero que você aprenda, e que eu não aprendi, é não deixar pra lá.

Selma entrou apressada na cozinha segurando um copinho de plástico com remédios.

— Hora dos seus comprimidos, Claudia. Vou até deixar você tomá-los com pasta de amendoim desta vez.

— E se eu quisesse com geleia de framboesa? — rebateu Claudia.

Selma suspirou, impaciente.

— A pasta de amendoim pelo menos tem um pouco de proteína. Geleia de framboesa é puro açúcar.

As mulheres se entreolharam desafiadoramente, nenhuma disposta a recuar. Para evitar ter que tomar partido, me ocupei passando as imagens na câmera. Eu estava bastante satisfeita com o meu progresso — talvez aquele ardil com Claudia tivesse seu valor, no fim das contas.

O breve impasse terminou quando Selma se rendeu.

— Tudo bem. Pode tomar com uma colher de chá de geleia e uma de pasta de amendoim.

— Suponho que seja um meio-termo justo — Claudia concedeu com altivez.

Entregando os remédios envoltos em acompanhamentos para um café da manhã, Selma voltou a sair apressada do quarto.

Claudia se inclinou para mim.

— Na verdade, eu prefiro pasta de amendoim. Mas é tão divertido pegar no pé dela.

— Ela só está tentando fazer o trabalho dela. — Eu me senti compelida a defender Selma de novo. Os cuidadores ficavam sobrecarregados com tarefas extremamente desagradáveis, das quais eu estava feliz em não ter que tomar parte, sobretudo quando o corpo de um cliente começava a parar de funcionar.

— Ah, você tem o coração tão puro, minha querida — riu Claudia. — Só estou tentando me divertir um pouco antes que a minha hora chegue.

Depois de um instante, mantive meu tom neutro.

— Hora de quê?

O vermelho-escuro de Yves Saint Laurent se juntou em riachos enrugados ao redor dos lábios de Claudia.

— Porque você tem o coração tão puro, vou liberá-lo de ter que participar desse fingimento.

— Fingimento? — O suor comichou minhas axilas.

— Eu sei que estou morrendo, querida — disse Claudia, calmamente. — E também sei que a minha família acha que estou vivendo a bênção da ignorância sobre esse fato.

— O que você quer dizer? — Talvez eu conseguisse tentar dizer que não sabia de nada.

— Meu filho instruiu o médico a não me contar o diagnóstico; extremamente antiético, é claro, mas meu filho às vezes tem uma moral questionável. Suspeitei que não estivessem me contando toda a verdade e eu mesma telefonei para o hospital.

Eu estava secretamente furiosa com Sebastian por me deixar lidar com aquilo. Eu não tinha escolha a não ser botar tudo a limpo.

— Sinto muito, Claudia.

— Você é a menos culpada de todos, querida. — Ela apontou para a porta por onde Selma havia saído recentemente. — E eu valorizo o esforço de Sebastian para me oferecer uma companhia estimulante que não seja daquelas responsáveis pela minha saúde. Eu gostei muito das suas visitas.

— Eu também. — Mas eu ainda me sentia cúmplice da traição.

— A questão é — Claudia disse, chamando minha atenção — você é mesmo só uma amiga dele interessada em fotografia?

Eu me contorci.

— Bem, eu me interesso por fotografia. Mas não, não exatamente.

— Eu imaginei — disse Claudia, satisfeita consigo mesma. — E então?

— Eu sou… uma doula da morte.

Suas sobrancelhas grossas saltaram.

— Uma *doula da morte* — repetiu ela, como se experimentasse as palavras pela primeira vez. — Olha, essa não estava entre as muitas teorias que eu tinha sobre sua identidade. Devo dizer que essa reviravolta é bem intrigante.

— Estou grata por você encarar isso dessa forma — eu disse, com a culpa me consumindo. — Peço desculpas por não ter contado a verdade antes.

— Já passou — disse ela, gesticulando como se estivesse enxotando uma mosca. — Agora, me diga para o que é que você está aqui, se não é para aprender sobre fotografia.

— Hum, bem, como você disse, estou aqui para te fazer companhia, mas também para te ajudar a resolver quaisquer pendências que você queira resolver no tempo que lhe resta. E também só para conversar a respeito, quando você estiver pronta.

Claudia riu sem entusiasmo.

— Meu neto provavelmente lhe informou que a nossa família nunca foi aberta a discutir a morte. É "inapropriado", como eles dizem. — Ela afastou uma mecha de cabelo grisalho da têmpora. — E embora eu não esteja de acordo com o fato de eles tomarem a decisão em meu nome, entendo suas intenções. Nós brancos, anglo-saxões e protestantes tendemos a expressar o amor de maneiras um tanto estranhas.

— Isso é muito nobre de sua parte. Você gostaria de conversar sobre alguma coisa agora? — perguntei gentilmente. — Para constar, nenhum assunto está fora de jogo.

— Obrigada, querida. Vamos só terminar nossa aula de fotografia por hoje. Você está se mostrando meio promissora. É uma pena que você não esteja correndo atrás disso.

— Nunca se sabe: talvez você tenha me inspirado. — Fiz uma pausa antes de pegar a câmera. — Mas você ainda quer que eu continue vindo?

— Claro que sim, querida — disse Claudia. — Você é a coisa mais interessante que me aconteceu em anos. Não vou abrir mão disso com tanta facilidade.

Eu queria me sentir aliviada. Mas tudo o que não saía da minha cabeça era que eu tinha deixado Sebastian me manipular muito facilmente.

Com o baque da porta da frente de Claudia atrás de mim, a raiva se acendeu no meu peito. O instinto me disse para me livrar dela — calar minhas emoções para o bem dos outros, como eu sempre fazia. Mas caminhando em direção ao metrô, não consegui deixar que ela não borbulhasse até a superfície. Abraçar a raiva era libertador e estranhamente viciante.

E isso tinha um único gatilho.

Sebastian não apenas havia me pedido para mentir para Claudia. Ele tinha me deixado lidar com qualquer que fosse a consequência da exposição dessa mentira.

Revirei o bolso do casaco procurando meu celular, as mãos tremendo enquanto o destravava. Essa conversa não poderia acontecer via mensagem. Inspirei uma lufada de ar fresco da noite, deixando seu frio me aplacar.

Sebastian atendeu no primeiro toque.

— Clover, oi! — Seu tom vivaz era irritante. — Como foram as coisas com a minha avó?

Inspirei fundo mais uma vez, desejando que minha voz ficasse firme.

— Ela sabe.

Uma pausa.

— Sabe? O que você quer dizer?

— Que nós mentimos para ela esse tempo todo. — A linha telefônica cheia de estática abafava o silêncio de Sebastian.

— Ah. Cara. Como? — perguntou Sebastian.

— Ela mesma ligou para o especialista e o obrigou a contar a verdade. — Eu ainda não conseguia acreditar que o médico estava disposto a mentir, para começo de conversa. Com que tipo de pessoas Sebastian e sua família andavam?

Sebastian soltou um assobio.

— Uau, tá bom. Como ela recebeu a notícia?

— Muito nobremente, levando tudo em conta.

— Ah, mas então isso é ótimo! Eu meio que esperava que ela descobrisse de algum jeito para que nenhum de nós tivesse que contar a ela. Embora eu não esteja ansioso para dar essa notícia para o meu pai. Ele vai ficar tão puto com o amigo dele por entornar o caldo.

Eu fervi de raiva.

— Temos sorte por ela não ter ficado mais chateada. Ela poderia ter reagido muito mal, sabia?

— Sim. Bem, a minha avó sempre foi durona. Faz sentido ela ter lidado bem com isso. — A risada dele foi desconfortavelmente forçada. — Mesmo assim ela ainda está ok com as suas visitas, certo?

— Sim.

Sua indiferença doía. Era irrelevante que Claudia tivesse aceitado bem a notícia — eu teria sido a única a ter de lidar com as consequências se ela não tivesse. Mas talvez tenha sido minha própria culpa por ter me deixado ser coagida ao engano tão facilmente. E, em vez de descontar em Sebastian, quem sabe eu precisasse aprender a ser mais assertiva, como Sylvie. Minha raiva começou a se transformar em culpa.

Sebastian tossiu do outro lado da linha.

— Então, na verdade estou feliz que você tenha ligado. — A voz dele de repente ficou mais sobressaltada. — Porque eu estava me perguntando se quem sabe você queria me encontrar para tomar alguma coisa amanhã à noite. Pode ser divertido fazer alguma coisa, sabe, só nós dois.

Sua transição sem graça me desorientou. Ter uma conversa forçada em um bar tumultuado com Sebastian não parecia nada divertido. Eu preferia passar a noite encasulada com meus bichos de estimação na frente da minha TV; ou da minha janela.

— Acho que já tenho planos para amanhã à noite.

— Ah, que ótimo — disse Sebastian, com a confiança de volta à sua voz. — Podemos deixar para depois de amanhã então, ou para a noite seguinte.

Eu não ia conseguir me esquivar daquilo a não ser que dissesse sem rodeios que não queria ir.

— Tudo bem — suspirei. — Depois de amanhã pode dar certo. Só me mande o endereço por mensagem. — Pelo menos eu poderia evitar outro telefonema. — Sebastian, desculpa, mas meu trem chegou. Tenho que desligar.

— Ótimo! Sem problemas. Nos falamos em breve.

— Boa noite.

Apertei o círculo vermelho com mais força do que necessário e segui a pé mais meio quarteirão até o metrô.

23

Desde que falei ao telefone com Sebastian, um caroço de desconforto passou a morar no meu estômago. Na avaliação de Sylvie, o convite dele era definitivamente um encontro. Na minha, era um drinque social com meu patrão.

Mas, por via das dúvidas, aceitei a oferta de Sylvie de me emprestar um vestido que "mostrava apenas o suficiente para a imaginação". Ainda que a ideia de ser o objeto da imaginação de outra pessoa fosse atemorizante.

Fiquei do lado de fora da fachada desinteressante do bar do Lower East Side, desejando poder sumir entre os tijolos esburacados. O vestido preto comprimia minha cintura e suas costuras pinicavam minhas coxas. Parecia que eu estava na pele de outra pessoa, solta em todos os lugares errados. Eu invejava o estilo inato e a confiança das outras pessoas que entravam no bar, que provavelmente conseguiam notar que eu era uma fraude.

Sebastian tinha me dito oito horas da noite. Já eram oito e vinte e três, o que significava que a margem de quinze minutos que você tinha que conceder a todos em Nova York por causa do sistema não confiável de metrô já tinha expirado havia um bom tempo. Sem dúvida eu não era obrigada a esperar mais. Considerei mandar uma mensagem para Sylvie pedindo a opinião dela, mas eu já sabia a resposta. Ela não toleraria desrespeito com seu tempo e já teria ido embora.

Antes que eu pudesse me perguntar se eu mesma o toleraria, vi a silhueta familiar de Sebastian correndo em minha direção, encurvada para se proteger do frio da noite. Ele usava uma paleta monocromática esperada, mas de alguma forma que os tons de preto combinando o deixavam mais arrumado, mais formal. Pode ser que seus sapatos estivessem mais brilhantes do que o normal, mas era difícil dizer sob o âmbar doentio da luz do poste.

— Ei, desculpe o atraso — disse ele, as bochechas coradas. — Fiquei preso no trabalho.

— Tudo bem. — Ele poderia ter mandado uma mensagem me avisando.

Ficamos sem jeito na frente um do outro como adolescentes em um baile.

Sebastian abriu a porta do bar.

— Você vai adorar este lugar, eu venho aqui o tempo todo.

Meus pés pareciam enterrados na calçada suja, resistindo a segui-lo. *Só pare de pensar com a cabeça*, a voz de Sylvie me atazanou. A calçada me soltou.

O lugar escuro parecia ser só um pouco mais largo do que um ônibus. Uma longa cama de ostras no gelo se alinhava na parte mais estreita do bar, e um homem de colete, camisa branca e bigode com cera para pentear sacudia uma coqueteleira de cobre fingindo indiferença. Fascinada, absorvi a cena ao meu redor. Eu nunca tinha tido motivo para pisar nesse tipo de bar, mas sempre me perguntei o que havia depois de suas portas de entrada propositadamente genéricas.

Sebastian me guiou até o fundo do bar, onde banquetas de couro cobriam o perímetro. Pequenas mesas da altura de bancos de ordenha tinham uma única vela bruxuleando no centro. A luz impraticável de tão baixa tornava difícil de dizer, mas eu suspeitava de que o desgaste das paredes de estanho e do teto era mais cultivado do que obtido.

Três moças morenas estavam desocupando a mesa no canto. A mais baixa do trio nos encarou surpresa.

— Sebastian! Oi!!

Eu quase conseguia ouvir o excesso de pontos de exclamação.

A postura de Sebastian endureceu.

— Ah, oi… Chrissie. — Pela leve pausa, imaginei que ele tinha se lembrado do nome dela em cima da hora. — Como é que você está?

— Ótima! — Chrissie gesticulou para as amigas. — Só uma noite de garotas! — Seus olhos se voltaram claramente para mim.

— Ah — Sebastian disse rigidamente. — Chrissie, esta é Clover.

— Oi, Clover — Chrissie disse, a voz melosa demais para ser genuína. Ela se virou para Sebastian e puxou sua lapela brincando fazendo um beicinho exagerado. — Faz um tempão, me liga pra gente colocar a conversa em dia!

— Hum, com certeza. — Ele mexeu na ponta do cachecol. — Até mais, Chrissie.

— Te vejo *logo*. — Enquanto Chrissie passava, com as amigas a tiracolo, ela deslizou a mão pelo antebraço dele.

Sebastian logo me direcionou para a banqueta agora vazia e esperou até que as mulheres estivessem com certeza fora do alcance da nossa voz.

— Nós saímos por um mês no ano passado — disse ele, como se eu tivesse exigido uma confissão. — Legal, mas superbobinha.

Sem saber como responder à sua revelação não solicitada, eu me sentei e examinei o cardápio de coquetéis escrito em letra cursiva em papel envelhecido.

— Nossa, esses drinques são bem elaborados.

— Sim, eles realmente entendem de coquetelaria por aqui. — Sebastian deslizou para o meu lado. Será que eu devia me deslocar para dar a ele algum espaço ou o objetivo era deixá-lo se sentar perto de mim? Eu gostaria de poder mandar uma mensagem escondida para Sylvie pedindo conselhos, mas Sebastian não parecia tirar os olhos de mim.

Por via das dúvidas, tirei a média e me desloquei um pouco, mas não muito.

Depois que mandei meu primeiro coquetel para dentro — uma libação à base de bourbon e alecrim — a tensão no meu corpo diminuiu de leve.

— Então, eu queria agradecer por tudo o que tem feito pela minha avó. — Sebastian descansou o braço no espaldar da banqueta atrás de mim, mas não me tocou. — É tão melhor agora que tudo está às claras, mesmo que meu pai ainda não queira mesmo falar a respeito.

— Estou feliz por ter ajudado — eu disse, ciente do calor de sua axila envolvendo meu ombro. — É o meu trabalho, afinal de contas.

O celular de Sebastian, que estava virado para cima na mesa, acendeu. Uma série de mensagens de texto jorrou na tela.

Repassando as mensagens, ele fez uma careta.

— Ah, cara.

— Está tudo bem? — Tomara que Claudia ainda não tivesse piorado.

— Sim — disse ele. — É só uma garota que eu meio que estou namorando. Ela é supercarente e sempre quer saber o que estou fazendo. E a gente nem é monogâmico, sabe? Acho que ela é um pouco obcecada. — Ele voltou a colocar o celular na mesa sem responder às mensagens. — Eu definitivamente não vou dizer que estou com você, isso a deixaria louca.

Eu não conseguia decidir se isso era algum tipo de gentileza ou um ligeiro desrespeito para com a outra mulher. Talvez fosse o jeito dele de me dizer que aquilo não era um encontro. Ou que *era* um encontro. Aflita, dei um jeito de mudar de assunto.

— Então, há quanto tempo você toca violoncelo?

— Desde que eu era criança. — Se ele notou meu desconforto, não demonstrou. — Eu nunca fui de fato atlético. Minhas irmãs herdaram a porção desse gene da nossa família, e além do mais eu era muito alérgico, então minha mãe me mantinha bastante dentro de casa. No meu décimo aniversário, minha avó me levou à loja de instrumentos musicais e me disse que eu poderia escolher qualquer um para aprender a tocar e eu escolhi o violoncelo. Não me pergunte por quê. Olhando para trás, eu realmente deveria ter escolhido algo mais descolado, como uma guitarra, ou pelo menos um instrumento que fosse mais fácil de carregar. Andar pela cidade com um violoncelo é meio infernal.

— Posso imaginar. — Tentei esconder meu sorriso imaginando Sebastian, que provavelmente tinha no máximo um e setenta de altura, tentando passar com um instrumento enorme em meio a um trem lotado de nova-iorquinos que eram preciosistas quanto a seu espaço pessoal.

Ele tomou um gole de seu Bellini e depois lambeu os lábios.

— Você toca alguma coisa?

— Meu avô tinha um banjo velho que aprendi a tocar sozinha. Eu adoraria aprender piano, mas não cabe um no meu apartamento.

— Nem um teclado elétrico?

— Meu apartamento já está bem lotado.

— Ah, você mora com alguém? — Seu tom era de afetadamente casual.

— Só com meus bichos de estimação. Tenho dois gatos e um cachorro.

— Uau, é bastante bicho.

— Na verdade, não. Você não tem nenhum animal de estimação?

Sebastian balançou a cabeça.

— Sou alérgico a gatos e cachorros, então ficaria péssimo se tivesse. Ele esfregou o nariz, como se fosse alérgico ao pensamento.

— Que triste para você.

Ele deu de ombros.

— Nunca fui muito dos bichos de qualquer jeito.

No final da noite, três coquetéis depois, eu ainda não tinha chegado a uma conclusão concreta sobre se estávamos ou não em um encontro. O braço ficou sem exatamente encostar em mim a maior parte da noite, o cheiro dele assaltando minhas narinas cada vez que ele se inclinava para tomar um gole da sua bebida. Era uma mistura bastante comum de roupas que passaram tempo demais em uma gaveta, sabonete líquido aromatizado artificialmente e uma pitada de transpiração.

Estudei seu rosto enquanto ele falava, tentando decidir se era atraente (Sylvie sem dúvida exigiria detalhes amanhã). Ele tinha uma pele bonita e suas bochechas cheias eram fofas, mas era difícil fazer uma avaliação definitiva com ele de óculos e a luz tão fraca. Eu sem dúvida não o achei pouco atraente e sua companhia não era terrível. Eu provavelmente poderia gostar mais dele à medida que o conhecesse.

— Maravilha — disse Sebastian, enfiando o recibo no bolso depois de insistir de maneira espalhafatosa em pagar. — Eles esqueceram de nos cobrar por uma das bebidas.

— Não deveríamos dizer algo para o garçom?

— Nah. É culpa deles se não prestaram mais atenção. — Ele se levantou e vestiu o casaco. — Vamos?

— Eu encontro você lá fora — respondi, com a minha jaqueta ainda debaixo do braço. — Só vou ao banheiro.

Os coquetéis continham muito poucas bebidas diuréticas, então não precisava de fato usar o banheiro. Passei alguns minutos lavando e hidratando minhas mãos com o creme do frasco elegante âmbar preso à parede. Enquanto eu navegava por entre a multidão de urbanoides glamorosos ao voltar para o bar, nosso garçom, um universitário magricela, estava tirando os copos vazios da nossa mesa.

Dei a ele uma nota de vinte dólares enquanto saía.

Sebastian estava encostado no hidrante, mexendo no celular.

— Tudo certo?

— Sim, eu ia a pé para o metrô. — Eu realmente deveria ter preparado um plano de fuga consistente para essa parte da noite.

— Ah, eu ia pegar um Uber. Posso deixar você. — O vapor das palavras zarpou pela noite.

— Não, não tem problema, é muito fora do seu caminho. O metrô só está a uma quadra daqui. Mas obrigada mesmo assim.

Sebastian torceu o cachecol constrangido.

— Tem certeza?

— Absoluta. — Minha tentativa de confiança assertiva saiu um pouco agressiva, mas eu não queria que ele me deixasse em casa tarde da noite de jeito nenhum, mesmo que fosse um encontro. Era muita pressão.

Sebastian assentiu obedientemente.

— Ah, tudo bem, então vou andando com você até o metrô e chamo o Uber de lá.

Eu não poderia dizer não para um gesto de cavalheirismo.

Enquanto caminhávamos, Sebastian se lançou em uma história sobre um cara com quem trabalhava e que morava no bairro, mas não consegui me concentrar em suas palavras. Minha pulsação martelava em meus ouvidos e senti uma vontade súbita de fazer xixi, apesar de estar bem momentos antes.

Um aperto de mão parecia formal demais depois de três drinques. Será que ele estaria esperando um abraço? Ele estava andando muito mais próximo de mim do que nunca. A incerteza de tudo isso me fez querer sair em disparada. Quando as luzes verdes da entrada do metrô apareceram, o nervosismo revirou meu estômago. O barulho de uma sirene passando — som ao qual eu costumava ser imune — era irritante e caótico somado à risada estridente de duas garotas paradas no meio-fio.

Desejei estar em casa no sofá com meus bichos, vendo a vida de outra pessoa se desenrolar na tela. Pelo menos era capaz de eu estar em casa a tempo de ver Julia e Reuben antes de irem para a cama. Eu me perguntava como tinha sido o primeiro encontro deles. Os dois sempre pareciam tão confortáveis juntos, como se o mundo existisse apenas para eles. Eu não conseguia imaginá-los constrangidos.

— Então, o que você acha? — Sebastian estava olhando para mim com expectativa.

Eu estava confusa.

— Sobre o quê?

— Sobre o novo sistema do MetroCard.

Minhas bochechas coraram.

— É ótimo, acho.

Paramos no alto das escadas do metrô, levando safanões de passageiros descendo freneticamente para o caso de o som estridente ecoando lá embaixo ser o do trem deles. Sebastian estava a menos de meio metro na minha frente e senti minhas costas contra o metal gelado do corrimão da entrada. Pela primeira vez eu estava mais desconfortável com o silêncio do que ele.

— Bem — eu comecei — foi legal ver você.

— Sim — Sebastian disse suavemente. Eu tinha certeza de que ele estava me encarando intensamente, mas o reflexo das luzes dos postes em seus óculos tornava impossível para mim ler sua expressão.

Ele deu um passo à frente, diminuindo a distância entre nós. Instintivamente, dei um passo para trás, mas não havia para onde ir. A mão dele deslizou dentro do meu casaco aberto e foi descansar na minha cintura. Dava para sentir que estava fria mesmo através do meu vestido.

Então ele se inclinou e encostou os lábios nos meus.

A princípio, senti a ânsia de me afastar. Mas aí veio a curiosidade.

Então aquilo era beijar. O meu primeiro beijo.

Eu tinha imaginado mil versões dele — e ali estava o beijo finalmente. Eu não tinha nem certeza se queria beijar Sebastian especificamente. Mas, como Sylvie tinha dito, eu não ia saber se gostava se pelo menos não experimentasse. Então eu tentei simplesmente observar como era, como se documentasse em meu caderno, do jeito que meu avô me ensinara a fazer com cada nova experiência.

Parecia mais molhado do que eu esperava e sua saliva estava com um leve sabor do suco de abacaxi do último drinque dele. Eu não tinha notado nenhuma barba por fazer em seu queixo, mas agora ela arranhava meu rosto, abrasiva como pedra-pomes. Suas mãos estavam descansando dos dois lados dos meus quadris, me puxando para junto dele. Fiquei me perguntando o que fazer com as minhas. As mulheres nos filmes muitas vezes passavam as mãos no cabelo do homem, mas isso parecia exagerado. Além do mais, o cabelo de Sebastian tendia a parecer oleoso e a ideia de tocá-lo era meio repulsiva. Talvez eu devesse agarrar as lapelas de seu casaco, embora isso também parecesse agressivo. E eu não queria dar a impressão de que estava gostando até que realmente decidisse se estava.

Só para garantir, mantive as mãos junto das laterais do meu corpo.

A língua dele começou a empurrar meus lábios, retesada como se tentasse abri-los ainda mais. Será que eu era obrigada a acolher a intrusão já que não tinha resistido ao beijo? Para o bem da experiência, eu deixei. Não foi totalmente desagradável, mas eu também não conseguia dizer se tinha gostado. Na verdade, até então, beijar não tinha nada do encanto que eu sempre imaginei que teria.

— Vão para um quarto!

A censura vinda das escadas deu um fim abrupto ao beijo. Assustada, me afastei e Sebastian soltou minha cintura. Meu rosto ia ficando vermelho, e eu me arrastei mais para o lado, para não ficar mais entre Sebastian e a grade.

— Tenho que ir — eu disse, evitando contato visual. — Obrigada pelos drinques.

Desci correndo as escadas, com a cabeça girando — por causa do álcool, do beijo ou da vergonha de ter levado um pito, não tinha certeza.

— Clover, espera!

Desorientada, corri em direção à catraca, agradecendo a todos os deuses e forças universais existentes por meu MetroCard passar tranquilamente e a catraca me guiar para a liberdade.

24

Sinais de uma nascente primavera surgiam dos galhos solitários das árvores enquanto eu virava a esquina do quarteirão de Claudia. Mas eu mal os notei. Emoções duelavam em meu corpo: alívio por não ter mais que manter qualquer fingimento no trabalho e pânico sobre o que diria a Sebastian na próxima vez que o visse.

Desde que eu era criança, imaginava todas as coisas diferentes que eu poderia sentir depois do meu primeiro beijo — alegria, euforia, animação. Pânico não estava entre elas.

Do mesmo modo como assisti a centenas de beijos em filmes ao longo dos anos, repassei aquele na minha cabeça. Minha lembrança sensorial era desconfortavelmente precisa — a acidez da saliva com toque de abacaxi de Sebastian, o fungar de seu nariz todo alérgico, o cutucão insistente de sua língua dentro da minha boca. Nada daquilo me fazia de fato querer repetir a experiência. A cultura pop tinha me deixado mal preparada.

Eu me recompus antes de me juntar a Claudia no jardim. Para começar, não era profissional que eu tivesse saído com Sebastian. Enterrei o pânico para me concentrar na razão pela qual eu estava ali.

— Olá, minha querida — Claudia me cumprimentou alegremente. Salpicados de sombra decoravam sua pele e ela fechou os olhos por um instante, saboreando o calor da luz do sol que passava lentamente. — Estive ansiosa para que você viesse.

As boas-vindas sinceras fizeram eu me sentir uma fraude ainda maior.

— É ótimo ver você também.

— Devo dizer, estou tão fascinada pela sua profissão — disse Claudia, esfregando a palma das mãos uma na outra. — Como vamos abordar a morte hoje? Meu Deus, é tão libertador poder falar a respeito. Eu me arrependo de ter deixado isso de lado por tanto tempo. Teria tornado tudo muito mais fácil.

A atitude de Claudia era admirável, mas eu não acreditava nela. Assim como a raiva de Guillermo tinha sido uma máscara para seu medo e sua solidão, sua indiferença provavelmente era uma fachada para sua vulnerabilidade.

— Bem — comecei com cautela —, já que sei que sua família tem dificuldade em falar sobre o fato de você estar morrendo, pensei que poderia ser útil para você montar um fichário da morte.

Claudia ergueu a xícara de chá do pires, pinçando a asa delicadamente.

— E o que, minha querida, é um fichário da morte?

— É um modo de organizar todos os documentos e detalhes que sua família possa precisar: número do seguro social, certidão de nascimento, detalhes da conta bancária, senhas e, é claro, o seu testamento. Mas também pode ter mais coisas, como uma lista de todas as pessoas que você gostaria que eles avisassem quando você se for.

— Entendi.

— E também pode ser útil fazer uma lista de coisas que os ajudariam a planejar seu funeral. Se é que você vai querer um, é claro. Como: você quer um caixão aberto? E em caso positivo, com que roupa vai querer estar? Como você quer ser lembrada? Tem uma música, um poema ou uma oração favorita? Ou uma flor preferida? Essas coisas.

— Isso tudo é muito mórbido, Clover — disse Claudia, levemente divertida. — E ainda assim você fala com tanta casualidade.

Corei, envergonhada. Eu deveria ter tocado no assunto de forma mais delicada —aquela coisa toda com Sebastian tinha me tirado mesmo de prumo.

— Desculpe, eu não quis ser superficial. É só que quando sua família estiver de luto, pode ser difícil para eles se lembrarem desses detalhes. Portanto, documentá-los neste momento pode proporcionar algum alívio emocional.

— Na verdade, eu gosto de sua abordagem sem disparate — disse Claudia. — E tem muito sentido fazer isso. Sei que todos vão estar tentando prever o testamento, pelo menos, mas provavelmente não vão pensar em muito mais.

— Acho que eles vão se preocupar com mais do que apenas o seu testamento — eu disse devagar. — Pelo que Sebastian diz, você é infinitamente amada.

— Ah, eu sei que sou — riu Claudia. — Meu filho e meus netos podem ser desequilibrados e meio estranhos, mas sei que todos me amam do seu jeito. Mesmo que eu mal os veja. Mas quem poderia realmente culpá-los por estarem de olho nesta casa? — Ela tomou um gole de seu chá Darjeeling.

— É linda. — Olhei para os fundos de tijolo aparente da casa, curiosa para saber exatamente como Claudia dividiria sua pequena fortuna e a mina de ouro imobiliária de Nova York. Como neto mais dedicado de Claudia, Sebastian poderia muito bem ser o beneficiário de boa parte disso.

O pânico voltou quando o beijo da noite anterior girou na minha mente.

Claudia espalmou as mãos na mesa como uma CEO exigindo atenção.

— Então, por onde começamos?

Grata por ter uma tarefa concreta em que me concentrar, saquei um caderno e uma caneta.

— Bem, antes de tudo, você já pensou se gostaria de ser enterrada ou cremada?

— Cremada. — Sua casualidade fazia parecer que ela estava pedindo comida de um cardápio. — Não há necessidade de ocupar espaço desnecessário no mundo se não vou estar aqui para aproveitar. Embora eu ache que há um certo charme em ser enterrada no mar.

— É possível fazer isso se é o que você deseja.

— Muito trabalho para todos. E, além disso, a maior parte das pessoas da minha família fica terrivelmente enjoada. Não seria uma despedida muito comovente se todos os enlutados estivessem se debruçando nas laterais do barco, não é?

— Bem pensado. — Não pude deixar de sorrir com seu pragmatismo. — Cremação, então. E tem algum lugar especial em que você gostaria que suas cinzas fossem espalhadas?

A melancolia obscureceu os olhos de Claudia.

— Gostaria que fossem espalhadas pelas falésias de Bonifácio.

— Na Córsega?

— Sim, minha querida, Córsega, França. Você conhece bem geografia, estou vendo.

— É um dos meus lugares preferidos no mundo todo. Bonifácio é uma cidadezinha tão charmosa.

— Bem, passei a maior parte do meu tempo lá em um barco, mas ainda assim foi muito charmoso — Claudia disse, com uma pitada de mistério na fala. — Qual é o próximo item da lista?

— Vejamos... a gente pode listar as pessoas que você gostaria que avisássemos e eu posso ir atrás do contato delas se você não tiver.

— Por sorte, essa vai ser uma tarefa relativamente curta para nós duas — disse Claudia. — Quando você chega aos oitenta e sete anos, a maioria dos seus amigos e conhecidos já morreram.

Um eco da queixa de Leo.

— Deve ser difícil. Mas imagino que você deve ter tido amizades maravilhosas ao longo dos anos.

— Algumas, sim. Outras eu gostaria de ter abandonado muito antes de terem se dissipado naturalmente. — Sua mão tremia enquanto ela levava a xícara de chá aos lábios. — Outra lição para você, Clover. Escolha suas amizades com sabedoria. Tenho certeza de que, na sua idade, você tem muitos amigos.

Olhei para o ferro rendado da mesa do jardim, envergonhada.

— Na verdade, não. Eu acho que dá para dizer que eu sou um pouco solitária. A maioria das pessoas não gosta muito de estar junto de alguém que lida com a morte o tempo todo.

— Uma loba solitária, jura? — Claudia se inclinou para trás, me examinando. — Eu não imaginaria, dada a jovem amável e adorável que você é. Meu neto, particularmente, parece estar com uma queda por você.

Meu estômago revirou. Era um teste? O que Sebastian tinha dito a Claudia?

Melhor dar uma de joão sem braço.

— Acho que sempre preferi minha própria companhia — eu disse, ainda abalada. — Eu era filha única, então tinha que me contentar com isso a maior parte do tempo.

— E os seus pais não a incentivaram a brincar com outras crianças?

— Eles morreram em um acidente quando eu tinha seis anos, foi quando eu vim morar com o meu avô aqui na cidade. — Contornei o padrão de metal da mesa com o dedo.

— Deve ter sido difícil crescer sem mãe — Claudia disse de um jeito que dava para perceber que ela estava tateando. — Deus sabe que a minha às vezes dificultou minha vida, mas não consigo imaginar como teria sido sem ela.

Dei de ombros.

— Nós não passávamos muito tempo juntas de fato antes de ela morrer. É difícil sentir falta de uma coisa que você nunca teve.

— Bem, estou feliz que você tenha tido o seu avô.

— Eu também. Ele era um homem maravilhoso — falei. — Mas ele também era meio solitário, provavelmente aprendi a ser assim com ele.

— As crianças tendem a imitar as figuras mais influentes em suas vidas. — Claudia estendeu a mão e acariciou a minha. — E ele obviamente fez um ótimo trabalho criando a neta. Não é tarefa fácil criar um filho, sobretudo se você não estava planejando. Tenho certeza de que ele ficaria muito orgulhoso de você.

— Obrigada. — Senti a textura de papel da pele de Claudia enquanto apertava seus dedos. — Ele fez o melhor que pôde.

Eu sabia que era verdade. Mas, sentadas assistindo aos pardais brincarem no jardim, não pude deixar de pensar em como deve ter sido difícil para o meu avô ter tido uma menina de seis anos enfiada na sua vida do nada.

E se eu estava realmente vivendo uma vida da qual ele se orgulharia.

25

O DIA EM QUE SOUBE QUE O MEU AVÔ TINHA MORRIDO foi o mesmo dia em que soube que o Camboja é o único país do mundo a ter um prédio na bandeira.

Era uma quarta-feira, três dias depois do meu aniversário de vinte e três anos, e eu estava espremida com um homem e uma mulher adultos em um assento de ônibus para dois, com a minha mala no colo e uma gaiola de galinhas vivas alojadas no corredor. Nós estávamos naquele mesmo arranjo à la Tetris pelas últimas duas horas, chacoalhando por uma estrada estreita em algum lugar entre a capital cambojana, Phnom Penh, e a cidadezinha de Takeo, no sul do país. Com suor escorrendo pelas sobrancelhas, sonhávamos todos com a destreza de abrir uma janela para um vestígio de ar fresco. A combinação letal de calor, titica de galinha e odor corporal patente havia levado minha náusea ao ponto do delírio.

Tudo o que eu podia fazer era me concentrar em meramente existir.

A viagem vertiginosa era a última da minha estadia de dois meses naquela nação do Sudeste Asiático, onde eu estava estudando as tradições budistas cambojanas da morte. Eu tinha uma passagem reservada para voltar para Nova York via Cingapura na quinta-feira, o que significava que eu chegaria em casa a tempo de tomar o café da manhã com o meu avô no restaurante de sempre no domingo.

Eu não sentia o conforto de sua presença havia quase um ano e estava ansiosa por ela.

Antes do Camboja, eu estive no Peru, estudando as tradições incas da morte. E antes disso, na Sorbonne, em Paris, terminando minha tese em tanatologia. O grosso da minha pequena mala não era de roupa, mas das pilhas de cadernos que eu preenchia com todas as observações das viagens. Eu estava contando os dias para compartilhá-las com o meu avô, vendo-o mexer o café pensativamente enquanto examinava metodicamente cada página.

Nossa conversa mais recente tinha acontecido na manhã da segunda-feira anterior — domingo à noite, no horário de Nova York. Eu me esgueirei do meu beliche no quarto do albergue e fui até o velho telefone de discar que ficava em um banquinho no canto da área comum. Era a única hora em que era possível falar ao telefone em paz. E a forma como o sol da manhã entrava pelas cortinas me lembrou do nosso apartamento em Nova York.

— Clover, minha querida… Eu estava pensando agorinha que já faz mais de um mês desde que tive notícias suas.

A conexão metálica roubava o costumeiro timbre rico de barítono do meu avô, me fazendo sentir ainda mais saudade dele.

— Desculpa, vô — eu disse, um calor envolvendo meu corpo ao ouvir sua voz. — Eu devia ter ligado antes.

Mesmo na ligação ruim, sua risada baixa e grave era cativante como sempre.

— Imaginei que você estava com muitas outras coisas ocupando sua cabeça além do seu velho avô.

— Você está sempre na minha cabeça. — A culpa doeu. — Mesmo que eu não ligue o bastante para lhe dizer isso.

— Não se preocupe, querida. Quando não tenho notícias suas, sei que quer dizer que você está se divertindo. E isso me deixa muito feliz.

Fechei os olhos e o imaginei sentado em sua poltrona verde, uma perna cruzada sobre a outra, o vapor de seu café do fim da tarde dançando no brilho aconchegante da luminária de leitura.

— Então… — ele continuou. — Conte para mim o que significa morrer no Camboja.

Mudei o telefone para o outro ouvido, tentando ficar confortável.

— É diferente de como a gente faz no mundo ocidental, com certeza.

— Ah, sim, os budistas e a reencarnação deles.

— Pois é, então o processo de fato de morrer é superimportante para o renascimento de alguém na próxima vida.

— Intrigante... Como assim?

— Bem, eles costumam ter um monge por perto quando alguém está morrendo, para ajudá-los a se preparar para a próxima vida. — Estava orgulhosa de ser eu a ensinar-lhe alguma coisa, para variar. — E eles também acreditam que depois que a alma sai do corpo, muitas vezes ela permanece no local onde eles morreram. Às vezes a alma está confusa ou assustada, então o monge precisa estar lá para acalmá-la e guiá-la para a próxima vida. É bem bonito, na verdade: a ideia de ajudar a conduzir alguém para próxima vida.

— É sim — disse o meu avô. — Que privilégio deve ser poder fazer isso por alguém.

O ônibus parou em frente a um posto de gasolina rodeado por campos de arroz. O alívio do nosso purgatório sufocante sobre rodas — destinado tão somente a pausas para o banheiro e lanches rápidos — duraria vinte minutos. A ideia de lidar com comida ou um banheiro turco era impensável para minha náusea, então comprei uma garrafa de água com gás e fiquei na frente de um ventiladorzinho de mesa que fazia o ar viciado circular sem entusiasmo.

Kios Intanet, dizia o letreiro rosa neon de papelão preso com uma fita acima do velho monitor de computador ao lado do ventilador. O wi-fi do hostel não estava funcionando nos últimos dias, então eu não olhava meu e-mail havia algum tempo. Deslizei os dois mil riéis cambojanos cobrados no balcão sujo para o funcionário do posto de gasolina, o que me rendeu dez minutos de acesso discado irritantemente lento à internet. Enquanto o modem chiava letárgico por uma sucessão de bipes e estática, eu dava uma olhada na página de "fatos rápidos" de um guia Lonely Planet desgrenhado do Camboja que alguém tinha deixado para trás. (Eu gosto de decorar fatos aleatórios para o caso de serem futuras pistas para palavras-cruzadas.)

Havia seis e-mails na minha caixa de entrada. Um aviso sobre o meu voo na quinta-feira. O segundo, um e-mail de um pesquisador com quem eu tinha estudado na França, pedindo a minha opinião sobre um trabalho acadêmico.

E os quatro restantes de Charles Nelson, um colega de longa data do meu avô na Universidade de Columbia.

Ver o nome de Charles fez minha pulsação vacilar.

Li os e-mails na ordem em que ele os enviou. Os primeiros eram variações de "Por favor, me ligue assim que puder". O mais recente, enviado havia uma hora, era dolorosamente direto.

Clover,

Sei que você está viajando, no exterior, e lamento ter de fazer isso por e-mail, mas o seu avô faleceu ontem.

Por favor, entre em contato assim que ler este e-mail, pois precisamos tomar providências.

Atenciosamente,

Charles Nelson, Ph.D.

Minhas orelhas queimaram. Minhas axilas comicharam. Minha náusea virou um pavor doentio. Revirei a pochete de viagem em busca do meu cartão telefônico internacional e tropecei até o telefone público, discando o número do celular que aparecia na assinatura de Charles.

Três toques, depois uma conexão.

— É a Clover — eu soltei antes que ele dissesse uma palavra.

Charles pigarreou.

— Ah, sim, olá, Clover, imagino que você tenha recebido o meu e-mail. Sinto muito pela sua perda. E por ser eu a dar tão más notícias.

A umidade opressiva amplificou minha respiração desesperada.

— O que aconteceu? — consegui empurrar as palavras para fora, mas elas se materializaram como tão somente um sussurro.

— Um derrame, eles acham. — Charles sempre foi um pragmático, mas naquele momento parecia especialmente insensível. — Ele estava trabalhando até tarde em seu escritório no campus e o zelador o encontrou caído na cadeira da mesa dele.

Agarrei meu esterno, desejando alcançar uma única e lenta respiração.

— Ele morreu... sozinho?

— Receio que pareça que sim, sinto muito.

Do lado de fora, o ônibus tocou a buzina enquanto meus companheiros de viagem se enfileiravam miseravelmente para voltar a embarcar. De alguma forma, em meio ao turbilhão de emoções, encontrei um vestígio de pragmatismo. Se eu fosse pegar o avião para Nova York no dia seguinte, tinha que voltar para aquele ônibus.

— Charles, sinto muito, mas estou no meio do nada e meu ônibus está prestes a sair. Ligo para você assim que chegar a Phnom Penh.

Charles pigarreou uma segunda vez.

— Tudo bem então, boa viagem, falamos logo.

O som estridente da buzina do ônibus revigorou minha desordem emocional. Embora eu não me lembrasse de caminhar do posto de gasolina de volta para o ônibus, logo me vi encurralada com os mesmos dois passageiros e a gaiola de frangos cacarejando junto deles. Mas desta vez eu estava alheia ao calor insuportável, à cacofonia e à catinga de corpos suados. Só conseguia pensar naquele escritório escuro e abarrotado da universidade no final do corredor. Aquele que eu tinha visitado centenas de vezes desde que tinha seis anos de idade.

O lugar onde o meu melhor amigo havia encontrado a morte sozinho, sem ninguém para guiá-lo.

26

— Não faça o meu drinque forte demais, Leo. — Eu me sentei à sua mesa de jantar pronta para nossa próxima partida de mahjong.

Ele se inclinou diligentemente sobre o carrinho de bebidas mexendo uma combinação de bourbon como um mago em seu caldeirão. O gelo tilintava contra o vidro do copo como sinos de vento.

Sorrindo com satisfação, ele se inclinou e deslizou a bebida diante de mim, o cheiro reconfortante de sabonete em barra irradiando de sua pele como sempre.

— Como está indo com essa nova cliente?

— Claudia? Ela é uma mulher muito interessante... Ela me lembra você, para dizer a verdade.

Leo me olhou com um meio sorriso cético.

— Uma mulher branca rica no Upper West Side faz você pensar em mim? — O tom era brincalhão, mas a mensagem era clara.

— Tá... Quero dizer, o senso de humor atrevido dela, ansiando pelos bons e velhos tempos, e a adoração por quebrar regras me lembrou você.

— Bem, dessas qualidades você pode me acusar. — Leo tomou um gole de sua bebida, então lambeu os lábios algumas vezes, deliberando. — Exagerei um pouco no limão, acho.

Bebi o meu com cautela.

— Achei uma delícia. — Sorri para ele. — Estou te decepcionando com o meu paladar pouquíssimo perspicaz?

— Você logo vai aprender, minha jovem protegida.

Passei os dados para ele.

— Sua vez de começar.

Segurando-os em suas mãos ágeis, ele sacudiu os dados dramaticamente junto do ouvido, como se estivesse sacudindo um coco.

— Ouvi dizer que você tem passado muito tempo com a nossa nova vizinha.

Ele lançou os dados na mesa. Um dois e um quatro.

— Sylvie? Sim, ela é bem legal. — Recolhi os dados e os sacudi na diagonal na palma da mão. — Nós passamos um tempo juntas algumas vezes, fomos tomar um café, fizemos ioga, coisas assim.

Espanei as mãos satisfeita enquanto meu lance revelava um cinco e um seis. Leo me olhou zombeteiro.

— Parece o início de uma amizade, se você quer saber.

O constrangimento fez minhas bochechas corarem… Eu vinha pensando a mesma coisa, mas não queria agourar.

— Talvez seja cedo demais para chamar assim. — Eu esperava que meu dar de ombros parecesse despreocupado o bastante.

— Bem, eu acho que Sylvie é uma ótima adição ao prédio. — Leo tomou mais um gole de seu bourbon. — Até porque ela compartilha minha predileção pelas fofocas do bairro.

— Então isso significa que você não vai matraquear com tanta frequência para mim sobre os segredos sujos do bairro?

— Sei que você só finge reprovar porque seu avô o fazia. É claro que um cavalheiro como ele nunca se envolveria nesse tipo de atitude. Mas quer saber? — Leo se inclinou para a frente e baixou a voz. — Acho que no fundo ele gostava tanto quanto você, mas não admitia.

Eu recuei. A conversa com Claudia sobre o meu avô não saía da minha cabeça o dia todo.

— Sinto falta dele.

— Eu também — Leo disse. — É difícil acreditar que já se passaram treze anos sem ele.

Fizemos uma pausa no jogo enquanto refletíamos.

— Leo, o meu avô alguma vez conversou com você sobre como era ter que me criar sozinho? — Os cubos de gelo no meu copo formavam um redemoinho letárgico. — Quer dizer, eu fui meio que empurrada para cima dele do nada. Acho que só o tinha visto umas duas vezes antes disso.

Os olhos de Leo irradiavam um misto de empatia e tristeza. Ele respirou fundo como se fosse falar alguma coisa e então desistiu antes que as sílabas se materializassem. Acho que nunca o tinha visto sem palavras antes.

Depois de um gole lento, ele reuniu algumas.

— O que faz você perguntar?

— Uma coisa que Claudia disse me fez pensar nisso. Deve ter sido difícil para ele ter que lidar de repente com uma menina de seis anos. Pousei o copo e examinei as linhas nas palmas das minhas mãos. — Você acha que eu meio que talvez... acabei com a vida dele?

A indecisão vincou fundo o V entre as sobrancelhas de Leo. O que eu mais tarde me dei conta foi de que ele estava dividido entre seu carinho por mim e sua lealdade como confidente do homem que ele chamou de amigo e vizinho por quase quarenta anos. Mas nesse momento, meus olhos imploravam para que ele dissipasse minha teoria.

Ele expirou devagar.

— Não vou mentir para você, Clover... Era um desafio e tanto para ele às vezes. Assim como criar um filho é um desafio para qualquer pai em dados momentos.

— Sim, mas na maioria das vezes eles escolhem ter esses filhos... Eles não caem de paraquedas em suas vidas um dia. — Eu tinha vergonha de nunca ter pensado no fardo que eu devia ter sido para o meu avô.

Leo olhou para o teto como se estivesse debatendo com um poder superior.

— Agora que você é adulta, vou dizer o seguinte: acho que você foi a melhor coisa que aconteceu com seu velho avô e vou te dizer o porquê. Pelas coisas que ele me contou, ele trabalhou pra caramba enquanto a sua mãe crescia, então não se envolveu muito na criação dela. Agora, eu nunca conheci sua avó, que ela descanse em paz, mas parece que ela era um pouco difícil. Ele nunca disse, mas acho que eles não se casaram por amor.

— Jura? — Meu avô tinha falado ainda menos sobre a esposa do que sobre a filha.

— Juro. E parece que a sua mãe acabou ficando muito rebelde por causa disso. Só pensava em si mesma, ao que parecia.

— Nossa. — De tudo o que eu pensava sobre a minha mãe, egocêntrica não estava entre as opções.

Leo estava em uma maré de sorte.

— Seu avô nunca aprovou ela e seu pai estarem viajando o tempo todo, deixando você com aquela vizinha. Ele não achava que eles estavam criando você do jeito certo. E era doloroso para ele ver isso, porque o fazia se perguntar se ela estava só seguindo o exemplo dele, priorizando o trabalho em detrimento da família. Acho que ele sentiu muita culpa por isso.

Virei meu drinque sem cautela.

— E então, quando ficou claro que ele era a única família que você ainda tinha — continuou Leo — acho que ele encarou isso como uma espécie de recomeço. Como se ele tivesse a oportunidade de fazer a coisa certa com você e te transformar na melhor pessoa que você poderia ser, para compensar os erros dele com a sua mãe.

A revelação só piorou a dor no meu coração.

— Eu nunca soube de nada disso.

— E como é que poderia? Você estava fazendo o melhor que podia com as cartas difíceis que tinha tirado. Mas eu me lembro de que às vezes ele vinha aqui tomar um drinque depois que você ia para a cama, arrancando os cabelos por não ter ideia do que estava fazendo. Ele estava com tanto medo de arruinar você também.

— Mas ele parecia tão confiante o tempo todo sobre tudo o que me ensinava.

— É claro que ele parecia. Ele queria que você soubesse que podia confiar nele, não importava o que acontecesse. — Os olhos de Leo se iluminaram divertidos. — Sabe, para a maioria das coisas de mulher, como comprar seu primeiro sutiã e afins, ele se informava com a dona daquela livraria que vocês dois sempre iam, Bessie.

— É sério? — Uma vida inteira de peças de quebra-cabeça díspares começavam a se encaixar.

— É sério. Olha, eu prometi ao seu velho avô que eu sempre cuidaria de você... E acho que isso inclui falar sobre esse assunto sem rodeios. Ele voltou a olhar para o teto. — Tenho certeza de que concordaria com isso.

— Obrigada, Leo — eu disse baixinho, meu cérebro tentando freneticamente reestruturar minha infância por aquela nova perspectiva. — Eu agradeço. De verdade.

Ele deu uma piscadinha.

— Estamos juntos.

Sem saber se eu aguentaria mais verdades de Leo, me concentrei nas peças entre nós.

— Pronto para jogar?

— Ah, pode apostar. — Leo esfregou as mãos, então parou abruptamente, segurando o pescoço com uma careta.

— Tudo bem, Leo?

Ele recostou na cadeira, de olhos fechados, esperando passar. Quando os abriu, percebi que estava fazendo um esforço para recuperar a compostura.

— Tinindo, como eu sempre digo. É só uma dor no pescoço aleatória que eu sinto de vez em quando. A velhice e essas coisas.

Eu não estava convencida.

— A gente não precisa jogar esta noite se você não quiser. Podemos assistir a uma daquelas comédias antigas de policiais que você adora.

— Estou vendo que você está tentando arrancar uma desistência de mim. — Leo balançou o dedo para mim. — Não pense que pode me fazer abrir mão da minha liderança tão facilmente.

— Leo...

Ele abriu um sorriso desafiador.

— Sua vez, garota.

A exaustão tomava conta de mim enquanto descia as escadas para o meu apartamento, cada passo era um movimento árduo contra uma maré invisível. E olha que eu mal tinha feito esforço físico naquele dia.

Um mês antes, minha vida era muito mais simples. Meu primeiro beijo ainda era uma hipótese extravagante. A amizade era um luxo complicado de que eu não precisava. Meu avô era imbatível. Eu era um caranguejo eremita que tinha perdido a carapaça cedo demais, navegando uma realidade desconhecida, vulnerável ao mundo. Eu precisava de alguma coisa para me aterrar de volta àquela existência familiar e prosaica.

Os binóculos estavam na prateleira, benignos para qualquer outra pessoa, viciantes para mim. Apenas alguns minutos não fariam mal. Uma verificada rápida para garantir que a felicidade doméstica de Julia e Reuben ainda estava intacta. Que algo no meu mundo continuava como sempre tinha sido.

Levei minha rotina a cabo com precisão: luzes apagadas, cadeira posicionada, cortina aberta.

Um jantar com amigos. Julia e Reuben gostavam de organizá-los de vez em quando. Sempre as mesmas pessoas, sempre casais. A linguagem corporal diferente de cada casal é seu próprio quebra-cabeça enigmático esperando para ser decifrado.

Sim, era exatamente disso que eu precisava.

E lá estavam Julia e Reuben, braços entrelaçados enquanto conversavam com as visitas, sua adoração silenciosa um pelo outro mais forte do que nunca.

Enrolando-me em um cobertor, me acomodei para a noite, me deliciando com a única história de amor com que sabia que podia contar.

27

Sylvie sugeriu uma aula de dança de última hora e fiquei chocada quando disse sim. Entre meu beijo bastante público com Sebastian e as revelações de Leo sobre meu avô, meu cérebro estava com emoções demais para processar — e eu não queria fuçar em nenhuma delas. Gastar alguma energia seria uma fuga bem-vinda.

— Provavelmente noventa por cento dos primeiros beijos das pessoas são ruins — disse Sylvie, nós duas sentadas de pernas cruzadas no chão de um pequeno estúdio de dança em Chelsea. — O meu foi terrível. Tá, para ser justa, a gente só tinha doze anos. Infelizmente, ainda existem caras como Sebastian que chegam aos trinta anos sem aprender a beijar uma pessoa direito. E com todas essas mulheres com quem ele sai, é de admirar que ninguém tenha dito alguma coisa até hoje.

Eu senti como se tivesse entrado em um clube secreto — o dos primeiros beijos ruins —, o qual eu não tinha percebido quantas pessoas eram membros. O peso da minha decepção diminuiu um pouco.

— Então, o que eu faço?

Sylvie alisou uma ruga na sua *legging* brilhante.

— Tem certeza de que não sentiu nenhum tipo de química com ele? Talvez tenha sido difícil deixar o beijo ruim para trás? — Um olhar malicioso surgiu em seu rosto. — Talvez caiba a *você* ensiná-lo como é que tem que ser feito.

Eu me esforcei para não me contorcer.

— Não sei. Aconteceu tudo tão rápido. E não é como se eu tivesse alguma coisa com a qual comparar. — Eu também ainda estava tentando decidir se era antiético beijar a pessoa que tinha me contratado.

— Então sai com ele novamente e vê como você se sente — disse Sylvie. — Aproveite para fazer experiências enquanto há oportunidade, pense nisso como um processo de aprendizado. E pelo menos agora você já vai saber com certeza que é um encontro!

O verniz descascado no piso de madeira estava áspero ao toque enquanto eu olhava as outras mulheres ao redor no estúdio de dança. Na aula de ioga à qual tínhamos ido, todos usavam variações de tons neutros serenos. Aqui, a estética que se destacava era de pretos drapeados e tons de joias escuras que acentuavam as curvas dos corpos das mulheres. Pelo menos minha *legging* azul-marinho e minha camiseta cinza folgada podiam me ajudar a sumir no pano de fundo.

Mas então notei algo ainda mais intimidador do que meus colegas: dois mastros de metal no meio da sala.

— Estou vendo o medo em seus olhos. — Sylvie me cutucou de brincadeira. — Não se preocupe, não é uma aula de *pole dance*. Embora você deva sem dúvida fazer uma. São superdivertidas.

Sua segurança não foi suficiente para amainar meus nervos. Eu ajustei minha *legging* timidamente.

— Qual é o nome dessa aula mesmo? — Talvez eu devesse amarrar minha camiseta na cintura.

— Sincronia Sensual — disse Sylvie, mexendo as sobrancelhas. — Basicamente, você se sente como uma dançarina exótica sem tirar a roupa.

— Espera, achei que você tinha acabado de dizer que era uma aula de dança aeróbica. — Eu tinha imaginado algo mais para a zumba do que para o striptease.

— Eu disse *aeróbica*, no sentido de que ela vai aumentar a exigência de oxigênio do seu corpo. Você só interpretou em seu próprio viés psicológico. — Sylvie sorriu. — Além do mais, eu sei que você não teria vindo se eu dissesse exatamente do que se tratava a aula. Mas, pode acreditar, vai ser ótima para você. Dançar é a melhor maneira de entrar em contato com seu corpo. Bem, a não ser talvez pelo sexo. Mas você vai adorar esta aula, é bem divertida e libertadora.

Na mesma hora, as luzes diminuíram para criar uma atmosfera mais condizente com um restaurante romântico, revelando velas estrategicamente dispostas pela sala. Eu não tinha notado ninguém as acendendo.

O baixo pesado e abafado das primeiras batidas de uma música da Beyoncé encheu a sala.

Todos os meus membros ficaram dormentes por um instante. Aquilo ia ser excruciante. Ao contrário de outras coisas que eu tinha conseguido aprender sozinha, o ritmo se provou um inimigo impenetrável. Em teoria, eu sabia que era para bater palmas no "dois", mas era muito mais difícil fazer isso na prática.

Uma mulher rebolou no meio da sala, como se fosse controlada por seus quadris. Deslizou as mãos pelas laterais do corpo como se ela mesma se deliciasse com o toque.

— Isso aíííí — Sylvie sussurrou apreciando. — Vai ser incrível.

— Estão prontas, senhoras, para realmente sentiiiiiir o corpo de vocês? — A mulher ronronou, olhos fechados de prazer.

Todos na sala responderam com versões variadas e entusiasmadas de "Uhuuuuu!"

Exceto eu. Eu tinha certeza de que ia vomitar. Na minha estimativa, a porta estava a uns três metros de distância. Eu poderia sair em disparada e nunca mais olhar para trás.

Mas antes que eu pudesse agir por impulso, Sylvie agarrou minha mão e me ergueu.

— Estou tão feliz por estarmos fazendo isso juntas, C.!

A tensão que aprisionava meu corpo cedeu e a náusea começou a diminuir. Sylvie estava olhando para mim com tanta sinceridade que eu não podia decepcioná-la. Rogando aos meus nervos para que sossegassem, me concentrei na sensação de vínculo com a minha amiga.

— Eu também — dei um sorriso fraco, exultante e aterrorizado na mesma proporção. Era como se eu segurasse um aglomerado de balões de hélio e finalmente permitisse que meus pés deixassem o chão.

Até onde eu podia dizer, não havia nenhuma coreografia de verdade na aula. Ela consistia sobretudo em se contorcer no ritmo da música (ou no meu caso, um pouco atrasada em relação à batida), passar algumas músicas rastejando no chão como felinos selvagens (como eu gostaria de ter trazido joelheiras) e passando os dedos entre os cabelos (impraticável para mim, porque eu estava com um coque firme). Sylvie, que aparentemente tinha nascido com o ritmo perfeito, acolheu tudo com gosto, assim como seu rabo de cavalo, que parecia balançar exatamente no ritmo. De vez em quando ela esbarrava em mim e dava um sorriso incentivador antes seguir a passos largos com confiança, como se a sensualidade corresse por suas veias e não fosse grande coisa.

Depois de vinte minutos de aula, comecei a sentir lampejos esporádicos de rendição. Ajudou terem avisado para que fechássemos os olhos (e "nos soltaaaaaar"). Quando dei uma espiada, ninguém na sala prestava atenção em ninguém além de em si mesmo. Libertada, deixei que meu corpo se movesse com uma fluidez que nunca havia experimentado. Correr minhas mãos por sobre minhas coxas e minha cintura parecia uma novidade íntima... e prazerosa.

Em um momento inesperado de liberação, ergui a mão e soltei o coque do alto da minha cabeça.

Quando Sylvie e eu recuperávamos nossas coisas no vestiário, eu estava um pouco eufórica.

— Viu? Eu sabia que você ia adorar — disse Sylvie, olhando com aprovação para o meu brilho revigorado. — Olha como você está relaxada.

— Sim, foi melhor do que eu esperava, acho. — Eu não queria parecer animada demais, caso ela tentasse me convencer a fazer a aula de *pole dance*. Mas quando minha pele foi atingida pelo frio da noite enquanto caminhávamos em direção à Oitava Avenida, eu estava intensamente consciente do meu corpo. A sensação da roupa contra ele; a forma como ele se mexia. Era a mesma fissura que eu sentia ao ver uma história de amor se desenrolando na TV, ou ao me deleitar com os beijos doces de Julia e Reuben.

No entanto, de alguma forma, isso era diferente.

Desta vez, o estímulo vinha de dentro de mim.

28

O NOME DE SEBASTIAN SE ILUMINOU na tela do meu celular pela segunda vez naquela manhã. Na primeira vez, fiquei sentada olhando para ele, desejando que sumisse. Não gostava que ele estivesse se introduzindo no meu dia sem aviso prévio. Ele não deixou nem sequer uma mensagem de voz.

Eu silenciei a segunda ligação, esperei quinze minutos e, só então, mandei uma mensagem para ele.

Olá, Sebastian. Você tentou me ligar? Eu estava no banho.

A bolha de três pontos apareceu debaixo da minha mensagem. Graças a Deus — por escrito eu pelo menos teria tempo para pensar na minha resposta. Mas então os pontos desapareceram e seu nome se iluminou na tela pela terceira vez. Realmente não havia escapatória.

— Oi, Clover! — A voz dele estava mais anasalada do que o comum. Alergia, talvez. — Achei que era bem mais fácil ligar para você em vez de ficar indo e voltando com mensagens de texto. Como está a sua manhã?

— Hum, muito boa, obrigado.

Um caminhão de sorvete tilintava ao fundo da voz de Sebastian.

— Então, a outra noite foi bem divertida, não é? — Ele disse mais como uma hipótese do que como uma afirmação.

— Foi, sim. — Mais uma resignação do que uma afirmação.

Ele pigarreou.

— Eu estava me perguntando se você não gostaria de vir jantar na minha casa amanhã à noite? Ia ser bem mais fácil a gente se conhecer sem aquele monte de gente em volta.

Privacidade seria bom — eu me encolhi pensando em todas as pessoas que provavelmente tinham testemunhado nosso beijo deselegante. Mas ainda parecia muito, mas muito cedo para ficar sozinha com ele, no espaço dele.

Pensei em colocar a chamada em espera e perguntar para Sylvie o que ela achava, mas então isso pareceu infantil. Eu sempre me guiei pela vida sozinha, e era capaz de administrar isso. Além do mais, já sabia a resposta de Sylvie.

Sebastian pigarreou de novo.

— Clover? Você ainda está aí?

— Estou aqui, desculpe — me rendi. — Claro, seria legal.

O apartamento de Sebastian ficava no oitavo andar de um condomínio austero e reluzente a poucos quarteirões do Lincoln Center. Enquanto subia, as paredes espelhadas do elevador escrutinaram meus trajes — jeans e uma blusa estampada de seda do armário de Sylvie. Cada tinido intrusivo marcando a passagem por um andar era mais uma oportunidade perdida de retornar ao casulo familiar que era o meu apartamento. Um calafrio explicável percorreu meu corpo. Um enxame de borboletas bruxas esvoaçou no meu estômago. E eu precisava de verdade fazer xixi, mesmo tendo bebido menos água de propósito naquele dia.

Era assim que a gente deveria se sentir antes de um encontro? Eu estava me preparando para tocar a campainha de Sebastian, lutando contra o impulso de vomitar. Até a lua parecia mais fácil de alcançar do que um romance nesse momento.

A porta se abriu em poucos segundos.

— Clover!

Era Sebastian, mas não exatamente, como se o elevador tivesse me levado para alguma espécie de universo paralelo. Ou então eu estava olhando para o reflexo dele distorcido na parte detrás de uma colher.

— Oi, Sebastian. Você está diferente. — Os olhos dele estavam menores, o rosto mais quadrado e o nariz mais evidente.

— Ah, é. — Ele apontou tímido para os olhos. — Lentes de contato em vez dos óculos.

Houve uma narigada desajeitada na bochecha quando eu virei o rosto enquanto ele tentava me cumprimentar com um beijo.

— Desculpa. — Dei uma risadinha, as borboletas bruxas batendo as asas com mais força. Era como tentar acompanhar uma coreografia de dança que eu nunca tinha aprendido. Acolhi a segunda tentativa dele: um selinho rápido nos meus lábios.

O apartamento de Sebastian era previsivelmente monótono, um exercício em preto e cinza. Como o de Sylvie, havia pouquíssima decoração, mas faltava o aconchego do dela. Cada superfície brilhava, provavelmente esfregada à perfeição por alguém que não era Sebastian, e um perfume cítrico industrializado, com notas de alvejante, pairava no ar.

Achei, porém, a previsibilidade reconfortante — eu começava a entender os padrões dele, a maneira como habitava o mundo. A noite me pareceu um pouco menos atemorizante.

— Eu trouxe sobremesa. — Nervosa, coloquei a caixa turquesa de doces no balcão de mármore preto, o tom alegre quase ofensivo contra aquele fundo sombrio. Uma torta de noz-pecã era muito mais segura do que vinho. A pior coisa que poderia acontecer comigo se eu comesse demais era ter uma dor de cabeça por causa do excesso de açúcar.

— Está com uma cara deliciosa! — Sebastian espiava por debaixo da aba da caixa de papel e descansava a outra mão de leve nas minhas costas. — Você quer uma bebida? Tenho um Chablis soberbo.

O calor da palma da mão dele irradiando através da minha blusa de seda era surpreendentemente agradável — um toque afetuoso destinado apenas a mim.

— Vou começar só com um club soda, se você tiver.

— Ah… claro. — Sebastian apontou para o imponente sofá modular junto das janelas que iam do chão ao teto. — Senta!

O couro teso cor de carvão era tão desconfortável quanto parecia. Cruzei as pernas e notei vários pelos brancos de gato na minha calça jeans, que arranquei freneticamente antes que Sebastian os visse — ou começasse a espirrar por causa deles. Na falta de qualquer outro lugar para descartá-los, enfiei no bolso.

Sebastian apontou um pequeno controle para as estantes, que abrigavam uma seleção de enfeites abstratos e brutalistas, um metrônomo antigo e uma fileira bem arrumada de discos de vinil. O jazz percussivo que vinha do par de alto-falantes curvos e de ponta acalmou um pouco meus nervos.

— Onde você guarda os seus livros? — Vasculhei a sala em busca de traços de armazenamento discreto.

— Eu realmente não tenho nenhum — Sebastian deu de ombros, indo se juntar a mim no sofá. — A designer de interiores disse que eles não combinavam com a *vibe* minimalista-contemporânea que ela estava empregando. Mas eu não sou lá um grande leitor, de qualquer maneira.

— Ah. — Eu nunca conhecera alguém que não gostasse de ler. — Imagino que você passe muito tempo praticando seu violoncelo?

— Sim, com certeza. — Ele me entregou o refrigerante em uma taça de vinho e bateu seu Chablis nela. — Mas eu faço isso sobretudo na casa da minha avó… a acústica de lá é melhor.

À menção de Claudia, minha culpa começou a aborrecer. Será que ela sabia que eu estava aqui? Será que aprovaria que eu me aproximasse de Sebastian? Eu não queria que ela questionasse meu profissionalismo.

O jantar, que Sebastian não cozinhou, foi tão superestimado quanto a promessa de combinação peruana-vietnamita da comida para viagem. Mas a conversa fluiu com facilidade.

Eu vinha me preparando para ela desde o início do dia, usando um truque que o meu avô, também um introvertido incurável, me ensinou para superar a timidez. O *brainstorming* adiantado de assuntos tornava a conversa muito menos aterrorizante e reduzia o risco de dizer alguma coisa de que você se arrependeria. No lavabo de Sebastian (outra homenagem à monotonia), repassei a lista de perguntas que eu tinha compilado no meu celular.

Qual é a música que você mais gosta de tocar no violoncelo?
Qual é o segredo para ser um bom violoncelista?
O que faz de fato um modelador econômico?
O que te inspirou a fazer isso da vida?

Acabei não precisando de nenhuma delas.

À medida que a noite avançava, Sebastian forneceu muitas informações sobre si mesmo sem nenhuma deixa. Era estranho ele ter dito que queria me conhecer melhor, pois não perguntou nada sobre mim. Mas suas histórias eram extravagantes e encantadoras, e eu gostava da sensação de proximidade quando ríamos das mesmas coisas. Aos poucos, minhas emoções começaram a derreter e as mariposas no meu estômago se acalmaram e passaram a bater as asas devagar.

Até que o relógio sem números acima do sofá se aproximou das onze da noite.

Sebastian trocou a música para uma faixa suave de saxofone e diminuiu o espaço entre nós no sofá. Antes que eu pudesse reagir, a boca dele estava na minha. Desta vez, sua saliva tinha gosto de melaço e noz-pecã. Tentei relaxar e entrar no beijo, grata por estar ligeiramente mais preparada, só que ainda não tinha certeza se estava gostando. Quando as mãos dele deslizaram na minha cintura, levei as minhas para as laterais de seu pescoço e então arranhei devagar seus ombros — como Julia fazia com Reuben.

Mesmo sabendo que não havia mais ninguém na sala, não conseguia deixar de abrir os olhos só para me certificar.

Mas eu realmente gostaria de não ter feito isso. Porque o que apareceu diante de mim foi uma grande foto em preto e branco de Sebastian pré--adolescente sentado em um jardim com Claudia. E eu juro que havia um olhar de desaprovação no rosto dela.

Eu me afastei de Sebastian, em pânico.

Ele se recostou, surpreso.

— Você está bem?

— Estou, é só que... eu acho que isto pode ser um erro. — Levantei-me e desamassei minha blusa. — Eu trabalho para a sua avó, então é superantiprofissional da minha parte fazer isso.

Ele buscou meus quadris de novo e tombou a cabeça de lado, sorrindo.

— Ah, ela não ligaria para isso.

Olhei para a foto e ainda sentia seu julgamento. Deslizando para longe do alcance de Sebastian, apanhei minha bolsa do balcão.

— Sinto muito, mas não me parece certo.

— Clover, espera.

A porta bateu atrás de mim e a vergonha martelava no meu corpo.

Quando o elevador tilintou e eu voltei para o quadrado de espelhos, passei o tempo todo olhando para o chão, evitando seu escrutínio.

29

Quando cheguei à casa de Claudia na quarta-feira seguinte, Selma me recebeu na porta.

— Claudia está com muita dor hoje — Selma falou bem grave para baixar a voz. — É claro que ela se recusou a ficar na cama, então nós a instalamos no sofá da biblioteca. — Ela gesticulou passando pelo vestíbulo. — Suba dois lances de escada, depois à sua esquerda.

Era a primeira vez que me aventurava nos outros pavimentos da casa de cinco andares. Mas em vez da minha curiosidade habitual, senti medo — eu poderia trombar com Sebastian a qualquer minuto. Eu me sentia culpada por ter saído do apartamento dele de modo tão abrupto e não respondi nenhuma de suas mensagens desde então.

A biblioteca, que tinha facilmente dois terços do tamanho do meu apartamento, poderia ter saído dos meus devaneios. Grandes prateleiras de nogueira se estendiam até o teto, reverentemente alinhadas com livros. Um conjunto de poltronas aveludadas de bom gosto implorava para acomodar horas de leitura. A luz do sol difusa entrava pelas janelas arqueadas, deixando o espaço com uma iluminação levemente quente.

Apenas um item no lugar não seria bem-vindo nos meus devaneios: o violoncelo de Sebastian encostado em um canto poderia muito bem ser o próprio homem.

Quatro. Três. Dois. Um. Contei para retomar a compostura. Meu único foco era estar presente para Claudia e seus sentimentos. Nada mais importava.

Ela estava deitada em uma chaise de mogno, o corpo cada vez mais minguado escorado quase como uma boneca por um arsenal de almofadas decoradas. Um edredom de jacquard cobria a parte inferior de seu corpo, até as axilas.

Embora os olhos de Claudia estivessem fechados, ela batia a mão esquerda acompanhando o ritmo do *riff* de Duke Ellington saindo de um pequeno alto-falante na mesa lateral próxima. O rangido de tábuas antigas sob meus passos a alertou que eu tinha chegado e ela me recebeu com um sorriso sonolento.

— Eu conheci Duke Ellington em uma festa uma vez — disse Claudia, a voz suave, sonhadora.

— Aposto que há uma história interessante aí. — Eu me sentei em uma das poltronas estofadas na altura dos olhos de Claudia.

— Na verdade, eu lembro sobretudo daquela noite por causa da discussão que tive com meu marido — disse Claudia, tentando se erguer. Eu me levantei para ajudar, dando suporte para o seu peso enquanto ajustava as almofadas atrás dela. — Ele não era fã de que eu ficasse de conversa com outros homens, por mais interessantes que fossem. Era um ponto de discórdia no nosso relacionamento; um dentre muitos, porque eu adorava conversar com estranhos. Era isso que fazia de mim uma boa fotojornalista.

— Deve ter sido difícil deixar a carreira para trás — falei. — Você conhecia muitas outras fotógrafas na época?

— Havia apenas um punhado de nós, como dá para imaginar. E de fato foram mulheres como Margaret Bourke-White, Dorothea Lange e Martha Gellhorn que abriram o caminho para nós.

— Acabei de ler o livro da Martha, *The View From the Front*. Que mulher fascinante. — Eu adorava coincidências como essa: sinais de que eu estava exatamente onde precisava estar. — Você a conheceu?

— Nós nos cruzamos algumas vezes nos anos cinquenta, ela tinha o pavio curto. Mas na época ela foi a única das esposas de Hemingway a ser sensata o bastante para se divorciar dele, então não é surpresa que ela fosse fascinante.

— E eu só posso imaginar como deve ter sido difícil ser uma correspondente de guerra naquela época — eu disse. — Provavelmente não havia escolha a não ser ter o pavio curto como forma de se autopreservar.

— Você é afiada, minha querida — disse Claudia, arqueando os lábios em aprovação. — Eu gosto disso em você.

— Você alguma vez pensou em voltar a fazer isso? Depois que seu filho ficou mais velho?

— Quase nunca — respondeu ela, cansada. — Naquela época, a maioria das mulheres nos nossos círculos sociais nem trabalhava, muito menos perambulava mundo afora sem a família tirando fotos de desconhecidos. Meu marido nunca permitiria. Não é de admirar que tanto Gellhorn quanto Bourke-White tenham se divorciado duas vezes. Ser fotógrafa requer uma intimidade que os homens da época simplesmente não entendiam.

— Você ainda deve ter algumas belas histórias das viagens que fez. — Olhei em volta para as estantes de livros que flanqueavam a chaise. — Eu adoraria ver mais fotos que você tirou um dia.

Apoiando-se para se erguer um pouco mais, Claudia se animou.

— Interessada em fotografia, no fim das contas, hein?

— Talvez eu esteja — admiti, sorrindo. — Gosto de aprender novas habilidades.

Claudia fez um gesto com a cabeça para o outro lado da sala, para uma grande mesa de teca.

— Você vai encontrar uma chave debaixo do peso de papel. A maioria das minhas fotos está trancada no porão. Imagino que esta seja uma boa hora para começar a dar uma olhada nelas, já que o relógio está correndo e tudo o mais. Deus sabe que essa minha prole provavelmente vai jogá-las fora assim que eu me for.

— Não tenho tanta certeza de que Sebastian permitiria isso. — Quaisquer que fossem meus sentimentos em relação a ele, eu sabia que o neto dela era sentimental demais para ser tão implacável.

— Ah, sim, esse menino pode ser um pouco confuso em algumas áreas da vida, mas ele provou ser um neto dedicado. — A expressão de Claudia era enigmática. — Ouvi dizer que você o tem conhecido melhor.

O pânico que senti no apartamento de Sebastian voltou. O que ele tinha dito a ela? Fui rápido até a mesa e encontrei a chave debaixo de uma pequena baleia de latão.

— O que é que eu devo procurar no porão?

— Pode ser que você tenha que revirar um pouco as coisas, mas vai ver uma pilha de velhas caixas organizadoras, se elas já não tiverem se desintegrado a essa altura. Faz décadas que ninguém mexe nelas.

— Pode deixar! — Saí apressada antes que ela pudesse dizer mais alguma coisa.

O conteúdo do porão era uma proeza que desafiava a gravidade. Móveis, obras de arte, malas velhas de couro e aparatos de neve, todos precariamente equilibrados, como se esperassem o menor empurrãozinho para que a pilha desmoronasse.

Então era assim que as pessoas mantinham as casas tão elegantes e minimalistas — abarrotando todos os seus verdadeiros pertences fora de vista.

A espessa camada de poeira em todas as superfícies significava que era provável que Sebastian, tão propenso a alergias, raramente se aventurava por ali. Aquela poeira até conseguiu irritar meus sentidos, que costumavam ser resistentes, e espirrei quatro vezes seguidas. Eu navegava pela cripta de objetos esquecidos e tomava uma nota mental para fazer um inventário do que estava ali na próxima oportunidade. Claudia podia querer que certas coisas fossem para determinados lugares em vez de serem passadas para a frente em uma espécie de família vende tudo ou jogadas no meio-fio. Não era oficialmente parte do meu trabalho, mas tinha assistido a memórias de vidas inteiras serem descartadas sem a menor cerimônia por familiares enlutados ansiosos para vender a casa do recém-falecido. A promessa de um punhado de dinheiro muitas vezes levava embora os escrúpulos das pessoas.

As caixas em questão estavam prensadas debaixo de um velho trenó de madeira. A marca profunda da parte inferior do trenó nas caixas sugeria que aquele arranjo espacial estava assim havia muitas décadas. Liberei as caixas com cuidado e voltei triunfante para a biblioteca, com teias de aranha presas no meu cabelo.

— Parece que você esteve em uma aventura — comentou Claudia. — Espero que ache que valeu a pena.

— Tenho certeza de que vou achar — eu disse, tentando me livrar das teias de aranha e os meus olhos coçando por causa da poeira persistente. Pousei a primeira caixa na mesa de centro de vidro. — Vamos nos lançar?

O rosto de Claudia estremeceu com a vulnerabilidade de uma artista que mostra uma pintura pela primeira vez.

— Suponho que sim.

A caixa provavelmente continha umas trezentas fotografias, todas impressas em papel grosso. A maioria era fosca, todas em preto e branco, muitas delas tinham esmaecido para nada mais do que contornos fantasmagóricos de figuras e estruturas. Selecionei uma pilha de fotos atadas com um cordão e comecei a folheá-las.

A primeira era a imagem de uma mulher com uma espécie de vestido africano sentada à beira da estrada, dois cachos de bananas volumosos posicionados diante de si.

Li a inscrição no verso.

— *Tunísia, 1956*. Uau, você esteve na Tunísia?

— Minha primeira e única viagem ao Norte da África. — Sorriu Claudia. — Eu estava trabalhando em Marselha e implorei ao meu editor que me deixasse ir para a Tunísia cobrir os meses finais do movimento de independência. Quando ele disse não, eu fui por conta própria, flertando para conseguir entrar em um barco, e mandei um telegrama de Túnis pedindo permissão mais uma vez. Então ele não teve escolha.

— Não acho que eu seria tão corajosa, mas a história me fez sentir saudade da sensação de chegar a um país estrangeiro, com nada além do desconhecido me esperando. Há tanto tempo que eu não faço isso.

— Bem, lá no fundo, eu sabia que era meu último oba-oba, por assim dizer. — O brilho desmaeceu nos olhos de Claudia. — No final daquele verão, eu tinha que voltar para casa e me casar, e sabia que minha curta carreira na fotografia chegaria ao fim. Então pensei, ah, que seja.

— Quantos anos você tinha?

— Fiz vinte e cinco anos naquele agosto. Eu era velha para me casar, naquela época. Meu marido me pediu em casamento quando eu tinha vinte e três, mas eu lhe disse que queria dois anos para me dedicar à fotografia. E se ele me permitisse isso, eu prometia ser a dona de casa fiel que ele queria dali em diante.

— E você manteve sua palavra.

Claudia assentiu.

— Eu sabia que queria ter filhos e queria que eles crescessem em um ambiente estável. Então minha única opção era me casar. Não como vocês, mulheres de hoje em dia, que congelam os óvulos e se lançam na maternidade solo na casa dos trinta e dos quarenta anos, se quiserem. Se isso fosse uma opção naquela época, eu teria considerado fortemente.

Nunca tinha pensado em congelar meus óvulos. Mas depois do fiasco com Sebastian, romance parecia algo mais distante de mim do que nunca. Eu talvez devesse pelo menos dar uma olhada no Google.

— Eu precisava daqueles dois anos para a minha sanidade — continuou Claudia. — Disse a mim mesma que abarrotaria aqueles anos com todas as experiências e memórias que pudesse, para que elas durassem o resto da minha vida. — Um olhar amargo. — É claro que eu não esperava que viveria tanto.

Folheávamos as pilhas de fotos e o olhar fotográfico perspicaz de Claudia transparecia. Uma crueza irradiava de cada uma das pessoas que tinham sido seus temas, como se fossem vistas pela primeira vez. Timidez cativante manifesta em um ligeiro tombar da cabeça, mas com expressões cheias de esperança. Outras estavam mais maltratadas pela vida, os olhos revelando uma tristeza profunda. A emoção ressoava em cada imagem — prazer, anseio, dor, amargura — e eu sentia cada uma delas agudamente.

As vinhetas da Tunísia se transformaram em retratos da Riviera Francesa, mais em conformidade. Crianças pulando nas águas rasas de um Mediterrâneo sem ondas. Um idoso cochilando debaixo de uma oliveira. Um cachorro roubando uma baguete. Basicamente a versão analógica do Pinterest de um francófilo.

— O tema era menos premente no sul da França — disse Claudia, como se lesse meus pensamentos.

Parei na foto de um jovem de cabelo cacheado com uma camisa de listras pretas e brancas, posicionado estoicamente na proa de um barco.

— Não sei, não — eu disse, passando a foto para Claudia. — Este cavalheiro trigueiro parece bastante premente.

A resposta incisiva que eu esperava nunca veio. Em vez disso, Claudia estava com a mão no peito, com a respiração curta e ofegante enquanto olhava para a foto.

— Você está bem, Claudia? — Eu me levantei, pronta para agir. — Devo ligar para Selma? Você precisa de um médico?

Claudia segurou meu antebraço.

— Não, querida, estou absolutamente bem. — Sua respiração se estabilizou. — É só que, bem, faz quarenta anos que não vejo uma foto dele.

— Quem é?

A voz de Claudia saiu em um sussurro incomum.

— O nome dele era Hugo Beaufort.

30

— Então, ontem eu estava contando a uma pessoa do museu sobre como seu trabalho é legal — disse Sylvie, enquanto esperávamos na fila para almoçar em um café meticulosamente minimalista que privilegiava refeições desconstruídas e mesas compartilhadas. — E me dei conta de que ainda tenho um monte de perguntas a respeito.

— Como quais? — perguntei, lisonjeada por Sylvie estar tão interessada.

— Tipo, é verdade que as pessoas dizem que vão embarcar em uma viagem logo antes de morrer?

— Às vezes.

— E aí você tem que tentar dissuadi-las?

— Não, eu costumo me oferecer para ajudar a fazer as malas.

Sylvie colocou a mão na cintura.

— É sério?

— É claro, elas meio que vão mesmo fazer uma viagem. Não se sabe para onde, mas é melhor deixá-las se empolgar com a jornada e sentir que estarão preparadas para ela.

— Acho que faz sentido. — Sylvie esperou que o ronco desagradável de um caminhão de lixo diminuísse. — E é verdade que as pessoas ainda conseguem ouvir tudo o que está sendo dito, mesmo inconscientes?

— Não posso dizer com certeza, mas tive clientes que estiveram em coma e ouviram os familiares contarem segredos sobre si.

— Meu Deus do céu, você tem que me contar essa história.

Eu gostava de ter um público cativo — talvez Leo e eu não fôssemos tão diferentes, no fim das contas.

— Bem, havia um cara que estava em coma e sua esposa estava conversando com a irmã dela sobre como nunca tinha dito ao marido que a sua filha era de outro homem. Ela achou que o marido não ia acordar, mas quando ele despertou, se lembrou de cada detalhe da conversa e conseguiu que o advogado tirasse a mulher e a filha do seu testamento. Ele morreu no dia seguinte, completamente amargurado.

Sylvie se contraiu.

— Que horrível para todos os envolvidos. Aposto que foi constrangedor para você estar presente.

— Sim, foi bem terrível. — Eu tinha ficado um pouco mais envolvida nessa situação do que devia. Mas o homem de fato tinha o direito de mudar seu testamento. E eu erroneamente pensei que isso lhe traria um pouco de paz.

— Li sobre uma mulher uma vez que pediu o divórcio em seu leito de morte porque não queria morrer ainda num casamento infeliz.

— Isso acontece com mais frequência do que você imagina — falei. — Na verdade, Claudia me contou uma coisa interessante ontem. Ela disse que se arrepende de não ter se casado com um cara que conheceu quando estava morando na França, quando tinha por volta de vinte anos. — Assim que eu disse essas palavras, minha culpa se ergueu, como se eu tivesse traído Claudia ao revelar seu segredo.

— Isso é tão romântico — disse Sylvie. — Mas supertriste também, por ela ter sido infeliz com o cara com quem se casou.

— Não acho que ela foi infeliz de fato. Acho que as mulheres tinham menos liberdade de escolha naquela época, então ela se decidiu pela opção mais sensata.

Sylvie passou o braço pelo meu enquanto avançávamos na fila.

— Então, me conta *tudo*.

Como se apagasse uma lâmpada, coloquei minha culpa implicante de lado. Eu não consegui resistir ao desejo de impressionar Sylvie, de estar à altura de suas impressões sobre mim. E não é como se ela conhecesse Claudia.

— Tá bom — eu disse, na fissura causada pela onda de dopamina decorrente da legitimação de Sylvie. — Vou contar a história exatamente como ela me contou.

Mesmo passados sessenta anos desde que ela conheceu Hugo Beaufort, Claudia descreveu para mim o dia com uma nuance tão vívida que aquilo poderia ter acontecido na semana passada.

Tudo começou com um cachorro de três patas preso na entrada de uma livraria em Marselha, na França, em 1956.

A ausência de qualquer espécie de brisa tornava aquele dia quente de julho insuportável. O tipo de dia em que a alma mais vaidosa abre mão de qualquer preocupação com a aparência. Todo mundo apresentava a mesma camada brilhante de suor, então não havia escolha a não ser aceitá-la.

Claudia lamentou especialmente a decisão de usar calças naquele dia. Desde que havia chegado na França meses antes para cobrir o ponto culminante na busca da Tunísia por independência, tinha começado a usá-las por praticidade. Não era hora de fazer rebuliço com vestidos; uma camisa de botões branca e calças de linho eram muito mais confiáveis e fáceis de colocar na mala. E mesmo que não fossem, os comentários desaprovadores dos colegas homens sobre como seu traje era inadequado significavam que ela também os usaria só por rebeldia. A cada cenho franzido de censura, ela enfiava as mãos nos bolsos e perambulava com contente desafio.

Naquele dia em particular, porém, Claudia se permitiu um momento de autocomiseração enquanto devaneava com o frescor que um belo vestido de verão ofereceria em condições tão sufocantes. (Parecia uma injustiça ainda maior que ela estivesse tão perto do Mediterrâneo sem o menor sinal de alguma brisa do mar.)

Ela também lamentou sua recusa em permitir que o dono indecoroso do apartamento em que estava lhe desse uma carona até a estação de trem. Como Claudia tinha conseguido rechaçar os avanços dele durante toda a estadia dela em Marselha — a qual tinha usado como base para sua reportagem na Tunísia —, dar a ele a satisfação de carregar sua mala era uma vitória da qual ela não estava disposta a abdicar. A alça de couro da mala velha escorregava em sua mão suada, então ela a apertou com determinação e voltou a ajeitar a bolsa volumosa no ombro. A independência compensava um pouco de desconforto. Além do mais, ela tinha que fazer uma última parada antes de embarcar no trem para Paris. Uma derradeira compra para lhe fazer companhia na longa viagem de volta à sua casa, Nova York.

A livraria Le Bateau Bleu ficava a cerca de cinco minutos a pé do Vieux Port de Marselha e a dez minutos do minúsculo apartamento no sótão que Claudia havia alugado por um valor ínfimo. A livraria tinha sido seu refúgio, seu oásis, um espaço seguro contra as ondas de saudade e solidão. Os livros tinham sido seu consolo ao longo de uma criação turbulenta com pais que se detestavam. Durante o constante conflito verbal que reverberava nas paredes da casa enorme, Claudia se enfiava no armário com um travesseiro e uma lanterna e se perdia dentro de um livro. Depois, já adulta, sempre que estava precisando de um momento de calma, fugia correndo para a livraria mais próxima (conhecia a maioria das de Manhattan). E embora seu noivo nunca tenha gostado muito de ler, sempre sabia onde encontrá-la depois que tinham tido uma discussão.

O coração de Claudia inchou quando ela virou a esquina da *rue* estreita onde a Le Bateau Bleu ficava, exatamente no meio da ladeira. Seu toldo era pintado de um vermelho cereja incongruente, o que irritava os puristas locais, porque não combinava com a paleta mediterrânea de pastéis e ocres com que sonhava o restante da cidade. Mas aquele espírito rebelde só tinha feito Claudia gostar ainda mais da livraria.

Uma lasca de sombra — a silhueta arqueada de um poste de luz — cortava a calçada do lado de fora da loja. Um Jack Russell desgrenhado tinha esticado o corpo para caber entre os limites estreitos da sombra — a barriga encostada no concreto frio, o rosado de suas patas traseiras apontando para o céu. O cachorro abriu um olho exaurido quando a sombra da própria Claudia cruzou seu caminho. Ela pousou a mala no chão e enxugou as mãos úmidas no linho das calças (pelo menos elas serviam para alguma coisa) e se ajoelhou junto do cachorrinho desmazelado. Gentilmente respeitando seu espaço, ela ofereceu a mão para uma farejada de inspeção. O cachorro pulou todas as formalidades, encostando a testa na palma da mão dela, com apreço. Ficou sentado e Claudia percebeu que o ombro direito dele simplesmente acabava no próprio peito, como se nunca tivesse havido uma perna ali.

Ela sacou um frasco dentre os pertences bem embalados da bolsa e serviu um pouco de água morna em sua mão em concha. O cachorro bebeu agradecido, parando para lamber seu pulso como se dissesse uma palavra a mais de agradecimento. Quando ela foi tomar um gole da garrafa de metal, só havia um restinho. Não se arrependia de ter dividido o que restava.

A porta da livraria tiniu alegre ao abrir e Claudia se levantou para não bloquear o caminho. Pela maneira como o cachorro ficou animado, imaginou que o jovem parado na porta era o dono. Seu emaranhado de cachos também combinava com o desmazelo da pelagem do Jack Russell.

— Matelot! — O homem dirigiu-se ao fiel amigo com entusiasmo, curvando-se para embalar o focinho dele entre as mãos bronzeadas e calejadas. Então, como se lembrasse das boas maneiras, ele se endireitou de repente, com o sorriso largo exibindo uma pequena lacuna entre seus dois dentes da frente.

— Boa tarde, mademoiselle. — Tinha um sotaque forte, mas falava com desenvoltura.

Envergonhada por ser tão obviamente estrangeira, Claudia desejou ter praticado mais seu francês.

— Boa tarde — disse ela, notando a pequena meia lua de uma cicatriz formando uma falha na barba do seu queixo. — Eu estava só dizendo um "oi" para seu amigo aqui. Você disse que o nome dele é Matelot?

— Sim, Matelot! Significa marinheiro. Como eu! — A cicatriz ficou menor quando ele sorriu. — Ele é o meu... como é que se diz... ajudante de convés?

A ideia daquele homem navegando pelos mares com seu marinheiro desmazelado de três patas era encantadora. Claudia indicou a pilha de livros debaixo do braço dele com a cabeça.

— Imagino que você tenha bastante tempo para ler no barco, então?

— Sim, pretendo velejar para a Córsega amanhã. — O homem apertou os livros com apreço junto das costelas. — E eles vão me fazer companhia.

— Ouvi dizer que a Córsega é uma ilhota adorável — disse Claudia. — Infelizmente, eu não conheço.

— Bem, não é tarde demais, sabe. Vi que você já está de malas prontas para a viagem.

Em outros homens, aquela ousadia teria sido sórdida. Mas naquele jovem francês magricela, era encantadora.

— Infelizmente estou a caminho da estação de trem — disse Claudia, com decepção genuína.

— Na verdade — ele respondeu, acentuando cada sílaba —, você está a caminho da livraria.

— Você me pegou no flagra.

— Quem sabe depois da livraria e antes da estação de trem, você não toma uma bebida com a gente? — Tanto o homem quanto o cachorro olharam para ela esperançosos.

— Bem, eu não conheço você.

— Então vamos acertar isso. — O homem limpou a mão livre na camisa e a estendeu. — Eu sou Hugo.

Ela enxugou a própria mão antes de apertar a dele.

— E eu sou Claudia.

— É um prazer conhecê-la, Claudia. — A cicatriz desapareceu em uma covinha. — E, se me permite, gostei das suas calças.

Quando terminei de contar a Sylvie a história de Claudia e Hugo, éramos as próximas da fila no café. Seguimos o garçom até a ponta de uma longa mesa compartilhada de carvalho e nos sentamos nos bancos de alumínio.

— Gostei das suas calças — repetiu Sylvie num sotaque francês afetado. — Mas que fala! Hugo parece bem lisonjeiro. Não é de admirar que ela tenha sentido a tentação, longe do marido chato e controlador. — Sylvie desdobrou o guardanapo e o colocou no colo. — Imagina só se ele ainda está vivo, em um barco em algum lugar no Mediterrâneo, pensando nela também.

A perspectiva agridoce apertou meu coração. Se eu tivesse conhecido Claudia antes, talvez eu pudesse ter feito alguma coisa.

31

A MORTE IMINENTE É uma coisa volúvel. Alguém com um diagnóstico terminal pode estar vibrante e robusto um dia e despencar em espiral no seguinte, como se a mortalidade tivesse afundado o pé no acelerador de repente. Nos três dias desde que tinha visto Claudia pela última vez, ela estava claramente à mercê dessa aceleração. Embora estivesse sentada em sua costumeira cadeira de vime no jardim, agora a cadeira parecia engoli-la. Seu corpo perdera todo o excesso de peso, tornando sua forma diminuta cruelmente ossuda e a pele, pálida, quase translúcida. Uma melancolia nítida embotava o brilho atrevido habitual em seus olhos.

Não importa quantas vezes eu testemunhasse esse declínio súbito, ainda era duro ver alguém se deteriorar. Dessa vez doeu um pouco mais assistir a Claudia se privar de sua vitalidade. Mesmo sem formação médica, aprendi intuitivamente a estimar quanto tempo ainda restava a alguém.

Ela provavelmente não chegaria ao final do mês.

— Estou meio tristonha hoje, minha querida — Claudia disse quando me juntei a ela na mesa do jardim.

— Sinto muito por isso. — Notei que ela tremeu com uma corrente de ar inexistente, se esforçando para puxar o cobertor por sobre o torso. Eu me inclinei para colocar o mohair grosso mais próximo de seu peito. — No que você tem pensado?

— Quer dizer, além do fato de que meus dias estão contados? — O restante do corpo pode estar minguando, mas o humor cáustico de Claudia, não. Ela brincou com a beirada do cobertor, os nós dos dedos como um nó de corda sob sua pele. — Sabe, quando descobri, não fiquei exatamente surpresa, afinal, tenho oitenta e sete anos e há muito tempo eu sei que meu corpo já não funcionava como antes. — A respiração profunda retiniu em seu peito. — É só que, bem, acho que me sinto um pouco culpada.

— Culpada?

— Consegui viver muito mais do que muitos de meus contemporâneos, incluindo meu marido, e realmente deveria ser grata pelo que tive e seguir para o fim com graciosidade.

— Talvez — falei, resistindo ao desejo de aplacar. — Mas gratidão não necessariamente nos liberta da tristeza. Ou dos nossos medos.

Claudia suspirou melancólica.

— É a incógnita de tudo isso que está me aborrecendo. O médico disse que eu tinha por volta de dois meses, mas pode ser mais ou menos do que isso. — Fiquei feliz por ela não ter me olhado em busca de confirmação. — Às vezes eu sinto que estou só sentada esperando a morte chegar e que todo mundo ao meu redor, inclusive você, também espera por isso. Tem manhãs que eu acordo quase decepcionada por ainda estar aqui.

— Entendo que você se sinta assim — eu disse, seguindo um caminho coloquial que conhecia bem. — Mas como seria se você seguisse em direção à morte com graciosidade?

— Não sei, querida — disse Claudia, com um toque de exasperação. — Imagino que alguém à beira da morte estaria graciosamente tentando arrancar o melhor de seus últimos dias e não se concentrando em cada ínfimo arrependimento, tudo isso usando um xale fabuloso, é claro.

Eu esperei um pouco.

— Quais são alguns desses arrependimentos?

Claudia me olhou com cautela.

— Você não vai me obrigar a me concentrar nas coisas positivas?

— Acredite se quiser, você tem passe livre para pensar nas coisas boas e nas coisas ruins agora.

O alívio fez sua mandíbula relaxar.

— É engraçado, eu me pego remoendo coisas ordinárias e inconsequentes — disse ela, observando o gato do vizinho andando pela cerca como se estivesse em uma corda bamba. — Eu gostaria de ter continuado com as aulas de balé quando era criança. Ou ter aprendido a falar árabe melhor. Ou não ter perdido tanto tempo fingindo que gostava de ler Shakespeare, porque me fazia parecer inteligente.

— Todo mundo finge que gosta de Shakespeare.

A piada rendeu um sorrisinho.

— Por mais egoísta que isso soe — disse Claudia —, eu me arrependo sobretudo de colocar as necessidades dos outros na frente das minhas. Mas enquanto mulher, foi isso que fui ensinada a fazer. O marido, os filhos, os pais. A felicidade de todos eles importava mais. Você era sempre esposa, mãe ou filha de alguém antes de ser você mesma. É como se eu não tivesse vivido a vida para mim mesma, como eu mesma. Como se eu tivesse desperdiçado o que me foi dado.

— Você fez o que era esperado de você para as pessoas que você amava. Eu não chamaria isso de desperdício. — Eu não tive a chance de amar muitas pessoas, mas imaginei que devia ser um privilégio estar a serviço da felicidade delas.

— Depois de viver uma vida longa, acho que talvez você possa enxergar as coisas de outra maneira, minha querida.

Um alarido de estorninhos se espalhou graciosamente pelo céu e nós duas nos inclinamos para trás para observar seu voo.

— Eu nunca contei isto para ninguém — disse Claudia, hesitante, como se não estivesse pronta para se comprometer com a próxima frase. — Mas, quando meu filho era pequeno, todas as noites depois de alimentá-lo, dar banho nele e ler várias histórias, eu me sentava e o observava dormir. Era sempre eu quem fazia isso, nunca o pai dele. E todas as noites, eu tentava espantar a amargura que estava crescendo dentro de mim, para que não o responsabilizasse pela vida que eu sabia que não iria viver. Observando aquele pequeno peito subir e descer, seus cachinhos de anjo ao redor do rosto, eu sussurrava para ele repetidamente: "Não vou me ressentir de você. Não vou me ressentir de você". — O remorso bruxuleou em seu rosto. — Mas não importa quantas vezes eu dissesse isso, nunca deixei de sentir. Eu me ressentia dele, me ressentia do meu marido e, acima de tudo, me ressentia desta casa por tudo o que ela tinha tirado de mim. Era como uma prisão.

Apertei a mão dela na minha e abri um sorriso tranquilizador. As pessoas em geral não esperavam um comentário para esse tipo de revelação. Elas só precisavam de alguém para se sentar e ouvi-las, sem julgamentos.

Mas não pude deixar de me sentir um pouco desalentada. Eu não era ingênua o bastante para imaginar que todos os casamentos eram felizes, mas qual era o sentido de me arriscar se havia uma chance de eu acabar como Claudia? Ou como o meu avô, simplesmente tolerando a esposa?

— Minha vida poderia ter sido muito diferente — continuou ela. — Talvez, em vez de estar aqui com você, eu estivesse em um barco em algum lugar do Mediterrâneo com Hugo. Se é que ele ainda estivesse vivo.

— Talvez você estivesse. — Minha esperança começou a voltar a brotar. Eu estava muito curiosa para ouvir mais sobre ele. — O que aconteceu logo depois que vocês se conheceram na livraria?

Era como se alguém tivesse dado uma injeção de energia em Claudia.

— Ele me convidou para almoçar em um café perto dali, e eu tomei pastis demais e acabei perdendo o trem para Paris. Acho que queria perdê-lo, para ser sincera, ter uma última aventura antes de voltar para casa e me casar. Então, quando Hugo sugeriu que eu fosse de veleiro com ele para a Córsega, não resisti. Eu ia ficar com um amigo da família em Paris por uma semana antes de tomar o barco para Nova York e estava planejando cortar o cabelo e comprar umas roupas novas. Em vez disso, passei a semana em um barco com Hugo. — O brilho atrevido voltou. — Vou deixar você usar a imaginação para completar o resto.

A ocitocina no meu sistema nervoso.

— Do que é que você gostava tanto nele?

— Não sei… faz tanto tempo que eu não penso nele. — Claudia observou os estorninhos de novo, contemplando-os. — Eu gostava que tudo nele fosse simples. Ele adorava viver, embora sua vida tivesse sido difícil. Aquela cicatriz no queixo foi de quando o pai lhe deu uma garrafada em um surto de raiva, bêbado. E eu gostava do fato de ele ser inteligente, não por ter educação formal, mas por estar no mundo. Hugo tinha aprendido inglês trabalhando em barcos de pesca desde os catorze anos e se instruiu sozinho lendo os livros que os outros marinheiros deixavam para trás. — Um longo suspiro. — Mas sobretudo era como eu me sentia junto dele: independente, sexy, intelectualmente estimulada, incentivada. Ele fazia eu me sentir livre, como eu mesma, de um jeito que meu marido nunca fez.

— Parece que ele era muito charmoso. — Acho que homens assim existiam mesmo fora da tela do cinema.

— Isso ele era — disse Claudia. — Mas, de novo, talvez as coisas também pudessem não ter sido tão cor-de-rosa com ele. Ele sempre me disse que eu nunca deveria desistir da minha carreira de fotógrafa, mas sua atitude poderia ter mudado se tivéssemos filhos. É sempre fácil glamorizar o caminho que você não trilhou. Afinal, nós passamos só dez dias na companhia um do outro. — Um leve rubor sorou suas bochechas. — Mas eu amava beijar aquela cicatriz no queixo dele.

Claudia fechou os olhos e sorriu, como se estivesse mergulhando em um sonho bom. Eu estava sentada segurando a mão dela enquanto ela cochilava, e me perguntava se havia de fato um jeito de aliviá-la de pelo menos um arrependimento antes que ela morresse.

32

A BATIDA ENÉRGICA NA PORTA DE ENTRADA da minha casa sugeria urgência. Eu me desvencilhei relutante dos cobertores na frente da TV e tirei George de cima das minhas canelas.

Uma breve pausa e então mais batidas, uma série de cinco em staccato a cada vez.

A intrusão parecia inquietante. Eu queria ter um olho mágico para poder pelo menos me preparar para o drama que provavelmente esperava atrás da porta.

Anticlímax.

Sylvie estava na minha frente, com um sorriso enorme no rosto e um laptop debaixo do braço. O coque bagunçado, as calças de pijama e as meias de bolinhas pareciam íntimas, mas reconfortantes. Uma confirmação tácita de que tínhamos alcançado um nível de amizade em que não precisávamos nos preocupar com as aparências.

— Encontrei o Hugo! — Sylvie anunciou. — Posso entrar?

Eu gelei. Não que eu não quisesse que Sylvie entrasse no meu apartamento. Mais do que isso, a não ser por Leo e pelo zelador, ninguém de fato tinha visitado. Eu também estava dolorosamente consciente das diferenças estéticas entre o apartamento minimalista de Sylvie e o meu. E depois havia aquele odor evidente de areia de gato.

Mas sua revelação era tentadora demais.

— É claro.

Sylvie entrou apressada e parou de repente.

— Uau. Seu apartamento meio que parece um museu. — Ela encarou os potes, as pedras e os esqueletos alinhados nas prateleiras com curiosidade. — Não sabia que você curtia todas essas coisas. Mas acho que faz sentido para alguém que tem um trabalho que gira em torno da morte.

Eu me indignei com o estereótipo.

— Na verdade, a maioria das coisas era do meu avô. Eu só nunca consegui de fato mexer nisso. — Eu estava congelada. — Quer uma xícara de chá ou alguma coisa para comer? — Havia algo apropriado na minha despensa? Os gostos de Sylvie provavelmente transcendiam Triscuits e queijo.

— Um chá verde seria ótimo, se você tiver! Mas, espera, primeiro me deixa contar o que eu descobri sobre Hugo. — Ela deu um tapinha no sofá entre ela e George, que cochilava. Eu me sentei ao lado dela.

Com o sorriso travesso de alguém prestes a contar uma fofoca sórdida, Sylvie abriu parcialmente o laptop.

— Então, eu namorei uma garota na faculdade por um verão. Eu também meio que namorei o irmão dela, mas essa é outra história. Ela mora na França agora e é historiadora de arte em um museu em Marselha. Foi lá que você disse que Claudia conheceu Hugo, certo?

— Certo. — Era difícil acompanhar o extenso histórico de namoros de Sylvie.

Ela fez uma pausa dramática. George acordou, assustado com o próprio ronco.

— Bem, ela tem acesso a todo tipo de registros cívicos e históricos, então mandei para ela o nome dele e a idade aproximada. Imaginei que ele provavelmente teria a mesma idade de Claudia, então em 1956 ele estaria na casa dos vinte e poucos.

— Provavelmente é isso mesmo. — Eu não queria ficar animada demais. — Acho que Claudia disse que tinha vinte e cinco anos quando o conheceu.

— Ela teve que dar uma pesquisada, mas acabou encontrando isto... — Sylvie abriu o laptop e o virou sobre os joelhos para ficar de frente para mim. A tela mostrava uma foto em preto e branco de um jovem de cachos escuros de pé na proa de um barco vestindo uma blusa de lã de gola alta. Uma cicatriz formava uma falha na barba áspera do lado esquerdo de seu queixo. E a seus pés, estava sentado o Jack Russell desgrenhado sem a pata dianteira direita.

Olhei mais de perto.

— Pode ser Hugo.

— *Só pode* ser Hugo! — Sylvie disse, revirando os olhos. — Não tem como haver dois caras em Marselha com uma cicatriz no queixo e um cachorro de três patas. E, devo dizer, o homem sem dúvida fica bem de suéter.

— O que você descobriu sobre ele? Ainda está vivo?

— Então, aí é que a coisa fica ainda mais maluca. Ao que parece, eles não têm muitos registros desse cara, Hugo Beaufort. Porque, espera… — Outra pausa dramática. — Ele imigrou para os Estados Unidos em 1957.

— O quê? Ele morou aqui esse tempo todo?

— Sim. E então eu mesma pesquisei um pouco mais.

— E? — Eu me senti desconfortável. Isso definitivamente era invadir a privacidade de Claudia, mas eu precisava saber mais.

— Acontece que há um Hugo Beaufort, nascido em 1931 na França, registrado como residente de Lincolnville, Maine. — Sylvie esperou que acompanhasse. — *O que significa* que talvez possamos localizá-lo para Claudia, antes que ela morra.

— Oh.

— Só tem um pepino. — O rosto dela ficou pesaroso. — Não importa o quanto eu procure, não consigo achar um número de telefone registrado no nome dele. Encontrei um endereço, mas é de pelo menos quinze anos atrás, então não sei se ele ainda está lá.

Minha consciência travou um combate consigo mesma.

— Será que então vale a pena mencionar isso para Claudia? Saber que ele esteve tão perto todo esse tempo talvez a faça se sentir ainda pior.

— É verdade. — Sylvie fechou o laptop. — Mas talvez também a faça se sentir melhor. Não pode ser coincidência que ele tenha se mudado para cá um ano depois de eles se conhecerem. Ou, mais especificamente, um ano depois de ela quase ter abandonado o noivo por ele.

— Acho que você está certa. — Mordi o lábio inferior. — Mas a saúde dela está piorando a cada dia; ela provavelmente tem menos de duas semanas. Não sei se deveríamos fazê-la passar por isso.

— Ou, por outro lado — Sylvie disse, com os olhos travessos — você a prive de algum tipo de paz e encerramento por não contar a ela? Eu ia querer saber cem por cento. Você não? Se fosse o amor da sua vida?

— Não sei dizer, eu nunca me apaixonei. — As palavras soaram meio patéticas saindo da minha boca.

— Sim, mas você viveu isso um milhão de vezes indiretamente por meio de todas aquelas comédias românticas e livros vitorianos que você devora.

Irritava-me como Sylvie parecia me sacar de um jeito que nem eu mesma sacava.

— Preciso pensar a respeito.

Eu tinha que lidar com a logística — e a ética — da coisa toda. Mas um amante perdido havia muito tempo vivendo na costa do Maine soava como o melhor enredo de filme romântico, mesmo que fosse um pouco clichê.

— Bem, não pense demais. Claudia merece esse encerramento. Não é esse todo o objetivo do seu trabalho?

— É um dos aspectos dele. — Dei uma olhada nos meus cadernos.

Sylvie se levantou e começou a perambular pela sala fascinada.

— Então, o que mesmo que você disse que seu avô fazia?

— Ele era professor de biologia em Columbia.

— Hum. — Ela apanhou um frasco e olhou para o exoesqueleto em seu interior, girando o pote como se estivesse rosqueando uma lâmpada devagar. — É legal você manter todas as coisas por aqui para se lembrar dele, mas já pensou, sabe, em deixar o lugar mais com a sua cara? Vou ser honesta: é um pouco esquisito para uma mulher de trinta e seis anos.

As palavras dela me feriram.

— É a minha cara. Eu moro aqui, indo e vindo, desde que tinha seis anos. Eu cresci cercada por todas essas coisas.

— Eu entendo, entendo mesmo, mas ainda assim é a *vibe* do seu avô, certo? — Sylvie puxou um livro da prateleira e leu a lombada. — Tipo, você de fato já leu *The Insect Societies*, de Edward O. Wilson?

— Não — admiti, as bochechas brilhando como carvões quase apagados reagindo a um assopro. — Mas talvez um dia eu leia.

Sylvie revirou os olhos de novo.

— Certo, tenho certeza de que esse aí é bem romântico. — Devolvendo o livro ao seu lugar, ela passou o dedo pela fileira de lombadas como uma baqueta em um xilofone. Ela parou no primeiro dos meus três cadernos.

— "Arrependimentos"... "Conselhos"... "Confissões"... Ei, o que é isso? — Sylvie tocou no primeiro.

Eu instintivamente atravessei a sala correndo.

— Por favor, não mexa neles.

Envergonhada pelo meu movimento dramático, agitei os braços para parecer casual, mas meus músculos continuaram tensos.

A ideia de Sylvie auditar meu espaço de modo tão clínico me fez sentir sensível e exposta. Cada objeto naquele apartamento era um fio que me ligava ao vovô. E a cada coisa em que Sylvie tocava, eu sentia um puxão no meu coração, como se ele estivesse testando a força do fio.

Sylvie colocou o caderno de volta no lugar errado e se afastou obedientemente.

— O que, são tipo seus diários ou algo assim? — Ela ergueu as mãos se rendendo. — Eu respeito completamente a sua privacidade, se for esse o caso. Sou de todo a favor de limites.

— Não são *meus* diários, exatamente. — Não consegui deixar de reorganizar freneticamente os cadernos na ordem correta. — É bem mais, quer dizer, eu meio que mantenho um registro das últimas coisas que as pessoas dizem antes de morrer. Sabe, suas palavras de sabedoria e outras coisas. E acho que seria uma invasão da privacidade delas se eu deixasse outra pessoa ler.

— Mas todas essas pessoas estão mortas, certo? Então, como elas iam saber?

— Eu ia saber. — Olhei para a poltrona do meu avô, minha teimosia se solidificando. — Só porque ninguém está vendo, não quer dizer que não tem problema.

Nós nos olhamos cautelosamente por alguns segundos antes de Sylvie abrir um sorriso.

— Nossa, C., eu amo como a sua bússola moral raramente vacila, mesmo quando eu tento corrompê-la. É uma característica muito admirável da sua personalidade. Gostaria de poder dizer que sou tão decente quanto você o tempo todo. Mas, de alguma forma, quebrar as regras é simplesmente mais… divertido.

Ela deu uma piscadinha enquanto ia em direção às janelas e abriu as venezianas com dois dedos, criando um portal em forma de diamante para a noite lá fora.

— Ei, sabia que dá para ver direto o prédio do outro lado da rua?

Assopro em carvões quase apagando.

— Nunca prestei atenção nisso de fato. — Eu me assustava com o modo como passei a mentir com naturalidade nesses últimos tempos.

— Dá pra ver certinho *Game of Thrones* na TV de alguém. Será que aviso para não desperdiçarem a vidas se viciando em algo com um fim tão irritantemente insatisfatório? É provável que eles só assistam pelas cenas excitantes de sexo de qualquer modo.

—Ah, sim, talvez.

Sylvie agarrou os binóculos enfiados entre os potes de fetos de animais.

— Será que a gente dá uma olhada mais de perto?

Era como se meus pés estivessem costurados ao tapete. Ela estava falando sério? Será que sabia, de alguma forma?

Isso fazia não ser um problema?

Balançando os binóculos pelas alças, Sylvie riu.

— Meu Deus, você devia ver a sua cara! — Ela os colocou de novo na prateleira e voltou a se jogar no sofá. — Claro que eu sei que você nunca espionaria ninguém. Você é um ser humano tão bom!

Enquanto fui colocar a chaleira no fogo, soltei o ar que não tinha percebido que estava prendendo.

Duas horas depois eu estava deitada na cama, minha mente se recusando a se desengatar de seu ciclo interminável de giros. Sylvie estava certa. Se eu podia oferecer aquilo a Claudia, devia isso a ela, para lhe trazer algum tipo de encerramento — e eu sabia que me arrependeria se pelo menos não tentasse. Mas também não queria ser a razão por ela morrer com o coração ainda mais machucado. Os detalhes que Sylvie tinha conseguido eram vagos, na melhor das hipóteses.

Tentei de tudo para aquietar meus pensamentos. Virei meu travesseiro do lado mais frio. Fiz uma série de exercícios de respiração profunda. Contei de trás para frente a partir de mil em japonês. Mas o sono ainda não vinha.

Frustrada, me arrastei para fora da cama e fui descalça até a sala de estar.

Lá no parapeito da janela, exatamente onde Sylvie os havia deixado, estavam os binóculos. Talvez alguns minutos de Julia e Reuben fossem o bálsamo que minha mente acelerada precisava.

Luzes apagadas. Persianas abertas. Coração apertando.

Mesmo já tendo passado da meia-noite, eles ainda estavam acordados — eu sabia que estariam. Eram notívagos, afinal. A TV estava desligada e eles estavam no meio da sala abraçados, balançando. Eu não precisava ouvir a música para sentir o ritmo. Estavam lá no movimento de seus quadris, nos seus passos de um lado para o outro, com os corpos encostados.

Os dois, perdidos em um mundo só deles.

E eu, sozinha no meu.

33

Dado meu histórico de deparar com Sebastian quando eu não queria, não fiquei surpresa quando ele se materializou do lado de fora da porta do quarto de Claudia no começo da tarde no dia seguinte.

— Oi, Clover. — As olheiras inchadas o envelheceram um pouco.

Isso ia ser muito menos estranho se eu tivesse respondido pelo menos uma de suas mensagens de texto desde a noite no apartamento dele.

— Ah, oi. — Fechei a porta do quarto e o guiei para mais adiante no corredor. — Claudia passou a maior parte do dia dormido. O médico veio hoje de manhã e passou bastante tempo com ela... Selma pode dar os detalhes. Talvez seja bom que sua família venha neste fim de semana. — Melhor me concentrar só no meu trabalho.

— Sim, acabei de falar com as minhas irmãs. Elas virão de carro para cá amanhã à noite, depois do trabalho.

— E os seus pais?

— Eles chegam domingo. Acho que meu pai está adiando o máximo possível.

— Vai ser muito difícil ver a mãe assim.

— Eu sei. — Sebastian franziu o cenho. — Mas também parece meio egoísta, sabe? Evitar estar aqui junto dela só porque não quer lidar com a situação.

— Cada um tem seu jeito diferente de processar a dor. — O pai de Sebastian ainda parecia um babaca.

Ficamos em silêncio no corredor, o espaço entre nós labutando com o peso do que não era dito. As coisas eram tão mais simples antes de eu ter uma vida social.

— Sebastian, desculpa ter saído tão apressada na outra noite — eu disse, praticamente expelindo as palavras.

Ele enfiou as mãos nos bolsos e deu de ombros.

— Tudo bem, eu entendo. As coisas estavam indo meio rápido. A gente pode simplesmente desacelerar.

— Na verdade... — Todas aquelas vezes que tinha sonhado com romance, não parei para pensar que teria que romper com alguém. — Acho que é melhor se a gente mantiver as coisas só no âmbito profissional por enquanto. Meu foco precisa estar na Claudia.

— Mas...

— Desculpa, mas tenho que ir, vou encontrar minha vizinha. — Eu me senti uma covarde quando passei por ele apressada em direção às escadas.

— Clover, espera. — Ele agarrou meu braço, depois logo o soltou.

Eu coloquei minhas mãos atrás das costas como reflexo quando me virei.

— Oi?

— Quem é Hugo?

Senti um buraco na barriga como se estivesse em uma montanha-russa.

— O quê?

— Eu ouvi você falando com a minha avó sobre um cara chamado Hugo. Parecia um assunto pessoal.

Enquanto o suor umedecia minhas axilas, eu discutia com a minha consciência. Sebastian já tinha despertado a mentirosa que havia em mim — aquela era uma chance de remediar as coisas. Além do mais, eu não queria que ele pensasse que a razão pela qual eu não queria sair com ele era outra pessoa.

Eu o olhei firme nos olhos, do jeito que o meu avô me ensinara a fazer ao confessar as coisas.

— Na semana passada, eu estava olhando algumas das fotos antigas da sua avó com ela, e havia uma foto desse cara de quando ela morava na França.

— Quem era?

— Eu não tinha certeza se deveria contar a você, mas ele era... — Baixei ainda mais a voz. — Amante dela.

— O quê? — Assustado, Sebastian gesticulou para que eu o seguisse pelo corredor e então continuou em um sussurro. — Mas como? Ela não estava noiva do meu avô quando morava na França?

— Estava.

Ele balançou a cabeça veemente, como se aquilo fosse mudar a verdade.

— Mas que loucura. Quero dizer, tenho certeza de que o meu avô foi infiel, mas a minha avó? Eu nunca teria imaginado. — Ele parecia ligeiramente impressionado.

— Ao que parece, ela realmente se apaixonou por esse cara. Até pensou em ficar na França permanentemente em vez de voltar para casa e se casar com o seu avô.

— Não admira o casamento deles ter sido tão infeliz. — Sebastian esfregou a nuca distraído. — Acho que isso me ajuda a entender a minha avó um pouco melhor.

— Na verdade, tem mais coisa. — Estimei que, como já tinha arrancado o curativo, era melhor já contar tudo a ele.

— Ah, meu Deus, não vá me dizer que existe um filho secreto ou algo assim.

— Não, nada disso. — Pelo menos a cabeça dele tinha ido para uma coisa mais controversa do que o que eu tinha a dizer a seguir. — Acontece que esse cara, Hugo, acabou imigrando para os Estados Unidos no final dos anos 1950. E pode ser que ele ainda esteja morando em uma cidadezinha do Maine.

Ele não conseguiu esconder seu ceticismo.

— E como é que você sabe de tudo isso?

Minha culpa aumentou ainda mais.

— Eu contei à minha vizinha, Sylvie, porque… era uma história tão romântica. — Não parecia uma desculpa boa o bastante para invadir a privacidade de alguém. — E ela é historiadora de arte, então tem acesso a todos esses dados. Ela meio que investigou para mim.

— O que você está querendo dizer, então?

— A questão é que, mesmo que ela seja tão grata por seu pai e por você, por todos os netos dela, Claudia me disse que Hugo foi, bem, o amor de sua vida. E parte dela ainda deseja ter lhe dito isso.

— Entendi.

— Eu sei que deve ser difícil para você ouvir isso, mas fiquei pensando que talvez eu pudesse tentar entrar em contato com ele.

Apesar do cenho franzido, a inclinação da cabeça de Sebastian sugeria curiosidade.

— Você tem um telefone?

— Infelizmente não. Tentamos encontrar um número, mas tudo o que conseguimos foi um endereço em uma cidade chamada Lincolnville.

Ele afundou mais as mãos nos bolsos.

— Então o que você estava pretendendo fazer?

A minha ideia era ridícula? Eu só tinha chegado a ela algumas horas antes e admito que não a tinha avaliado cuidadosamente.

— Já que sua família estará aqui neste fim de semana, talvez...

— Sim? — Ele estava ficando impaciente.

— Talvez eu possa ir até o Maine de carro ver se consigo encontrá-lo. — Aferrei-me aos arabescos da padronagem do tapete. Sebastian tirou os óculos, limpando-os com a barra da camisa. O rosto dele sem lentes despertou a memória indesejável de chegar à porta de seu apartamento.

— Quanto tempo até lá de carro?

— Umas sete horas se você for pelas rodovias. Eu sairia de manhã cedo e voltaria no dia seguinte.

— Mas o que você vai fazer se encontrá-lo?

— Não tenho certeza. — Eu estava com vergonha por não ter tudo planejado. — Eu ia resolver isso no caminho até lá. Mas talvez, se eu o encontrar, eu possa combinar um telefonema com Claudia, se os dois estiverem abertos a isso.

— Não sei. Pode ser só arrumar sarna para se coçar, sobretudo com a minha família.

— Certo, eu entendo. — Era a avó dele, então era a ele que a decisão cabia. Eu tinha sido egoísta por me envolver em tudo aquilo. — Esquece, essa foi uma sugestão estúpida de qualquer jeito.

— É só muita coisa para eu processar. — Ele voltou a colocar os óculos. — É todo um lado da minha avó de que eu nunca soube. Posso pensar a respeito?

— É claro. Eu tenho que ir para casa de qualquer maneira. Nos falamos depois, então.

Desci as escadas correndo, minha mente ainda avaliando as possibilidades. Eu ainda poderia viajar sem ele saber; era praticamente uma especialista em mentir para ele a essa altura.

Quando cheguei à calçada, já estava pesquisando no Google preços de aluguel de carros, a adrenalina disparando com a maior chance de encontrar Hugo. Sylvie ia ficar tão animada.

— Clover, espera um segundo.

Sebastian estava fechando a porta de entrada pesada da casa atrás de si.

Eu me voltei para ele.

— O quê? — Pode ter saído um pouco exasperado, até mesmo rude.

Ele desceu a escada e manteve a voz baixa.

— Eu acho que você devia fazer isso, acho que você tem que ir para o Maine.

As borboletas bruxas começaram a esvoaçar no meu estômago.

— Jura?

— Sim — disse ele, com firmeza. — Se existe um jeito de ajudar a minha avó a encontrar a paz, temos que pelo menos tentar. Ela merece um pouco de felicidade.

— Ótimo! — Eu poderia abraçá-lo. Ou quase.

A alegria brilhou nos olhos de Sebastian de uma forma que eu nunca tinha visto antes.

— E eu vou com você.

34

FIQUEI NO CORREDOR DE PETISCOS do pet shop, paralisada de indecisão. Lola preferiria o de frutos do mar sortidos ou o de aves? Ela era uma gata tão inconstante que provavelmente torceria o focinho para os dois.

Não podia perder mais tempo com aquilo. Sebastian ia me buscar cedo na manhã seguinte e eu precisava ir para casa fazer as malas. Então peguei o de frutos do mar, mais alguns petiscos de carne desidratada mastigáveis para George e um polvo de pelúcia que tilintava para Lionel (ao contrário do restante de nós, ele não era motivado por comida). Os presentes iriam distraí-los da minha ausência pelas quarenta e oito horas seguintes — e eu esperava que Leo não se importasse de passear com George algumas vezes enquanto eu estivesse fora. Só que Leo estava se deslocando tão devagar nos últimos tempos que talvez eu devesse pedir a Sylvie. Ela e George eram obcecados um pelo outro de qualquer maneira.

Apressei-me no caixa de autoatendimento — não havia tempo para perder com a educação e a conversa-fiada do atendente — só para me atrasar ainda mais por causa de um homem atarracado e seu São Bernardo tentando sem sucesso passar pela porta giratória ao mesmo tempo. Embora fosse óbvio que era logisticamente impossível, eles continuaram tentando. Eu fiquei várias vezes na ponta dos pés esperando, tentando não fazer cara feia para eles.

Quando consegui sair depois da quarta tentativa, parei de repente.

Na frente do café ao lado, uma mulher estava de pé esperando, arqueada dentro de seu casaco bege enquanto dava uma olhada no celular.

Julia.

Com apenas alguns metros nos separando, me dei conta de quantos detalhes meus binóculos de décadas tinham deixado de me mostrar: o leve punhado de sardas nas maçãs do rosto, a abundância de seu lábio inferior, o nariz ligeiramente torto. Era como se eu só a tivesse visto em 2D.

Será que ela estava esperando Reuben? O pânico percorreu meu corpo em ondas enquanto eu procurava um lugar para me esconder. Uma caixa de correio da USPS era a única opção, e eu já estava tão perto de Julia que qualquer movimento brusco me faria parecer mais esquisitona do que eu já me sentia. Segurando o saco de papel de petiscos com mais força, eu me concentrei em manter os passos em um ritmo normal, rezando para que ela continuasse absorta no celular e eu pudesse simplesmente passar despercebida.

Também despercebido: o buraco no canto do saco de papel, grande o bastante para o polvo de pelúcia que tilintava de Lionel passar e cair na calçada bem na frente de Julia.

Ela ergueu os olhos do celular, alertada pelo sininho. Vendo o polvo de pelúcia rosa fluorescente a seus pés, ela se abaixou para apanhá-lo.

Eu congelei.

Pode ter havido um cintilar de reconhecimento em seus olhos quando ela me entregou o brinquedo, mas não podia ter certeza.

— Meu gato também tem um desses — disse Julia, confirmando o que eu já sabia. — Aposto que o seu vai amar.

Meus músculos relaxaram o suficiente para eu pegar o brinquedo e abrir um sorriso que esperava que não fosse de forma alguma assustador.

— Ah, obrigada, eu espero que sim... ele é meio enjoado.

O sorriso ensolarado de Julia, por sua vez, revelou seus dentes inferiores irregulares — outro detalhe que as lentes nunca tinham me mostrado. Ela voltou a prestar atenção no celular.

Em vez de percorrer o restante do quarteirão correndo como eu desesperadamente queria, mantive o ritmo normal. Mas não me deixei olhar para trás até chegar à esquina, onde fingi parar para amarrar o cadarço e pude dar mais uma olhada.

Julia estava acenando para alguém do outro lado da rua.

Prendi a respiração — talvez fosse ver Reuben e Julia juntos, sem várias camadas de vidro nos separando. In loco, por assim dizer. Meu coração disparou com a possibilidade.

Mas enquanto eu observava a cena se desenrolar, meu cérebro lutava para processar as partes díspares se alinhando, como se estivesse acontecendo em câmera lenta. A pessoa que atravessou a rua para cumprimentar Julia com um beijo inconfundivelmente apaixonado era sem dúvida alguém que eu conhecia.

Mas essa pessoa não era Reuben.

Era Sylvie.

Meu casaco de repente ficou quente demais, incômodo demais, como o aquecimento central sufocante das lojas de departamento no pico do inverno. Meus pulmões só suportavam respirações curtas. O rilhar de uma britadeira contra a calçada, que eu mal notava momentos antes, agora parecia um ataque insuportável aos meus tímpanos.

Sem pensar, eu corri.

George, Lola e Lionel assistiram alarmados enquanto eu entrava pela porta, depois corria para as janelas e baixava correndo as persianas — eu não queria saber o que estava acontecendo no apartamento da frente. Desabei no sofá, tentando desembaraçar o emaranhado emocional no meu peito. A dor lancinante que ia do meu plexo solar ao meu intestino era algo que eu nunca havia sentido.

Aquela devia ser a sensação de ser traída.

Julia e Reuben eram a única constante emocional que eu tinha na vida. Eu tinha visto o amor deles expresso tão abertamente em seus trejeitos, suas rotinas. Eles eram a única prova que eu tinha de que o amor verdadeiro e romântico existia fora das telas.

E era tudo mentira.

O que feria ainda mais era que tudo estivesse acontecendo pelas minhas costas com uma pessoa em quem eu tinha confiado. Eu tinha me aberto tanto para Sylvie — meus receios sobre o amor, meu histórico sexual inexistente, o beijo com Sebastian. Partes de mim mesma que tinha mantido escondidas com tanto esforço. Mas ela não tinha me dito nada. Eu nem sabia que ela estava em um relacionamento novo. Que tipo de amizade era aquela?

Pressionei a testa na palma das mãos, desejando poder apagar a memória do que eu tinha visto. Mas ficar ali parada só me deixava mais ansiosa. Comecei a dar voltas pela sala, ignorando a cara de preocupação dos meus bichos de estimação.

Eu precisava de alguma coisa. De algum tipo de prova de que o amor não era só um grande embuste produzido por Hollywood. Então fiz aquilo que eu sabia fazer melhor. Desliguei minhas emoções, afastando-as até me sentir entorpecida, e voltei a me concentrar na única coisa que eu podia controlar: encontrar Hugo para Claudia.

Apanhei a velha bolsa de couro do meu avô em cima do armário e comecei a jogar roupas dentro dela. A bolsa surrada era impraticavelmente grandalhona e não cabia nos compartimentos superiores dos aviões. Mas as iniciais dele estavam gravadas em uma de suas laterais e sempre que eu a levava, era como se ele estivesse comigo nas minhas viagens, sua sabedoria cochichada pregada em suas costuras robustas. Eu realmente estava precisando de um pouco dela agora.

Meu celular se iluminou com uma mensagem de Sebastian — e pela primeira vez fiquei feliz em vê-la. Ele tinha conseguido alugar um carro de última hora e me pegaria na manhã seguinte às seis, o que queria dizer que estaríamos no Maine no início da tarde.

Pelo menos eu podia confiar em alguém, mesmo que fosse a última pessoa que eu esperava.

Pedi a Leo para passear com George apenas uma hora depois. Eu não ia de jeito nenhum pedir a Sylvie. Eu não sabia se queria voltar a falar com ela. Balancei os braços enquanto subia as escadas, tentando me livrar da vergonha por ter me permitido ser tão idiota. Não conseguia acreditar que tinha me permitido imaginar que éramos amigas.

— Você está bem, garota? — Leo franziu a testa preocupado depois de eu ter feito o pedido na sua porta. — Você parece meio agitada.

— Estou sim! — Forcei um sorriso. — É só muita coisa para organizar para a viagem. Muito obrigado por cuidar de George enquanto eu estiver fora. Vai ser só uma noite.

— É melhor que seja, não quero saber de você dando o cano em nosso próximo jogo.

— Jamais.

Saboreei a risada de Leo quando ele fechou a porta. Algo consistente a que eu ainda podia me agarrar.

Estava no meio do caminho até meu apartamento quando ouvi passos na escada.

Droga. Eu deveria ter esperado mais uma hora.

— Ei, C., que bom que ainda te peguei! — O tom impreterivelmente entusiasmado de Sylvie, que eu costumava achar tranquilizante, fez a dor em meu plexo solar disparar. Eu precisava aprender melhor a desligar essa emoção.

— Oi, Sylvie. — Mantive a expressão neutra.

Ela estava com um envelope na mão.

— Colocaram isto na minha caixa de correio por engano. Parece um cheque, então imaginei que provavelmente ia querer receber mais cedo ou mais tarde.

— Obrigada. — Evitei contato visual enquanto recebia o envelope.

— Então, estou louca para saber o que você decidiu sobre Hugo! — Ela se inclinou casualmente contra a parede junto da minha porta. — Você vai tentar encontrá-lo?

— Vou para o Maine com Sebastian amanhã. — Tudo o que eu queria fazer era entrar correndo no meu apartamento e bater a porta.

— Com Sebastian? Está de brincadeira! Mal posso esperar para ouvir sobre isso. — O sorriso de Sylvie se alargou. — Ei, acabei de comprar uma garrafa ótima de Tempranillo do cara condescendente dos vinhos. Quer descer e me contar tudo tomando uma taça?

— Não posso, tenho que arrumar a mala para amanhã. — Entrei um pouco mais no meu apartamento. — Sebastian vem me buscar bem cedo.

— Tudo bem, sem problema — disse ela, se afastando do batente da porta. — Mas você pode pelo menos me dizer por que está agindo estranho?

Mexi na minha pulseira, tentando pensar em uma desculpa.

— O que você quer dizer?

— Bem — ela disse de uma forma ao mesmo tempo zombeteira e séria. — Vamos começar com o fato de que você está evitando olhar nos meus olhos.

Eu me forcei a encará-la. Assim que o fiz, a dor começou a arder de novo.

Como Sylvie poderia se intrometer entre duas pessoas que se amavam tão claramente? E por que ela não achava que eu era uma amiga boa o bastante para me contar?

Como Julia podia fazer aquilo com Reuben? Ele ia ficar arrasado.

Eu inspirei devagar, tentando acalmar a raiva que crescia no meu peito.

Não funcionou.

— Como é que você pode arruinar o casamento de Julia assim? — Minha voz era aflitivamente aguda. Eu esperava que Leo estivesse com a TV ligada bem alto. — Ela e Reuben são felizes juntos. Eles estão tão felizes há anos.

As sobrancelhas de Sylvie se enrugaram confusas.

— Quem é Júlia?

— A mulher que você estava beijando esta tarde na frente do café! — Não me importava que minhas bochechas estivessem vermelhas. — Eu vi vocês duas!

A expressão no rosto de Sylvie era irritantemente inescrutável a princípio, depois foi se voltando para suspeita.

— A mulher que eu estava beijando se chama Bridget.

Ah. Tá. Julia era o nome que eu tinha dado a ela. Quando comecei a espiar ela e o marido na privacidade da casa deles. Minha cabeça começou a girar quando a realidade do que eu tinha acabado de revelar veio à tona.

Sylvie tombou a cabeça, curiosa.

— E como é que você sabe que ela é casada? — Ela cruzou os braços sobre o peito. — E por que é que você se importa com isso?

O rubor desceu até o meu pescoço quando a vergonha começou a percorrer meu corpo.

— Achei que você e eu éramos amigas — sussurrei, olhando para o tapete do corredor.

Então tudo que eu podia fazer era dar um passo para trás e fechar a porta, afundando no chão e na confusão de emoções que eu mesmo tinha bagunçado.

35

Acordei antes do despertador, sobretudo porque não tinha dormido. O desastre do dia anterior com Sylvie e Julia (bem, Bridget, tecnicamente) ficou a noite toda girando na minha cabeça.

Embotada pela falta de sono, carreguei George no colo escada abaixo e praticamente tive que forçá-lo a erguer a perna e fazer xixi. Mesmo que de jeito nenhum Sylvie estivesse acordada tão cedo, ainda assim prendi a respiração quando passamos pela porta dela.

Claro, a maneira como eu tinha encerrado nossa conversa fora um pouco… deselegante. Quiçá extremamente dramática. Mas eu ainda estava fervendo de raiva. Eu sabia que Sylvie gostava de quebrar as regras, mas nunca pensei que ela se meteria entre um casal feliz.

Pelo menos havia quarenta e oito horas até ter que pensar em como lidar com ela — graças a Deus eu tinha uma desculpa para sair da cidade.

Com a bolsa de couro pendurada no ombro, dei uma última olhada na sala de estar. Uma pontada de desejo de viajar veio à tona quando eu pensei em como fazia tempo que eu não saía para viajar. Pelo menos cinco anos, e apenas durante um fim de semana na Filadélfia para ver uma exposição sobre piras funerárias em um museu. Meu amor por viagens parecia ter morrido junto com o meu avô. Era como se eu estivesse abandonando a memória dele se eu passasse muito tempo longe do apartamento.

Cheguei à escadaria da frente do prédio exatamente um minuto antes do horário combinado com Sebastian. Ele estacionou um Chevrolet Spark preto alugado vinte e cinco minutos depois.

Baixou a janela e acenou.

— Desculpe, tive um pouco de dificuldade para acordar tão cedo.

— Tudo bem. — Fiquei irritada por ele não ter se preocupado o suficiente em chegar na hora. Ou talvez eu estivesse só sensível demais. Pelo menos ele tinha aparecido. — Obrigada por me buscar.

— Que isso. — Sebastian alcançou debaixo do volante e apertou o botão para abrir o porta-malas, acenando para minha bolsa. — Deve ter espaço lá atrás junto da minha mala.

Ele observou pelo espelho retrovisor enquanto eu tentava encaixar a bolsa ao lado de sua mala, enorme. (Ele pretendia ficar fora mais de uma noite?) Depois de tentar várias vezes encaixar minha bolsa grandalhona ao lado da mala, desisti e a coloquei no banco de trás. Quando me juntei a Sebastian na frente, fiquei aliviada por seu cabelo estar tão desleixado quanto o meu.

Ficamos em relativo silêncio até sairmos de Manhattan — Sebastian devia estar muito cansado já que não estava tentando puxar papo. Quando a sonolência se dissipou do meu cérebro, saquei meu livro. Um pouco rude, talvez, mas me fazer esperar na frente do prédio por quase meia hora também tinha sido.

— Nossa, você consegue ler no carro? — A tagarelice de Sebastian tinha alvoroçado. — Eu não poderia fazer isso nunca. Fico muito enjoado.

— Que péssimo. — Eu realmente senti pena dele. Passar o tempo perdida nas páginas de um livro era uma das coisas de que eu mais gostava nas viagens.

Ele ajustou o quebra-sol do carro para bloquear o nascer do sol.

— Pois é, mas como eu disse, não sou muito de ler. Acho meio solitário, para ser honesto.

— Você não lê nem antes de dormir?

— Nah, eu costumo pegar no sono assistindo à TV. — Sebastian olhou para a faixa prosaica de subúrbio que margeava a estrada. — Ei, tem um drive-thru do Starbucks logo adiante. Vamos pegar um café.

Éramos o segundo carro da fila. Um braço gorducho se estendeu de dentro da minivan marrom à nossa frente para apanhar uma bandeja de confeitos de café gelado com chantilly no alto. Longe de ser o café da manhã mais nutritivo do mundo, pensei. Então me repreendi por criticar alguém cujas circunstâncias de vida eu desconhecia absolutamente.

— Você toma seu café com leite e açúcar, certo? — Sebastian perguntou.

Minha irritação teve outro pico.

— Preto, por favor, sem açúcar ou creme. Só a espuminha já basta. — Ele já tinha feito café para mim várias vezes na casa de Claudia. Não deveria se lembrar?

Mas também, por que é que isso me incomodava?

Com três horas de viagem, em algum lugar na região sul de Massachusetts, confirmei um fato a respeito de Sebastian de que suspeitava havia muito: ele não conseguia ficar em silêncio.

Primeiro, começou uma descrição detalhada de um documentário que tinha assistido sobre a produção de soja, que não parecia nem remotamente interessante. Eu tinha bastante certeza de que nunca havia mencionado qualquer interesse meu por soja. Mas imaginei que ele só estivesse lidando com o mesmo nervosismo que eu por passar muito tempo juntos em um espaço fechado. Quando disse a ele ontem que só queria ser sua amiga, não sabia que passaria sete horas ininterruptas sozinha com ele hoje.

Definitivamente constrangedor.

Então eu o satisfazia concordando com a cabeça e fazendo sons de afirmação ocasionais, fingindo interesse suficiente para ser educada, mas não encorajar a elaboração. Pelo menos aquilo estava me mantendo acordada. E era uma distração para não pensar em Sylvie. Mas, à medida que os quilômetros avançavam no hodômetro, eu me perguntava quanto tempo levaria até ele parar e extrair uma resposta minha.

Quando ele por fim o fez — exatamente três horas e quarenta e sete minutos depois de pegarmos a estrada —, aquilo me pegou de surpresa.

— Quer ouvir um podcast? — Pegou o celular no console central. — Baixei uns novos esta manhã antes de sairmos.

— Boa ideia. — Tentei não soar aliviada demais.

Ele me entregou o celular.

— Tem muitos aí. Eu sou meio viciado em podcast. Prefiro ouvir outra pessoa do que ficar sozinho com meus próprios pensamentos. Sabe como é.

Na verdade, eu não sabia. Eu tinha passado a maior parte da última década sozinha com meus pensamentos.

— Para ser sincera, nunca consegui mergulhar em podcasts, porque é como ter uma presença indesejada tagarelando dentro da minha cabeça. — Mais ou menos como alguém que não para de falar em uma viagem de carro.

Rolar aquela lista de podcasts era como abrir uma janela para a psique de Sebastian. Ele tinha se inscrito em vários podcasts sobre música clássica, em um sobre como se virar na vida sendo alérgico a muitas coisas e em alguns sobre economia. Parei de rolar em um episódio da NPR.

— E este sobre os arrependimentos de quem está à beira da morte? Meio que o tema dessa viagem.

Sebastian sorriu.

— É, achei que você poderia gostar desse aí, baixei especialmente para você.

A irritação que borbulhava em meu peito diminuiu, como se alguém tivesse desligado uma chapa elétrica. O gesto era surpreendentemente tocante.

— É muito legal de sua parte. — Mesmo que fosse provável que eu já tivesse ouvido todos aqueles arrependimentos ao longo dos anos, estava curiosa para ver se alguns ainda não tinham chegado aos meus cadernos.

— Antes de começar a frequentar os cafés da morte, eu ouvi muitos podcasts sobre o assunto… para meio que ir entrando na coisa — disse Sebastian apertando os olhos para a estrada. — No começo foi meio excruciante, e eu só conseguia ouvir poucos minutos a cada vez. Acho que isso fez todos os meus receios sobre a morte virem à tona.

Liguei o celular ao cabo USB.

— Do que você tem medo a respeito disso? — Essa era uma conversa que eu não me importava de ter.

— Não sei ao certo. — Sebastian ajustou as mãos no volante, bateu os polegares em um ritmo silencioso. — É a finalização de tudo, acho. — Eu o deixei matutar mais, certo de que ele continuaria sem um aviso. — Tipo, quando eu era criança, sempre entrava em pânico pensando na morte antes de dormir à noite. A princípio, era aquela culpa católica, sabe? Será que eu estava fazendo tudo o que devia para ir para o céu? O potencial de ter uma vida inteirinha para estragar tudo me parecia apavorante. Havia tantas regras.

— Certo. — Imaginei um Sebastian diminuto enfiado em sua cama, apavorado, e senti uma explosão de compaixão.

— E então, quando eu tinha por volta de quinze anos e decidi que não acreditava em Deus, aquilo ainda não aliviou a pressão da maneira como eu esperava. — O branco nos nós dos dedos dele ficou mais claro quando ele agarrou o volante mais forte. — Porque sempre que eu imaginava a morte, ficava pensando em como seria para mim. Sabe, tipo, por toda a eternidade, eu não ia mais existir. E, por fim, todos que me conheciam iam morrer, e então eu seria esquecido para sempre. Isso fazia eu me sentir tão isolado.

Fiquei impressionada com como ele conseguia articular bem seu medo.

— Você já falou com alguém sobre isso?

— Essa é a questão. — Sebastian olhou para mim impotente. — Sempre que eu tinha ataques de pânico quando criança, eu corria para o quarto dos meus pais e contava a eles sobre o medo de morrer. E meu pai simplesmente me dizia para ser corajoso como um homem e voltar para a cama.

Era fascinante como os pais conseguiam estragar os filhos de forma tão desatenta.

— E a sua família nunca conversava sobre a morte? E quando o seu avô morreu?

Sebastian balançou a cabeça.

— Somos bem a sua típica família branca, anglo-saxã e protestante. Estoica ao ponto da negação emocional, mas orgulhosa demais para falar sobre nossos sentimentos, imagine fazer terapia. Quer dizer, é claro que eles conversaram sobre a logística da coisa: o funeral, o testamento, tudo isso. Mas não falamos a respeito depois, sobre o que significava perdê-lo.

Esperei alguns segundos enquanto uma perua nos cortava.

— Como você acha que perder o próprio pai mexeu com o seu pai?

Sebastian mudou de faixa, acelerando para ultrapassar o carro.

— Você poderia dizer que isso não mexeu com ele absolutamente, ao olhá-lo. Ele nem chorou no enterro, só ficou olhando para a frente o tempo todo durante a cerimônia e depois cumpriu seu dever de filho, agradecendo a todos por terem ido, essas coisas. — Ele voltou a sovar o volante. — Quando o velório acabou e todo mundo foi embora da nossa casa, eu o vi sentado no escritório, simplesmente olhando fixo. Entrei e perguntei se estava tudo bem e ele só se virou para mim e disse, muito calmo: "Mas é claro, por que não estaria?". E isso é tudo o que dissemos a respeito.

Uma típica resposta masculina ao luto. Não era de admirar que Sebastian sofresse com a morte.

Ele deu de ombros, afastando a emoção.

— De qualquer modo, provavelmente você não quer ouvir a história toda.

— Não, eu quero, sim. — Honestamente, fiquei lisonjeada por ele se sentir confortável o bastante para se abrir comigo. De alguma forma me senti mais próxima dele. Mais relaxada.

Trocamos um olhar que, embora breve, foi pesado.

— Certo, bem, eu me lembro de quando era criança e fazia perguntas — continuou Sebastian. — Do tipo por que é que a gente morre e tudo isso. Meus pais sempre me diziam que não era apropriado falar a respeito. Então eu perguntava para os meus professores, e eles ficavam todos sem jeito e me mandavam perguntar para os meus pais. A única vez que conversamos de fato sobre a morte foi na catequese, o que obviamente só piorou as coisas.

Eu me ajeitei no banco para que meus ombros estivessem voltados para ele.

— Foi por isso que você começou a ir aos cafés da morte?

— Foi. Eu deparei com o primeiro por acaso quando estava em um restaurante em... um encontro. — Nós dois estávamos olhando fixo para a estrada. — Eu consegui ouvir a conversa e perguntei ao mediador se eu podia participar do próximo encontro. No início, eu não falava nada, porque estava petrificado de medo de falar sobre a morte. Como se, ao falar em voz alta, a coisa poderia se tornar mais real, ou algo idiota do gênero. Mas então ouvir todo mundo contar as histórias sobre por que estavam lá, e poder discutir isso como se fosse uma coisa normal, me ajudou de verdade a me sentir menos sozinho.

Os cafés da morte também me faziam sentir menos sozinha, mas por razões completamente diferentes.

— Bem, a morte *é* algo normal — preferi dizer.

A postura de Sebastian ficou rígida, como se o escudo que ele baixara tivesse voltado ao lugar.

— Para você, talvez, mas não para o restante de nós. — A risada dele saiu forçada. — É legal que você esteja tão confortável com isso e tudo, só que isso é bem incomum, não acha? Ninguém que eu conheço quer conversar sobre morte.

As palavras dele reavivaram a ferida de quando Sylvie questionou tudo que havia no meu apartamento. Outro lembrete de que eu estava fora de sintonia com o resto do mundo. Uma esquisitona.

Deixei o silêncio persistir, em parte como retaliação, enquanto observava um bando de gansos levantar voo de um campo ao lado da estrada. Então peguei o celular dele.

— Vamos ouvir o podcast?

— Claro, manda ver.

Pela primeira vez, ele parecia feliz em não continuar falando.

Apertei o play e me acomodei no banco, grata pela chance de passar os próximos quarenta e cinco minutos sem precisar conversar.

36

O PODCAST DA NPR APRESENTAVA HISTÓRIAS de pessoas que tiveram experiências de quase morte e os arrependimentos que sentiram quando confrontadas com o fato de que provavelmente morreriam. A maioria eram temas recorrentes no meu caderno de ARREPENDIMENTOS — pessoas que desejavam ter trabalhado menos, amado mais, arriscado mais, seguido suas paixões. Infelizmente, os arrependimentos eram bastante previsíveis.

Eu esperava que elas tivessem aproveitado ao máximo o tempo extra que lhes tinha sido oferecido quando se deram conta de que ainda não iriam morrer.

A música de encerramento do podcast soou. Estendi a mão para pausar antes que o episódio seguinte começasse. Sebastian falou assim que o alto-falante se calou.

— Imagino que você já tenha ouvido a maioria deles, não é?

— Um bocado. — Eu não queria soar convencida.

— Qual é o arrependimento mais esquisito que você já ouviu?

Enquanto observava os pinheiros passarem do lado de fora da janela, pensei em todos os que tinha documentado ao longo dos anos.

— Uma mulher disse que seu maior arrependimento tinha sido não esbanjar comprando o detergente caro que ela sempre via sendo anunciado na TV. — Foi uma revelação banal, mas me senti culpada por trair a confiança de Helena. Prometi a mim mesma que compensaria aquilo na mesma semana gastando dinheiro com o detergente sofisticado e ecologicamente correto em sua homenagem.

Sebastian caçoou.

— Ela deve ter vivido uma vida bem boa se esse foi seu maior arrependimento.

— Acho que foi mais porque ela passou a vida inteira fazendo cortes e economizando e nunca se deixou levar por prazeres simples como esse — eu disse, me sentindo protetora do legado de Helena. — Ela acabou morrendo com um monte de dinheiro no banco que nunca gastou.

— Pelo menos ela pôde deixar para a família dela, não é?

Eu me perguntei se ele estava pensando em Claudia.

— Na verdade, ela tinha noventa e cinco anos e nunca se casou, então não tinha família. Acho que tudo acabou indo para caridade.

— Puxa — disse Sebastian, acertando os óculos na ponte do nariz. — Mas que droga isso, morrer sem ninguém para sentir sua falta.

— Acontece com mais gente do que você imagina — eu disse baixinho, sentindo um soco invisível na barriga.

— Então, na maioria das vezes é só você e a pessoa que está à beira da morte? — Ele estremeceu. — Eu não ia conseguir de jeito nenhum fazer isso uma vez atrás da outra.

— Se eu não fizesse isso, boa parte delas morreria sozinha. — Voltei a deslizar minha mão para o banco de trás entre os assentos, para tocar a bolsa do meu avô que estava atrás de mim.

— Ainda é meio estranho, para dizer a verdade. — A vulnerabilidade de Sebastian de uma hora antes e a proximidade que eu tinha sentido evaporaram. Nós estávamos sentados a poucos centímetros um do outro, mas parecia que nos afastávamos cada vez mais.

— Não, não é, não. É um privilégio estar com alguém enquanto ela deixa esta vida. — Minha voz vacilou. — E às vezes é bem bonito.

Ele voltou a dar batidinhas nervosas no volante.

— Bonito? Como? — A agitação enfatizou suas palavras.

— Bem, para algumas pessoas, sobretudo as que adoram música, eu organizo uma espécie de coro; eles cantam junto do leito de morte das pessoas para ajudar a confortá-las. — Imaginei que ele poderia se identificar com o tema da música. — É incrível a diferença que isso pode fazer, como a música consegue acalmá-las tanto, como se estivesse curando a alma delas ou algo assim.

O ceticismo na testa de Sebastian se abrandou.

— A música pode ser restauradora, com certeza.

— E mesmo sem música, com frequência há esse tipo de serenidade que as pessoas costumam sentir, logo antes de morrer. Algo que você nunca vê durante a vida, como se elas estivessem deixando de lado toda a sua raiva e o seu ressentimento e, por fim, apenas existissem. Eu queria que todo mundo fosse capaz de aprender a fazer isso mais cedo.

— Mas... — Sebastian pressionou os lábios e balançou a cabeça. — Deixa para lá.

— Não, o que você ia dizer? — Talvez ele voltasse a se abrir se eu o incentivasse.

Ele se mexeu no banco e se concentrou na estrada.

— Sem querer ofender, Clover, mas às vezes você soa um pouco como uma pregadora. E meio hipócrita. Tipo, você adquiriu toda essa sabedoria vendo as pessoas morrerem, mas qual é o sentido de ter toda essa sabedoria se você não vai usá-la?

Pela segunda vez em cinco minutos, um soco invisível aterrou no meu estômago.

— Como assim?

— Bem, a não ser por aquele velho, Leo, com quem você anda, você disse que não tem de fato uma vida social. E eu ouvi você contando para a minha avó que nunca namorou ninguém, certo? Então, aposto que se soubesse que ia morrer amanhã, ia provavelmente ter mais do que só alguns arrependimentos. — Ele engoliu em seco e olhou para frente, se preparando para a minha resposta.

A fúria ferveu por debaixo das minhas costelas.

"Responda, não reaja", meu avô sempre dizia. Mas nesse caso, minha língua não estava aberta à negociação.

— Uma vida bem-sucedida não significa que você tem que sair com pessoas o tempo todo, ou com qualquer pessoa, se não quiser. — Reconheci o tom tresloucado que minha voz tinha atingido durante a minha discussão com Sylvie no dia anterior. — Na verdade, eu diria que o contrário é que é verdadeiro. Você sai com as pessoas o tempo todo para não precisar ficar sozinho e pensar em quem você realmente é.

A buzina estridente de um caminhão passando por nós parecia uma conclusão à altura para a minha declaração. Estávamos ali sentados, enfurecidos, em silêncio.

— Pelo menos eu me apaixonei. — Ele se virou para olhar para mim, o tom cortante. — Você nunca vai se apaixonar por ninguém se não deixar ninguém se aproximar. Isso é pior do que ficar sozinho.

O golpe final dele foi curto e incisivo, mas foi o que mais doeu.

De repente, o carro parecia estar se fechando ao meu redor. Eu não aguentava ficar nem mais um minuto sequer lá dentro.

Através do para-brisa, apareceu um posto de gasolina.

— Encosta, por favor — disse eu, através de respirações curtas.

— O quê?

— Eu disse para você encostar, por favor.

Sebastian entrou no posto de gasolina e diminuiu a velocidade até parar o carro. Saí e apanhei desajeitada minha bolsa no banco de trás.

— Clover, o que você está fazendo? — disse Sebastian, meio suplicante, meio queixoso.

— Vou dar um jeito de voltar para Nova York.

Bati a porta e não olhei para trás.

37

Eu me arrependi de ter abortado a viagem naquele posto de gasolina específico. Nada além de rodovias de mão única e campos devastados pelo inverno se estendiam em ambas as direções. A brisa trazia o cheiro salgado e fétido do pântano da costa e um frio que penetrava em cada fresta da minha roupa.

De frente para a entrada do posto de gasolina, eu me concentrei no celular até ouvir o zumbido do carro alugado sumir ao longe. Quando por fim me virei, a única presença no estacionamento do posto de gasolina era a de uma caminhonete marrom solitária cujas portas amassadas tinham sido alvo da ira de alguém em mais de uma ocasião.

Sebastian tinha me deixado de verdade.

Minhas axilas pinicavam. Minhas pernas pareciam estar se dissolvendo. Abracei a bolsa bem junto de mim.

O que eu daria para poder falar com o meu avô agora. Em momentos de pânico no meu primeiro mochilão pela América do Sul, liguei para ele de um telefone público apenas para ouvir sua voz calma e racional por dez minutos até que meu crédito acabasse.

— Seu sistema nervoso simpático só está te manipulando — ele me dizia com naturalidade. — Um voo biológico clássico ou reação de lutar. Tudo que você precisa fazer é retomar o controle. Feche os olhos para eliminar o estímulo externo. Depois inspire bem fundo e bem devagar, e expire lentamente.

Embora ele tivesse dado as instruções quinze anos antes, fiquei do lado de fora do posto de gasolina e fiz o que ele tinha me dito.

Olhos fechados. Inspire. Expire.

— Agora, em vez de se concentrar em tudo o que deu errado — diria o meu avô —, pense no próximo passo certo que poderia dar para voltar as coisas a uma direção favorável.

A porta de vidro do posto de gasolina se abriu. Um tipo robusto e grandalhão usando uma camisa xadrez passou por ela, enfiando um maço de Parliament no bolso do peito. Manchas de suor vazavam por sobre a aba de seu boné de caminhoneiro como marcas das ondas em uma praia.

— Com licença, gatona — ele latiu para mim e minha bolsa enorme bloqueando a passagem. Quando me afastei para deixá-lo passar, senti a combinação de mofo de tabaco rançoso, cerveja entornada e hábitos de higiene questionáveis.

Um pequeno passo adiante. Considerei o estranho e sua caminhonete surrada.

Olhando nos meus olhos, ele piscou, com um sorriso largo, mas nada caloroso.

— Precisa de uma caroninha?

Pensando bem, ele não parecia um tipo que estivesse seguindo para Nova York.

— É muita gentileza sua. — Segurei minha bolsa ainda mais apertado. — Mas, não, obrigada.

— Como quiser — disse o homem, com um cigarro apagado balançando do canto de seu sorriso inquietante.

A caminhonete deixava roncando o posto de gasolina e a adrenalina de um "na trave" inundou meu corpo.

Uma lanchonete compacta ficava anexa ao canteiro de construção do posto de gasolina. Minha tremedeira provavelmente se devia em parte ao fato de que eu não comia havia cinco horas. Uma refeição era um pequeno passo que me faria bem. Depois de parar no banheiro ensopado de desinfetante, pousei minha bolsa na menos pegajosa das duas mesinhas da lanchonete.

Assenti pelo passa-prato para uma garçonete/cozinheira que usava redinha de cabelo e um avental manchado de molho. A fumaça das fritadeiras subia dramaticamente atrás dela, encapotando sua silhueta imponente.

— O cardápio tá ali em cima — disse a mulher, inexpressiva, apontando um dedo apático para o teto.

Um quadro-negro acima dela listava uma seleção abrangente de opções com erros ortográficos, a maioria das quais tinha um traço saliente de giz por cima. Apenas dois itens ainda estavam disponíveis: o hambúrguer prensado e o queijo quente.

Achei que o último era o menos provável de me expor à salmonela.

— Quero um queijo quente, por favor.

— Vai querer picles junto? — A mulher claramente não poderia se importar menos.

— Claro. Quer dizer, sim, por favor.

— E café?

— Seria ótimo, obrigada.

A mulher indicou com a cabeça o bule de café sobre um aquecedor no final da janela de serviço. Ela deslizou uma caneca na minha direção.

— Pode se servir.

O cheiro de queimado indicava que o bule de café estava ali fazia mais tempo do que era bem-vindo. Eu me servi de uma xícara mais para me confortar do que para aproveitar. Sentada à mesa, o mais próximo possível da janela — na verdade, uma folha de plástico nebulosa — me sentei mexendo o café, pensando.

Foi uma parte triste de quando eu estava crescendo, perceber que as respostas para todas as perguntas difíceis não jaziam de fato no fundo de uma xícara de café. Dei três batidinhas com a minha colher na lateral da caneca.

Cá estava eu, mais uma vez, sentada sozinha em um restaurante.

Talvez minha reação às críticas de Sebastian tenha sido ligeiramente exagerada. Mas ele tinha basicamente me dito que a minha vida inteira era uma mentira.

Depois de uma demora incongruente, já que eu era a única cliente da lanchonete, um prato com um queijo quente anêmico e picles fálicos e miseráveis foi arremessado diante de mim.

Sorri o mais educadamente que pude para a garçonete.

— Obrigada, senhora.

— Tá bom. — A mulher desapareceu de volta para a cozinha.

Enquanto eu mordia escrupulosamente um canto do sanduíche grudento, meu celular, que estava virado com a tela para baixo na mesa, vibrou com uma mensagem recebida. Hesitei antes de o virar. Podia ser Sebastian escrevendo para se desculpar, mas eu não tinha certeza se queria que fosse ele.

Virei o celular de uma vez, como se fosse uma torrada quente.

Mike, aproveite as taxas de hipoteca inacreditáveis agora mesmo.

Um spam. Não importa quantas vezes eu bloqueava o número, ainda os recebia toda semana. (E seja lá quem os tenha enviado, claramente achou que "Mike" era bastante ingênuo.) Voltei ao meu sanduíche, tentando não perceber a consistência plástica do queijo.

Eu poderia chamar um táxi e ir à locadora de carros mais próxima. Ou à rodoviária. Ou ao aeroporto. É claro que tudo dependia se os táxis atendiam esse posto de gasolina no meio do nada.

Meu celular convulsionou com outra mensagem, disparando meu pulso.

O nome de Sylvie ganhou vida na tela.

Apanhei um guardanapo de papel áspero do dispensador e limpei a gordura dos dedos.

Ei, C. Espero que você esteja legal e que a viagem esteja correndo bem. Foi estranho ontem. Podemos conversar sobre?

Parte de mim queria apanhar o celular e contar a ela tudo sobre a briga com Sebastian. Ela definitivamente ficaria do meu lado — e a voz da razão tranquila dela poderia me ajudar agora.

Mas como obviamente eu não a conhecia tão bem quanto achava, talvez ela concordasse com ele sobre como eu era estranha e patética. Enquanto deletava a mensagem deslizando-a para o lado com raiva, a ardência no meu peito passou para a dor que eu melhor conhecia.

Solidão.

Eu tinha voltado para onde eu começara antes de conhecer Sebastian e Sylvie. Qual era o objetivo de me expor se era assim que acabaria? Tudo o que eu queria fazer era me enrodilhar no sofá com os meus bichos e não sair de casa nunca mais.

Mas havia Claudia. Ela era a razão de eu estar fazendo tudo aquilo, não Sebastian. E se eu desistisse quando estávamos tão perto de encontrar Hugo — afinal, tínhamos chegado até o Maine —, sabia que eu me arrependeria.

Inspire. Expire. O próximo passo correto.

A ideia de ter que ligar para Sebastian me fez sentir ânsia de vômito. Ou talvez fosse o queijo quente. Eu fiquei ali por alguns minutos encarando o resto do meu sanduíche — jogar comida fora pelo menos era uma falha de caráter que eu ainda podia evitar. Além do mais, eu suspeitava de que as escassas opções de salgadinhos nas prateleiras do posto de gasolina eram mais antigas do que a vigilância sanitária permitia.

Gesticulei para a garçonete pedindo a conta e ignorei o pavor na minha barriga. Ela rabiscou em seu bloco de papel e arrancou uma folha, colocando-a diante de mim.

— Sei que é difícil dar o braço a torcer quando é você que está errada, querida, mas às vezes você só tem que fazer isso pelo bem do casamento.

Eu olhei de volta confusa, então me dei conta de que ela devia ter visto minha saída dramática do carro.

— Não sou casada — eu disse, tentando esconder meu constrangimento.

— Ah — respondeu ela. — Bem, boa sorte com quem quer que aquele seja.

Eu não conseguia tirar o dinheiro da minha carteira rápido o bastante.

— Você não me cobrou o café, então coloquei alguns dólares a mais. Espero que cubra tudo.

Deslizei para fora da mesa e voltei ao banheiro para lavar a gordura das minhas mãos. A bolsa no meu ombro era uma companheira deselegante para os corredores estreitos do posto de gasolina, e mandou um bando de batatas chips para longe como uma bola de demolição. O atendente adolescente revirou os olhos mas não saiu de trás do balcão para me ajudar a recuperá-las.

Depois de examinar a geladeira de bebidas e assistir a um trio de cachorros-quentes exaustos rodando em uma estufa, eu sabia que não tinha mais como enrolar. Postando-me no canto mais distante do balconista, respirei fundo e cliquei no nome de Sebastian em meu celular.

Ele atendeu depois do primeiro toque.

— Oi, Sebastian — soltei antes que ele pudesse falar. — Sinto muito por... exagerar daquele jeito. — O que restava do meu orgulho tinha escoado para o chão de linóleo encardido. — O mais importante agora é encontrar Hugo.

— Também sinto muito — Sebastian disse cautelosamente. — Não é da minha conta como você vive sua vida. Eu não deveria ter falado... o que eu falei.

Ele não estava dizendo exatamente que não queria dizer aquilo, mas eu não podia me dar ao luxo da trivialidade no momento.

— Não tenho certeza de onde você está, mas eu continuo no posto de gasolina. — Examinei as datas de validade nas latas de Pringles, procurando uma que não fosse uma potencial ameaça à saúde. — Acha que pode voltar e me pegar?

Uma pausa estática.

— Olha pela janela.

Olhei dos Pringles para as bombas de gasolina.

Encostado no carro alugado, Sebastian acenou para mim.

38

De volta à estrada, enquanto formas cheias de nervuras de árvores nuas se moviam como marionetes contra a janela, nenhum de nós mencionou o interlúdio no posto de gasolina. Ou qualquer outra coisa.

Sebastian começou a apertar botões aleatórios no rádio do painel para preencher o silêncio prolongado. Uma balada metálica de Johnny Cash se transformou de repente em um hit de Britney Spears, cortado por uma caótica música do Guns N' Roses. Mas as mudanças compulsivas de música não me incomodaram. Minha mente estava presa em um ciclo vicioso, repetindo sua avaliação desoladora das minhas escolhas de vida.

O que mais doía era como ela era precisa.

Observar o mundo implicava que eu não precisava investir minhas próprias emoções nele. E se eu nunca me aproximasse de ninguém, as pessoas não poderiam me abandonar. Ou não machucaria se elas fizessem isso. Era melhor ficar sozinha por opção — essa era a única coisa sobre a qual eu sempre tivera controle. Eu estava secretamente aliviada por usar Claudia como motivo para desacelerar as coisas com Sebastian depois daquela noite no apartamento dele. Manter as coisas no nível profissional era a desculpa perfeita para não me entregar mais e abdicar do meu controle.

Eu me afundei ainda mais no banco, humilhada por minhas deficiências serem tão óbvias para o mundo.

A falta de sinal de rádio frustrou a missão de Sebastian atrás de um ruído inócuo. Ele tamborilou no volante uma tercina.

— Então, se a gente encontrar esse cara, esse Hugo, o que vamos dizer a ele? Acha que ele ainda se lembra da minha avó? Quero dizer, faz sessenta anos que eles se conheceram.

— Acho que você não esquece alguém por quem se apaixonou. — O paralelo com a acusação que ele tinha feito antes pairou no ar viciado entre nós. *Você nunca vai se apaixonar por ninguém.*

— Mas mesmo se ele se lembrar dela, e depois?

Não pude deixar de me eriçar.

— Imagino que a gente simplesmente conte a ele sobre Claudia e como ela sempre se arrependeu de não ter ficado com ele. E pergunte se talvez ele gostaria de conversar com ela pelo telefone ou algo assim.

— Cara, vai ser superconstrangedor.

Fiquei mais ereta no banco, o cinto de segurança beliscando meu pescoço.

— Pode esperar no carro se quiser. Você nem precisava ter vindo nessa viagem, lembra? — Desejei ter usado um tom mais suave. Ele não tinha ido embora, afinal de contas.

— Tá bom, tá bom, você está certa. — Sebastian ergue as mãos, rendido. — A gente está fazendo isso pela minha avó. Eu posso lidar com certo constrangimento por ela.

O número na caixa de correio confirmava que nós estávamos no lugar certo. Mas não havia uma casa, só um caminho de terra flanqueado por bétulas altas que seguiam até um lago. Sem dúvida não era aquele o lugar, não havia nada ali.

Sebastian voltou a conferir o GPS.

— É definitivamente aqui.

Olhei mais adiante por entre as árvores, mas não consegui ver uma construção em lugar algum.

— Será que seguimos até mais perto da água?

— Não tem nenhuma casa por aqui — Sebastian disse impaciente. — A gente ia conseguir ver.

Senti meu coração murchar. Estávamos em uma missão tola. Ainda bem que não tinha contado nada para Claudia sobre a viagem.

— Eu fui idiota de pensar que a gente ia achar Hugo — eu disse, envergonhada por ter que admitir mais uma deficiência para Sebastian. — Desculpe ter arrastado você até aqui para nada.

Ele gesticulou com a cabeça em direção à água sem dar atenção à minha contrição.

— Vamos lá dar uma olhada no lago de qualquer jeito. Dá até para fazer um passeio turístico, quem sabe. E como não tem ninguém aqui, não é como se a gente estivesse exatamente invadindo.

— Então vamos. — Era tarde demais para voltar dirigindo para a cidade naquela noite, de qualquer jeito.

O cheiro fresco e frondoso do ar abrandou minha decepção enquanto nossos passos trituravam as cascas caídas. Eu tinha esquecido como a natureza podia ser reconfortante.

— Parece que se chama lago Megunticook — disse Sebastian, olhando para o celular. — Lar do salmão de água doce, da perca-sol e do killifish listrado.

— Você curte pescar? — Eu não teria imaginado isso.

Sebastian franziu o cenho.

— Nossa senhora, não. Não sou dos que gosta de fazer coisas ao ar livre. Eu provavelmente sou alérgico a por volta de setenta por cento da natureza. A única vez que meu pai me levou para acampar foi uma tortura. — Ele abanou erraticamente para afastar um inseto invisível que zumbia perto de seu rosto.

A entrada de automóveis se erguia um pouco, depois descia um declive curvo. Paramos no cume e olhamos para baixo em direção a um píer estreito junto do qual um barco retrô com uma faixa azul desbotada estava ancorado.

— Aquilo é uma casa-barco? — perguntou Sebastian, ajeitando os óculos. — Eu não sabia que tinha gente que ainda morava neles. Minhas irmãs costumavam me fazer assistir àquele filme antigo com Cary Grant e Sophia Loren que era como *A noviça rebelde*, mas em um barco. Cara, qual é mesmo o nome?

— *Orgulho e paixão*?

— Ah, isso. Eu devia ter imaginado. Aquele com Kurt Russell e Goldie Hawn em um barco era mais engraçado. — Ele começou a descer a encosta, as solas de seus oxfords, bastante urbanas, escorregando no chão úmido.

— O que você está fazendo?

— Vou dar uma olhada!

— Mas estamos na propriedade de alguém.

Sebastian olhou ao redor e deu de ombros.

— Se tivesse uma campainha, eu poderia tocar.

De fato, eu tinha protestado só para constar. Estava secretamente feliz por sua bravata investigativa e fui atrás dele até o píer vergado. Um suéter de lã pendurado no parapeito do barco sinalizava que alguém estivera ali havia pouco. Ou que ainda estava lá.

Talvez aquela não fosse uma ideia tão idiota, no fim das contas.

Assim que Sebastian botou os pés no cais, vários latidos estridentes de cães dispararam um atrás do outro. Um terrier preto desgrenhado pulou do barco e se lançou atrás de Sebastian, que saltou para trás desajeitado. O cachorro pulava em volta de Sebastian como se as suas patas traseiras tivessem molas, enquanto ele tentava desesperadamente fugir do ataque profuso. Engoli a vontade de rir.

— Gus! — A voz de um homem chamou de dentro da cabine do barco. — Se acalma, cara.

Uma cabeça com cachos escuros emergiu, se abaixando para passar sob o batente da porta baixa. Quando o homem se endireitou, foi quase como se ele dobrasse de altura.

— Olá. — Os olhos dele oscilaram entre Sebastian e eu. — Posso ajudar vocês?

Gus trotou de volta para junto do dono, a coleira vermelha como um sinalizador contra sua pelagem preto azeviche.

— Ah, sim — disse Sebastian, grato por ser resgatado de seu agressor nervoso. — Estamos procurando Hugo Beaufort.

— Bem, então encontrou.

Sebastian franziu a testa.

— É você?

— Tenho bastante certeza que sim. — O homem apertou os olhos, cético. — O que posso fazer por vocês?

Aquele cara não podia ter mais de trinta e cinco anos e definitivamente não tinha sotaque francês. Eu não estava certa se aguentaria muito mais decepção naquele dia. Olhei para Sebastian, que também tinha a aparência de derrotado.

— Desculpa, cara, acho que é a pessoa errada — disse Sebastian. — O Hugo que estamos procurando seria muito mais velho que você. Tipo, cinquenta anos mais velho.

— Ah — o homem disse. — Quer dizer o meu avô?

— Sim! — Sebastian e eu falamos ao mesmo tempo.

O Hugo na nossa frente baixou a cabeça.

— Ele morreu há alguns meses, na verdade.

— Eu sinto muitíssimo por isso — eu disse, automaticamente.

Gus tombou a cabeça ao ouvir minha voz, ignorando Sebastian ao passar correndo até mim. Quando me abaixei para coçar suas orelhas caídas, o cachorro se aninhou tranquilamente na minha perna.

— Obrigado — disse Hugo. — Quer dizer, ele já estava na casa dos oitenta anos, então era meio que esperado.

— Não diminui a dor — eu disse, tanto para mitigar a minha própria quanto a dele.

Nós três ficamos em silêncio.

— Mas espera — disse Hugo, intrigado. — Por que é que vocês estão procurando pelo meu avô, afinal?

— É sobre a minha avó — Sebastian disse brandamente. — Ela também está morrendo. — Ele parecia impressionado com as próprias palavras, como se pronunciá-las por fim as tornasse realidade. Reconheci o peso da dor em seus ombros curvados, na maneira como ele encarava o chão, incapaz de olhar o mundo nos olhos à luz de sua crueldade.

— Sinto muito, cara — disse Hugo, os olhos irradiando empatia enquanto esperava Sebastian elaborar.

Sebastian olhou para mim, implorando para que eu tomasse a frente da conversa.

Eu me aproximei do cais, Gus trotando ao meu lado.

— Achamos que a avó de Sebastian pode ter conhecido seu avô quando ela morava em Marselha, em meados dos anos 1950.

Parecia ridículo naquele momento que eu tinha dito em voz alta, sessenta anos depois. A humilhação martelava nos meus ouvidos — eu era tão ingênua de pensar que aquela viagem renderia alguma coisa.

Mas em vez de olhar para mim como se eu fosse louca, Hugo tombou a cabeça curioso.

— Você está falando de… Claudia?

Sebastian e eu encaramos Hugo incrédulos. Gus olhava para um e para o outro, ofegante de expectativa.

Sebastian botou os pés no cais.

— Você sabe sobre a minha avó?

— Sei, quer dizer, mais ou menos. — Hugo esfregou a barba por fazer no queixo. — Pouco antes de morrer, meu avô disse que precisava me contar algo que nunca tinha contado para ninguém. Para ser honesto, achei que ele tinha matado alguém ou algo ruim assim. Mas era essa história de uma americana, uma fotógrafa chamada Claudia, por quem ele tinha se apaixonado na França. Ele disse que ela foi a razão pela qual ele se mudou para os Estados Unidos.

— É a avó de Sebastian! — disse eu, tentando refrear a esperança que brotava no meu peito. — Só que ela não sabia que seu avô tinha se mudado para cá.

— Mas que loucura — disse Hugo. Ele tinha herdado o nariz reto de seu avô. Caía bem nele. — Mas se ela não sabia que ele tinha se mudado para os Estados Unidos, como vocês descobriram que ele morava aqui?

Sebastian apontou para mim com o polegar.

— Ela é uma espécie de superdetetive da internet.

Hugo ergueu uma sobrancelha.

— Ah, é?

Eu me arrependi profundamente de não ter penteado o cabelo naquela manhã.

— Bem, minha vizinha encontrou seu endereço — contei, com a boca seca de repente. — Mas encontrei uma fotografia do seu avô entre algumas fotos antigas de Claudia e ela me contou a história de como eles se conheceram.

— Uau, eu tenho tantas perguntas. Mas, primeiro... Hugo estendeu a mão. — Sebastian, certo?

Sebastian a sacudiu.

— Certo.

— Prazer, cara. — Hugo se voltou para mim, com as sobrancelhas erguidas novamente. — E você é?

Rezei para que minhas bochechas não ardessem.

— Hum, eu sou Clover.

O rosto de Hugo abriu um sorriso fácil.

— Como a música de Etta James, certo? "My heart was wrapped up in clover"? Eu sempre gostei dessa. — Ele estendeu a mão. — Prazer em conhecê-la, Clover.

Sua palma grossa e calejada encostou na minha, lisa.

— O prazer é meu.

— Ei, vocês estão com fome? — Hugo passou os dedos pelos cachos. — Não estamos longe de um pub ótimo. Talvez a gente possa conversar sobre tudo isso comendo lagosta e tomando cerveja. Eu adoraria ouvir mais sobre essa Claudia.

Sebastian mexeu os pés desajeitado.

— Sou alérgico a mariscos, mas a cerveja parece ótima.

— Não se preocupe, eles fazem uma torta de frango irada lá também. — Hugo apontou para um Land Rover verde-oliva decrépito estacionado debaixo de uma árvore logo depois do cais. — Podem me seguir até lá no carro de vocês. — Ele olhou para mim. — Topa?

Meu sorriso parecia bobo, como se pertencesse a outra pessoa.

— Eu adoro um empadão.

Eu me encolhi, desejando poder emanar um pouco da confiança relaxada de Sylvie em vez de agir de um jeito estranho e desajeitado. Eu odiava sentir que precisava dela.

Era exatamente por isso que eu ficava melhor sozinha.

39

Em um afloramento costeiro, o exterior do Curious Whaler fazia jus ao nome navegante. Açoitados pela maresia e pelo ar salgado, seus toldos enferrujados e a pintura descascada tinham a aparência desgastada e cansada de um velho marinheiro rabugento.

Hugo nos esperava na entrada, o cabelo esvoaçando erraticamente por uma pequena ventania vinda da baía.

— Esse era o lugar do meu avô. Ele almoçava aqui quase todos os dias. — Vendo que eu cerrava meu casaco mais apertado, Hugo empurrou a porta e me guiou para o interior. — Prometo que está mais quente lá dentro.

Uma lareira crepitante em uma extremidade do pequeno pub cumpriu a promessa. Ele nos levou até uma mesa de mogno com verniz ressequido.

— Posso guardar os casacos de vocês?

Sebastian tirou a parca e a entregou para Hugo, depois deslizou para dentro da mesa.

— Obrigado, cara.

Enquanto eu tentava tirar o casaco, ele enroscou no botão da camisa; Hugo deu um passo atrás de mim e livrou o botão de seu captor. Eu me sentia desajeitada e deselegante, como as girafas recém-nascidas que eu adorava assistir no Discovery Channel.

— Obrigada — eu disse, olhando só por um momento nos olhos de Hugo. O olhar dele era mais firme do que eu estava acostumada. A presença de Sebastian de repente pareceu evidente e fiquei aliviada ao ver que ele estava preocupado com o celular.

— Por favor — disse Hugo, gesticulando para que eu me sentasse. Eu me arrastei do mesmo lado que Sebastian. As pernas de Hugo provavelmente precisariam do espaço extra.

Uma mulher de cabelos brancos com uma camisa de cambraia esbatida e jeans de décadas de idade chegou à nossa mesa, com cardápios de plástico debaixo do braço. Insinuações de uma tatuagem elaborada se aconchegavam sob seu colarinho, distorcidas pelas rugas do pescoço.

— Faz um tempo que não vejo sua carinha, querido — ela disse a Hugo, a rouquidão provavelmente sendo a marca de um caso de amor de toda uma vida com a nicotina.

Ele se inclinou e a beijou na bochecha.

— Ei, Roma, pois é, desculpa, foram umas semanas cheias. Eu estive fora da cidade na maioria delas.

— Fisgado pela cidade grande, hein? Bem, o importante é que você está aqui agora. — Roma virou-se para o nosso lado da mesa. — E você trouxe alguns visitantes, estou vendo.

— Com certeza. Roma, estes são Clover e Sebastian.

Gostei do jeito como ele nos apresentou, como se fôssemos velhos amigos.

— Bem-vindos ao Curious Whaler — disse Roma, formando uma opinião sobre nós que ela provavelmente não compartilharia. Em vez disso, anotou nossos pedidos sem alarde, enfiou a caneta no coque bagunçado, depois voltou pelas portas vaivém da cozinha com a arrogância segura de um xerife.

— Então vocês vieram de carro de Nova York hoje? — Quando Hugo se inclinou para a frente, com os dedos entrelaçados em cima da mesa, não consegui deixar de examinar suas mãos. Grandes, mas de alguma forma graciosas, apesar do punhado de cicatrizes.

— Sim, saímos bem cedo — disse Sebastian, como se uma viagem de sete horas fosse um feito especialmente impressionante. — E teríamos chegado aqui mais cedo, mas meio que fizemos uma parada prolongada em um posto de gasolina.

Fiquei tensa de vergonha, será que ele estava fazendo eu me sentir um fardo de propósito?

— Sim, eu também prefiro fazer isso de uma só vez — disse Hugo. — Acordar antes de o sol nascer e fugir o máximo possível do trânsito.

Eu estava intrigada.

— Você vai a Nova York com frequência?

Hugo descansou o braço comprido na parte de trás da banqueta.

— Tenho ido ultimamente. Sou arquiteto e paisagista, e tenho prestado consultoria em alguns projetos para as câmaras municipais de lá.

— É um trabalho bem longe, cara — disse Sebastian.

— Você não está errado. Se eu fosse mais esperto, pensaria em arranjar um lugar para mim por lá. — Hugo gesticulou para a vista da baía tempestuosa na janela. — Mas eu não consigo me afastar das minhas raízes de lobo do mar. Assim como meu avô.

Eu me atrevi a fazer contato visual com Hugo, sem saber por que aquilo me deixava tão nervosa. Poderia ter algo a ver com a coxa de Sebastian encostada na minha. Espantei meu nervosismo para me concentrar na razão por que estávamos lá.

— Então, se o seu avô veio para cá por causa da Claudia, por que ele não contou a ela? E como ele veio parar no Maine?

— Sabe, não sei exatamente — Hugo disse, apologético. — Ele não me deu muitos detalhes, a não ser para dizer que seu maior arrependimento na vida tinha sido deixá-la ir embora.

A revelação fez meu peito quase explodir. Nós tínhamos feito a coisa certa ao vir aqui, afinal.

— Não vou mentir — continuou Hugo —, foi um pouco estranho, já que eu não existiria se ele não tivesse aberto mão dela. — Ele olhou para Sebastian. — E acho que você também não.

— Uau — Sebastian disse. — Nunca tinha pensado nisso.

— Mas explica por que meus avós nunca pareceram de fato carinhosos um com o outro. Eram mais como melhores amigos — disse Hugo. — Sempre achei que isso era normal na geração deles.

— Pois é — disse Sebastian. — Eu definitivamente não diria que o casamento dos meus avós foi dos mais felizes. Meu avô era meio idiota. Acho que a minha avó foi realmente mais feliz nos dez anos depois que ele morreu.

Roma chegou equilibrando uma bandeja de bebidas, dando uma piscadinha para Hugo enquanto colocava duas cervejas e um bourbon puro na mesa. Todos nós bebemos em silêncio.

— Então, é ótimo que vocês tenham vindo aqui procurar o meu avô — Hugo disse. — Mas o que esperavam que ia render? Sua avó pediu a vocês para encontrá-lo?

— Não. — Sebastian olhou para mim. — Na verdade, ela não sabe que estamos aqui.

— Nós não queríamos decepcioná-la se não conseguíssemos encontrá-lo — justifiquei rapidamente em nossa defesa. — Mas achamos que, se a gente fizesse isso, talvez pudéssemos dar a ela algum tipo de encerramento antes de morrer, ao dizer a ele que ela sempre se arrependeu de não se casar com ele. Ao que parece, ele queria que ela se mudasse com ele para a Córsega.

— Ah — disse Hugo. — Isso explica por que ele pediu para que suas cinzas fossem espalhadas lá. Estou tão ocupado com o trabalho que ainda não consegui fazer a viagem.

— Claudia pediu a mesma coisa. — Quase doía imaginar o amor não correspondido que tinha durado mais de meio século. Como seria amar alguém tão profundamente que aquele seria seu último desejo?

— Você disse que seu avô faleceu tem só dois meses? — Sebastian perguntou a Hugo. — Puxa, estávamos tão perto. Queria que tivéssemos descoberto isso antes.

— É realmente uma pena — disse Hugo. — Suponho que ela não tenha muito tempo.

Sebastian olhou com desamparo seu copo de cerveja.

— Uma ou duas semanas no máximo, dizem os médicos.

— Sinto muito, Sebastian — disse Hugo. — Sei como é ruim perder alguém de quem você é muito próximo.

Ocorreu-me que nós três, relativamente estranhos, dividíamos um vínculo relutante. Mas, de novo, era um vínculo que de fato compartilhávamos com todo mundo. Afinal, viver é perder. Amar alguém, por sua própria natureza, significa que você concorda em um dia perdê-lo.

— Bem, eu meio que tenho sorte — disse Sebastian, contornando o alto do copo com o polegar. — Além do meu avô, esta é a primeira vez que tenho que lidar com isso. — Ele suspirou fundo, os ombros voltando a cair. — Espero que fique mais fácil a cada vez.

Hugo parecia aflito.

— Eu gostaria de poder dizer que é verdade, mas minha mãe morreu há quinze anos e ainda dói. — Ele observou uma lona solta se contorcer contra a tempestade lá fora. — A verdade é que a dor nunca vai embora. Alguém me disse uma vez que é como uma bolsa que você sempre carrega: começa como uma mala grande e com o passar dos anos pode ir ficando menor, do tamanho de uma bolsa. Mas você a carrega consigo para sempre. Isso me ajudou a perceber que eu não precisava superá-la completamente.

Era quase como se Hugo tivesse me abraçado. Por um momento, minha dor pareceu um pouco menos solitária.

Sebastian se voltou para mim.

— O que você acha? Você vê as pessoas morrerem o tempo todo.

— Sim, mas é o meu trabalho.

Os olhos de Hugo se arregalaram.

— Seu trabalho é ver as pessoas morrerem?

— Não exatamente — disse eu, desconfortável com o foco de repente em mim. — Mas eu vejo muitas pessoas morrerem como parte dele.

— Ela é *doula da morte* — disse Sebastian, enfatizando as palavras de forma um pouco dramática demais.

— Ah, nossa, que legal — disse Hugo, o rosto se iluminando. — Li um artigo sobre isso outro dia. É uma profissão bem nova, certo?

Aliviada por não precisar entrar em detalhes, também senti uma ponta de orgulho.

— O termo "doula da morte" é, mas as pessoas desempenham esse papel há milhares de anos de uma forma ou de outra. Padres, freiras, funcionários de hospícios, médicos. E até agora é meio vago. Todo mundo tem a própria interpretação do que significa.

— Interessante. — Hugo tomou um gole de sua cerveja sem romper o contato visual. — E o que significa para você?

Procurei ceticismo ou julgamento no rosto dele, mas tudo o que encontrei foi uma leve curiosidade.

— Acho que significa ajudar alguém a morrer com dignidade e paz. — As palmas das minhas mãos estavam úmidas enquanto eu as envolvia ao redor do bourbon. — Às vezes, é simplesmente não deixá-las sozinhas ou ajudá-las a colocar os assuntos em ordem antes de partirem. Em outras, trata-se de ajudá-las a refletir sobre a vida e resolver quaisquer problemas não resolvidos.

— Como ir atrás do amante perdido há muito tempo para lhe dizer que ele fora seu único amor verdadeiro? — O sorriso gentil de Hugo compensava seu tom de provocação.

Eu consegui dar um sorriso tímido de volta.

— De vez em quando, isso.

— Que coisa mais bonita, ajudar alguém a morrer com dignidade — disse Hugo. — Isso me lembra aquela citação do Leonardo da Vinci, como é mesmo? Algo como: "Eu achava que estava aprendendo a viver, mas estou aprendendo a morrer". Aposto que você aprendeu ótimas lições com tudo isso.

Sebastian tossiu e encarou sua cerveja.

Meu rosto ficou corado.

— Sim — falei baixinho. — Mas nem sempre fui boa em aplicá-las à minha própria vida.

— Ela é uma espécie de eremita — Sebastian riu. Por que ele estava sendo tão beligerante?

Hugo deu de ombros, ignorando o golpe de Sebastian em mim.

— E alguém é bom em fazer isso? A maioria de nós nunca aprende as verdadeiras lições na vida até que seja tarde demais, certo? Acho que o importante é você estar dando o seu melhor.

A tristeza rodou na minha garganta. Desejei poder corresponder à avaliação benevolente de Hugo, mas Sebastian estava certo.

Eu estava apenas vivendo na sombra da minha vida.

40

A PEQUENA VENTANIA TINHA SE TORNADO UM VENDAVAL incessante quando saímos do Curious Whaler depois do jantar. Cada rajada de vento trazia gotas de chuva grossas que desafiavam a gravidade, caindo de lado.

O celular de Sebastian tocou no bolso de sua parca e ele o revirou para recuperá-lo.

— É minha irmã — disse ele, franzindo a testa para a tela. — É melhor eu atender.

Hugo e eu nos afastamos alguns passos para dar privacidade a Sebastian, e nos abrigamos da chuva debaixo de um toldo.

— Muito obrigada pelo jantar. — As palavras estavam saindo da minha boca enquanto eu me deleitava na onda relaxada do meu terceiro copo de bourbon. — Foi tão gentil de sua parte não nos deixar pagar.

Embora ele a tivesse colocado discretamente debaixo do pote de ketchup, notei a generosa gorjeta de Hugo para Roma.

— Ah, sim — disse Hugo. — É o mínimo que eu poderia fazer, já que vocês dirigiram até aqui para me encontrar… bem, o meu avô.

— Então este aqui era o lugar preferido dele? — Como Hugo era uns trinta centímetros mais alto, eu tinha que olhar para cima quando falava com ele. O jeito como ele inclinava ligeiramente a cabeça, quase respeitoso, parecia confortavelmente familiar.

— Sem dúvida. Ele deve ter feito milhares de refeições aqui ao longo dos anos. Eles até começaram a servir *bouillabaisse* por causa dele. Era a coisa que ele mais sentia falta da França. E pastis, é claro.

— Parece que ele era amado.

Hugo sorriu.

— Totalmente. Anos atrás, ele praticamente conhecia todo mundo na cidade, e todo mundo adorava estar na companhia dele, ouvindo suas velhas histórias de marinheiro do Mediterrâneo. Mas, no fim, a maioria dos amigos se mudou para casas de repouso ou faleceu. Foi bem triste, para falar a verdade.

— A maldição da longevidade. — Pela primeira vez na minha vida, eu não queria que a conversa terminasse. — E ele morava naquela casa-barco?

Os cachos de Hugo balançaram junto com seu aceno.

— Antes de a minha avó morrer, era o refúgio dele quando queria escapar para seu próprio mundo. Mas depois que ela se foi, ele vendeu a antiga casa deles e se mudou para o barco no lago.

— Dá pra imaginar que ele ia querer manter o barco no porto, sendo marinheiro e tudo o mais. — Senti o perfume sutil de cedro, e talvez uma pitada de cipreste, exalando do interior da jaqueta aberta de Hugo. Eu me aproximei sutilmente.

— Acho que meu avô preferia estar cercado por todas aquelas árvores — disse ele. — E entendo o porquê, é tão tranquilo. Eu amo sentar de manhã e só ficar observando a natureza fazer as coisas dela. Há uma família de beija-flores de pescoço vermelho que mora nas árvores bem do lado do meu barco. Já viu um?

— As asas deles batem até oitenta vezes por segundo, não é? — Obrigada, vô.

— Exato! Não tem muita gente que sabe disso.

Minha confiança aumentou ainda mais.

— Aposto que Gus adora poder correr por lá também.

— Você se lembra do nome do meu cachorro! Estou impressionado. — Hugo tombou a cabeça para o lado, com apreço. — Você é dos cachorros, então?

— Eu tenho um buldogue chamado George. Mas ele não gosta de correr ao ar livre.

Hugo riu.

— Um típico cachorro urbano.

— Exatamente.

Sebastian estava franzindo a testa em nossa direção, ainda discutindo com a irmã.

— Então, onde vocês vão passar a noite? — perguntou Hugo, tentando não ouvir a conversa de Sebastian.

— Reservei dois quartos em um hotel nos arredores de Lincolnville. — Eu me senti mais segura ao controlar os arranjos de onde dormiríamos.

— Ah — disse Hugo, olhando para Sebastian. — Eu achei que vocês estavam… juntos.

Eu ri.

— Não, definitivamente. Estou só fazendo o meu trabalho, sabe, ajudando a avó dele. — Talvez eu tenha explicado demais.

— Entendi. — Hugo deslizou as mãos nos bolsos. — Então é muita bondade sua se dar a todo esse trabalho para ajudá-la a encontrar algum encerramento antes de morrer. Eu só queria que pudesse ter havido algum jeito ter juntado ela e o meu avô.

— Eu também. — O tanto que doía. — Mas isso acontece com mais frequência do que você imagina, as pessoas não se dão conta de como se sentem em relação a alguém ou a alguma coisa até que a vida já esteja quase no fim. — Cerrei mais meu casaco por causa do vento.

— Uma boa lição para todos nós, não é? — Hugo se virou de lado para que suas costas bloqueassem o vendaval. — Então, do que é que você se arrependeria, Clover?

Pela primeira vez em meses, parecia impossível mentir.

— Bem…

Senti um cutucão firme no ombro.

— Pronta para ir? — A voz de Sebastian estava impaciente.

Olhei para Hugo em tom de desculpas, já que Sebastian não parecia se importar de ter interrompido a conversa.

— Sim, acho que sim. Está tudo bem com sua irmã?

— Sim, ela está sendo mandona como sempre, tentando assumir o controle das coisas com a minha avó, embora ela mal a tenha visitado esse tempo todo. — Ele arrastou o sapato no cascalho. — De qualquer jeito, talvez seja melhor a gente ir para o hotel, já que temos que acordar cedo amanhã.

Não pude deixar de sentir que parte da agitação de Sebastian era dirigida a mim.

— Claro, quer que eu dirija? — Eu provavelmente tinha bebido bourbon demais para sair dirigindo por estradas que não conhecia no meio da noite. Mas pelo jeito que Sebastian estava oscilando, ele parecia estar mais embriagado, para não mencionar seu estado de agitação.

Sebastian olhou para mim instável.

— Tá. — Enfiou as chaves na palma da minha mão e foi em direção ao carro. — Essa viagem inteira foi uma ideia estúpida de qualquer jeito.

Destranquei o carro logo antes de ele chegar, para que não tivesse outro motivo para ficar bravo comigo.

— Ele provavelmente só está estressado por causa da avó — Hugo disse, gentil.

Sua bondade diminuiu um pouco o incômodo.

— Sim, deve ser.

— Sabe, as estradas por aqui podem ficar bem difíceis à noite, sem postes de luz e com todos aqueles buracos, sobretudo depois de alguns drinques. — Hugo deu um meio sorriso enquanto fechava o zíper de sua jaqueta. — Que tal vocês me seguirem até o hotel? Tenho certeza de que sei de qual você está falando, já que não temos muitos. É aquele com as portas azuis indo para Camden, não é?

— É, sim — disse eu, me lembrando das fotos no site. Em outras circunstâncias, seria um lugar encantador para uma escapada romântica. — Seria ótimo, se não for muito trabalho.

— Sem problema — disse Hugo, sacando as próprias chaves. — Uns amigos meus do ensino médio são os donos. É um lugarzinho bem charmoso.

Sebastian e eu seguimos em silêncio enquanto eu me concentrava nas luzes traseiras do carro de Hugo ardendo contra a escuridão. O hotel estava a apenas oito minutos de distância, mas ficava em um aterro, e a beira da estrada estava um breu. Meus sentidos embotados teriam facilmente deixado passar se Hugo não tivesse parado e ligado o pisca-alerta.

— Foi ótimo conhecer vocês — ele disse pela janela aberta do lado do motorista. — Façam uma viagem segura de volta para Claudia.

O ruído dos pneus no cascalho e depois o zumbido da borracha no asfalto soaram quando ele virou o carro na pista dupla estreita e deu um tchauzinho.

— Que perda de tempo — murmurou Sebastian enquanto caminhava para a recepção do hotel.

Observei as luzes de Hugo se dissolverem na névoa iluminada pelo luar que flutuava acima da estrada como algodão doce.

Intrigada com o peso que sentia logo abaixo da clavícula, coloquei a mão no peito.

Eu só conhecia Hugo havia algumas horas, mas de alguma forma tinha ficado triste ao vê-lo ir embora.

41

Pela décima sexta vez naquele dia, vi Kevin Costner parado estoicamente na pista, braço na tipoia, olhando para a janela de um avião que emoldurava a silhueta de Whitney Houston. Quando ela ordenou que o avião parasse e desceu correndo os degraus para abraçá-lo — sua icônica balada ficando mais alta ao fundo — a pontada no meu peito ficou quase insuportável.

Dor e euforia ao mesmo tempo.

Fazia uma semana desde que tinha voltado da viagem para o Maine, e a bolsa de couro ainda estava no chão da sala por desfazer. Eu a tinha deixado lá como castigo, para me lembrar de como tinha sido idiota.

Sebastian e eu mal trocamos uma palavra na viagem de sete horas de volta a Nova York, a não ser por uma breve conversa em algum lugar no extremo sudeste de New Hampshire. Eu estava tão mergulhada nos meus pensamentos, minha mente numa espiral no romance de Hugo e Claudia, que dei um pulo quando ele falou.

— A gente definitivamente não vai contar nada disso para a minha avó — disse ele, de repente. — Não tem porquê.

Como eu tinha passado as últimas três horas planejando entusiasmada exatamente como contar tudo para Claudia, aquilo foi uma surpresa.

— Mas traria um pouco de paz a ela saber que Hugo sempre a amou. Ela merece saber.

Sebastian olhou feio para o horizonte, apertando o volante.

— Merece saber que o suposto amor da vida dela morou a uma pequena distância de carro pelos últimos cinquenta anos? Que ela poderia ter vivido uma vida totalmente diferente daquela que aparentemente se arrepende agora, mesmo tendo uma família que a ama? De jeito nenhum.

Engoli as palavras de protesto que se formavam na minha boca. Ele tinha um ponto. Deve ter doído descobrir que a avó tinha passado a maior parte da vida de casada infeliz. E eu nunca me perdoaria se fizesse Claudia morrer com mais arrependimentos do que já tinha.

Mas de alguma forma ainda parecia errado não contar a ela.

— Tudo bem — eu disse, conscientemente deixando minha voz sem emoção. — Ela é sua avó, então a decisão é sua.

Afundei no meu banco e olhei pela janela pelo resto da viagem, enquanto Sebastian amortecia nosso silêncio fervilhante com uma série interminável de podcasts.

E na semana desde a nossa viagem, fiz questão de marcar minhas visitas a Claudia quando sabia que ele estaria no trabalho.

Forçando os olhos por causa do escuro, embora fosse início de tarde, acendi a luminária ao lado da poltrona do meu avô. Eu não abria as persianas desde que tinha brigado com Sylvie — ainda não queria imaginar o que poderia estar acontecendo nas janelas do outro lado da rua. Programei a maioria das saídas do meu apartamento para o início da manhã e tarde da noite, então consegui evitá-la completamente. E disse a Leo que estava gripada e não queria passar para ele.

Não estava nem com vontade de ir a um café da morte. Só queria ficar sozinha.

Aconchegando George na minha barriga, deitada no sofá, resisti ao impulso de repetir a cena pela décima sétima vez. Ontem, eu tinha me empanturrado com a declaração de amor freneticamente sincera de Tom Cruise para Renée Zellweger. No dia anterior, tinha sido Hugh Grant interrompendo a coletiva de imprensa de Julia Roberts para declarar seu amor. Mas não importava quantas vezes eu assistisse, ou repetisse as falas junto com eles, a verdade ainda doía.

Na vida real, o amor era uma mentira.

— Você não precisa dele para te completar! — eu gritei para a imagem de Renée na tela. Abrir o coração para alguém significava sempre sair ferida: as pessoas o deixariam, o trairiam ou morreriam. Pelo menos quando você estava sozinho, não havia risco de se machucar. Eu estava brava por ter me permitido pensar diferente nos últimos dois meses.

Daquele momento em diante seria apenas eu e os meus bichos, do jeito como costumava ser.

Infelizmente, esse ciclo de assistir em looping não estava entorpecendo minha dor como antes e me perguntei se era possível desenvolver uma tolerância à endorfina de modo que você não a sentisse mais. Eu precisava de outro bálsamo para embotar a dor no meu peito. Forcei-me a desligar a TV e olhei ao redor do meu apartamento atrás de inspiração. Tudo o que eu conseguia ver eram lembranças do meu avô — seus insetos paralisados em resina, seu tão amado crânio de canguru, sua bússola de bronze enferrujada — e como ele ficaria decepcionado comigo por falhar na vida de forma tão espetacular.

Então meus olhos recaíram sobre os três cadernos na prateleira.

Mesmo que tivesse bagunçado minha vida, eu ainda poderia honrar a das outras pessoas. Isso me daria uma razão para continuar seguindo com a minha existência.

Puxei o caderno de ARREPENDIMENTOS, fechei os olhos, respirei fundo e deixei que ele se abrisse em uma página aleatória.

Doris Miller.

Mas de novo? Não, ela não. Fechei os olhos e repeti o processo.

Jack Spencer, um advogado de cinquenta e quatro anos com cílios longos, senso de humor mordaz e um tumor cerebral inoperável.

Queria ter aprendido a língua materna da minha esposa.

Quando ele conheceu Ditya em uma viagem de negócios a Katmandu, o inglês dela consistia nas letras de música que tinha aprendido com sua paixão por karaokê. Mas quando ela se mudou para Nova York para ficar com ele, deu duro para aprender o idioma e poder se comunicar com Jack e os amigos e, por fim, abrir sua própria confeitaria em Midtown.

— Sabe, nunca dei a mínima para aprender nepalês, porque achava que não tinha utilidade — Jack me disse dias antes de o tumor começar a extinguir sua fala. Ele já tinha roubado sua visão, então ele falou voltado para o meu lado em vez de diretamente para mim. — Mas eu estava entediado esperando no consultório do dentista ano passado e a única coisa para ler era um livro de citações inspiradoras. E havia uma de Nelson Mandela que dizia: "Se você falar com um homem em um idioma que ele entende, o que disser vai para a cabeça dele. Se você falar na língua dele, vai para o coração."

Eu encostei a mão no braço dele.

— É lindo. Eu nunca tinha ouvido.

— Aí me dei conta de que todas as vezes que eu a elogiava, era sempre em inglês. Nunca pensei em perguntar como dizer aquilo na língua dela. Então, eu nunca falei com o coração dela.

Equilibrando o caderno de ARREPENDIMENTOS no braço do sofá, alcancei meu laptop. Era provável que eu também nunca encontrasse utilidade para o nepalês, mas, pela memória de Jack, eu poderia aprender o básico só por precaução. Eu me inscrevi em um curso on-line de duas semanas, que começaria no mês seguinte.

Um pequeno passo adiante. Eu já me sentia melhorzinha.

Folheei o caderno, planejando quantos arrependimentos eu poderia honrar antes da minha próxima visita a Claudia.

Louisa, uma freira que sempre teve vontade de pintar o cabelo de azul.

Una, uma CEO de um banco que nunca tinha patinado no gelo no Central Park.

Horace, um lixeiro que desejava ter ignorado as implicâncias de seus irmãos e aprendido a tricotar.

Talvez eu até adotasse um hamster para Guillermo.

42

A PARTE DE TRÁS DO MEU JEANS AINDA ESTAVA ÚMIDA pelas sucessivas quedas no gelo. E a julgar pela dor na bunda e nas coxas, eu tinha acabado de usar músculos que estiveram adormecidos durante anos. Mas enquanto me afastava mancando do rinque de patinação Wollman no Central Park, sentia que tinha sido útil.

Eu tinha andado pelo rinque, me desafiando a soltar o corrimão, imaginando Una patinando junto de mim, suas maçãs do rosto salientes ruborizadas. Tinha sentido o cheiro de castanhas assadas flutuando da barraquinha na Quinta Avenida. Tinha me maravilhado com os troncos das árvores de inverno contrastando com a geometria *clean* dos arranha-céus brilhantes. Tinha rido das crianças em seus casacos bufantes, invejando seus centros de gravidade baixos enquanto deslizavam sem medo passando por mim no gelo. Graças a Una, nunca me arrependeria de não ter patinado no gelo no Central Park.

Agora eu tinha que ir atrás de uma tinta de cabelo azul e de agulhas de tricô.

Procurei meu celular no casaco para ver no Google onde havia lojas de artesanato por perto e o senti vibrar com uma ligação.

Era um número que eu não tinha salvo, mas parecia cedo para me comprometer com um novo trabalho, mesmo que Claudia não tivesse muito mais tempo. Minha mandíbula se destravou quando vi que não era Sebastian ou Sylvie.

Liberei a calçada para deixar um grupo de corredores vestidos de neon passar.

— Alô, aqui é a Clover.

A única resposta que ouvi foi um latido.

— Alô? — repeti, um pouco impaciente.

— Ah, oi, Clover. — A voz familiar fez meu coração martelar. Outro latido animado. — Gus! Calma, cara. — Som de estabanamento com o celular. — Desculpa, Clover, espera um segundo.

— Hum, claro. — A paisagem do parque ficou desfocada enquanto minha mente disparava por todas as possíveis razões pelas quais Hugo teria me ligado. Talvez eu tenha esquecido meu cachecol no Curious Whaler.

— Pronto, voltei — disse Hugo. — Desculpa. Gus estava tentando perseguir um esquilo. Ah, e aliás, é o Hugo.

— Oi. — Esperei que a ansiedade que costumava desencadear com telefonemas batesse, mas isso não aconteceu.

— Espero que não tenha problema eu estar ligando. — Eu podia ouvir o sorriso em sua voz. — Pedi seu número para os meus amigos que são donos do hotel em que você ficou. Para ser honesto, estive me perguntando se seria assustador fazer isso, mas então decidi que você provavelmente ia querer saber.

— Saber o quê? — Uma energia inexplicável zunia sob minha pele.

— Bem, alguns dias depois de vocês estarem aqui, eu decidi por fim mexer em uma caixa de coisas do meu avô que ele tinha deixado no barco. Eu vinha protelando isso havia meses. — Sem dúvida eu me identificava com isso. — E tinha uma caixa de sapatos velha lá.

— Certo… — Ele ia revelar alguma coisa sensacional sobre como o avô escolhia calçados?

— Acontece que são todas cartas de Claudia e algumas que ele escreveu, mas que nunca mandou. Há uma foto dela lá também.

Patinar no gelo realmente tinha feito minhas pernas parecerem gelatina.

— Você leu alguma delas?

— Só uma. — A risada nervosa dele era enternecedora. — Mas era tão íntimo. Não de um jeito sexual, graças a Deus, mas apenas pelo anseio daquilo tudo. Eu fico tão triste por eles nunca terem conseguido voltar a ficar juntos.

O tom baixo e gentil da voz de Hugo era tranquilizador.

— Eu também.

— Mas eu estava pensando que vê-las e saber que ele as guardou poderia ajudar Claudia... se não for tarde demais. Como se eu pudesse fazer uma última coisa por ele. — Outro latido de Gus. — Como é que ela está?

Eu me lembrei da minha última conversa com Sebastian e me senti vingada — quem sabe as cartas fossem suficientes para convencê-lo a me deixar contar tudo para Claudia.

— Não acho que ela tenha muito mais tempo, uma semana na melhor das hipóteses, talvez. Provavelmente não daria tempo de você mandá-las para cá pelo correio. — Fiquei imaginando quanto custaria um portador desde o Maine. Mesmo que fossem algumas centenas de dólares, eu estaria disposta a pagar se isso significasse dar a Claudia uma pequena sensação de fechamento.

— Na verdade — disse Hugo, — Gus e eu estamos em Nova York agora. Tive que vir para uma coisa do trabalho. — Um carro de bombeiros gemeu confirmando. — Vamos voltar para casa hoje à noite, mas talvez eu possa te encontrar em algum lugar e deixar as cartas com você hoje à tarde.

— Hum, claro, seria ótimo. — Com o peito martelando, tentei loucamente pensar em um bom ponto de encontro. Depois da reação crítica de Sylvie ao meu apartamento, de jeito nenhum eu convidaria outra pessoa para entrar lá. — Tem um café gostoso no meu bairro que aceita cães. Posso te mandar uma mensagem com o endereço.

Era imprudente aceitar tão rápido me encontrar com uma pessoa que era praticamente um estranho? Ou como já tínhamos jantado juntos, talvez isso fizesse de nós conhecidos. Parecia tão fácil falar com ele.

— Ótimo — disse Hugo, radiante. — Não vejo a hora de te ver, Clover.

Minhas pernas já não doíam tanto.

* * *

Hugo estava usando o suéter de lã que eu tinha visto pendurado no gradil da casa-barco. Os nós trançados do tricô estavam justos em seus ombros largos e ele estava encostado na parede de tijolos na entrada do café. Quando sorriu em minha direção, quase me virei para conferir se era para outra pessoa atrás de mim. O calor que emanava dele parecia mais do que eu merecia.

Gus, que estivera aproveitando ao máximo o paraíso olfativo que era uma calçada de Nova York, veio trotando e descansou as patas dianteiras nas minhas coxas. Segurei sua carinha nas minhas mãos.

— Ei, Clover! — Hugo enrolou a coleira de Gus no pulso para mantê-lo em rédea curta. — Que bom que conseguimos fazer isso dar certo.

— Que bom que você me ligou. — Graças a Deus não tinha tido tempo de pintar o cabelo de azul.

— Pois é. — Aquele sorriso de novo. Ele indicou a velha caixa de sapatos debaixo do braço. — Que tal a gente entrar para ler isso tomando um café?

— Agora mesmo. — Atravessei rápido a porta que ele mantinha aberta e me perguntei se um coração poderia bater oitenta vezes por segundo.

O café estava ainda mais lotado do que da última vez que eu tinha ido ali, com Sylvie. Pareceram anos, não meses, desde aquele primeiro café juntas. Era difícil para mim admitir, mas eu sentia falta da companhia e dos conselhos francos dela.

O pânico revirou meu estômago enquanto eu perscrutava o lugar em busca de uma mesa vazia. Eu não tinha um plano B, mas, sobretudo, eu não queria decepcionar Hugo. O estômago se aquietou quando avistei uma única mesa livre: a minha favorita, no canto, de um só lugar.

— Aqui, senta, eu vou arrumar outra cadeira — disse Hugo.

Eu o vi se aproximar de duas mulheres do outro lado da sala, observando como elas jogavam os cabelos brilhantes e riam como se ele tivesse feito uma piada muito engraçada e não apenas pedido para usar a cadeira extra. Senti os olhos delas me examinando, questionando minha presença enquanto ele se sentava diante de mim. Até a garçonete entregou nossos cafés como se eu fosse uma ideia tardia, sua atenção presa apenas em Hugo enquanto ela pousava as bebidas entre nós. Fiquei grata por Gus estar com a cabeça encostada na minha perna debaixo da mesa.

Mas Hugo parecia ignorar todo mundo, menos eu.

Nas vezes em que estive com Sebastian, ele sempre parecia distraído, olhando para as outras mesas ao redor ou para o celular, como se estivesse conferindo se tinha alguma coisa mais interessante acontecendo. Gostei do jeito como Hugo ouvia atentamente o que eu falava, captando detalhes comuns e perguntando sobre eles como se realmente quisesse saber a resposta.

Quase esqueci que estávamos lá para ler as cartas.

Repassamos os envelopes amarelados, formando a linha do tempo. Depois que Claudia voltou da França, no verão de 1956, ela continuou escrevendo para o avô de Hugo, sobretudo a respeito de como ela estava em conflito sobre se casar e desistir da carreira na fotografia.

— Parece que ele tentou convencê-la a voltar para a França e se casar com ele — disse Hugo, dando uma olhada na carta que segurava. — Tem mais cartas dela?

Quando ele se inclinou para olhar dentro da caixa de sapatos, o joelho dele roçou na minha coxa debaixo da mesinha. Eu me concentrei em vasculhar os envelopes que restavam, em vez de na fraqueza que tomava as minhas pernas.

Uma carta era mais fina do que as outras.

— Só uma. — Peguei o cartãozinho delicado e li a letra cursiva perfeitamente inclinada de Claudia.

> *Hugo...*
> *Não estamos destinados um para o outro nesta vida... talvez nos encontremos na próxima.*
> *Você vai continuar no meu coração até lá.*
> *— Claudia*

Ficamos sem palavras, processando a revelação. O barulho do café lotado parecia distante, inconsequente.

— É isso? Nenhuma outra explicação? — Hugo franziu o cenho para o cartão. — É bem duro. Sabendo como o meu avô era sensível, isso deve ter deixado ele realmente arrasado.

Imaginei o anseio entre os dois jovens que se amavam, deixando-o tomar o meu corpo como se fosse meu. Não pude deixar de invejar a intimidade deles, mesmo que tivesse terminado em dor.

As cartas restantes tinham sido endereçadas a Claudia e ainda estavam lacradas.

— Nenhuma delas tem selo ou carimbo de postagem — eu disse, pegando a primeira. Parecia quase ilícito abri-las.

O avô de Hugo escrevia na maior parte em inglês com uns punhados de francês em fluxo de consciência.

— *Você mora nos meus momentos de vigília e nos meus sonhos* — li de uma carta em voz alta. — Uau. A não ser pela caligrafia ligeiramente ilegível, o inglês escrito dele era muito bom. E para um cara nos anos cinquenta, é extraordinário como ele estava em contato com suas emoções.

A tristeza endureceu o sorriso de Hugo.

— É, ele sempre foi assim… dizia que me amava sempre que me via.

— Isso é muito especial. — Bebi meu café, esperando que abrandasse a pontada de inveja.

Hugo assentiu.

— Eu tive sorte de tê-lo.

Abri o envelope seguinte e li a carta por cima.

— Parece que ele respondeu, pedindo que ela mudasse de ideia, mas ele nunca mandou a carta.

— Eu me pergunto por quê. — Hugo se inclinou para olhar a carta, e notei o toque de cedro e cipreste que eu tinha sentido do lado de fora do Curious Whaler. Queria poder capturá-lo de algum jeito para saborear mais tarde.

— Talvez simplesmente escrever essas cartas tenha sido um encerramento para ele — eu disse, passando o dedo ao longo de um vinco no papel da carta. — Ou ele estava respeitando o espaço e a escolha dela. É bem honrável se você parar para pensar.

Hugo olhou para a mesa, decepcionado.

— Me mata saber que ele viveu a maior parte da vida de coração partido. É estranho que eu meio que queira que ele tivesse lutado por ela?

Não pude deixar de sorrir. Era enternecedor como ele tinha uma empatia tão visceral com a dor do avô.

— Um pouco. Mas demonstra a que ponto você queria que seu avô fosse feliz. Eu acho isso muito gentil.

A determinação fez sua testa enrugar e sua postura se endireitar.

— Ele devia ter tentado dizer a ela que estava nos Estados Unidos, caso contrário, qual seria o sentido de ele se mudar para cá, sobretudo nos anos cinquenta? Eu conheço o meu avô, ele não desistiria tão fácil. — Ele vasculhou as cartas. — Parece que esta foi a última que ele escreveu.

Hugo pigarreou e começou a ler.

Minha querida Claudia,

Você sempre vai pensar que a última vez que nos vimos foi pela janela do trem quando você foi embora da estação de Marselha, naquele dia úmido de julho.

Mas, na verdade, foi em Nova York, em um dia de novembro com muito vento. Eu fui àquela livraria em Midtown, a que você me disse que era a sua favorita. A que você disse que ia sempre que precisava sentir conforto e segurança.

Era uma forma de ainda senti-la mesmo que você não estivesse lá. De quem sabe encostar nos mesmos livros em que você já tinha encostado, de admirar a mesma arquitetura que você tanto amava.

Mas você estava lá em carne e osso, com ele. Fiquei lá em cima no mezanino olhando com inveja. Ele colocou a mão nas suas costas e você sorriu para ele com aquele brilho no olhar — aquele que eu, tão egoísta, achei que existia só para mim.

Eu vim para Nova York por você. Se você não podia morar na França, eu me mudaria para cá por você. Mas naquele dia na livraria eu vi que você estava melhor sem mim. Você estava sendo cuidada e estava feliz. Então eu não disse nada. Acabei de ver você ir embora de mãos dadas com ele.

Você estava certa: esta não é a vida certa para nós dois. Eu vejo você na próxima.

— Nossa — disse Hugo, se recostando na cadeira de nogueira, que parecia encolher junto de seu corpo alto. — Ele se mudou para cá por causa dela e nunca lhe contou.

O calor que se acumulava no meu peito deu lugar à melancolia. Como se eu precisasse de outro lembrete de que o amor sempre acabava mal.

— Eles estavam tão perto de ficar juntos.

— Não faz sentido. Ele devia querer que eu soubesse a respeito, ou não teria deixado a caixa no barco. — Hugo apanhou a caixa de sapatos e começou a vasculhar as cartas metodicamente para ter certeza de que não tínhamos deixado nenhuma para trás. Quando nenhuma carta extra se materializou, ele as guardou de volta e tampou a caixa, frustrado.

Então ele segurou as minhas duas mãos e me olhou firme nos olhos.

— Clover, você tem que dizer a Claudia que ele ainda a amava.

Por um momento, esqueci como é que se respira.

43

Era Selma quem costumava atender a porta da casa de Claudia, mas quando cheguei no dia seguinte, quem a abriu foi Sarah, a irmã mais velha de Sebastian. Eu não a conhecia, mas minha primeira impressão foi de que a descrição que Sebastian dera dela era precisa — alta, aguçada e o tempo todo descontente.

— Clover, certo? — As rugas fundas entre suas sobrancelhas indicavam um cenho franzido em sua expressão facial neutra. — A minha avó está perguntando por você. Vamos subir. — Ela se virou bruscamente, me dizendo para segui-la.

No patamar do terceiro andar, duas mulheres que pareciam distorções de Sarah sussurravam, os rostos vermelhos e os cabelos desarrumados. Claire era a irmã do meio, Anne era a mais cheia e a mais nova — ambas me mediram sem disfarçar. Os quatro compartilhavam o mesmo nariz adunco, mas as irmãs herdaram a porção de altura que faltava a Sebastian na família.

— Vamos entrar? — Sarah gesticulou impaciente para a porta de Claudia.

Anne estava imperiosamente diante dela, como se tivesse sido posicionada ali por alguma autoridade superior.

— O meu pai está lá dentro com o médico. Vocês vão ter que esperar eles terminarem.

— Ela está consciente? — falei baixinho para desarmar a disputa de poder óbvia.

Os rostos das irmãs se voltaram para mim.

— Sim — Claire disse, solenemente. — Mas ela tem dormido muito.

— Isso é bem normal — falei. — O corpo dela está ficando mais fraco, sobretudo se ela não tem comido muito.

— Ela se recusa a comer qualquer coisa além de *donuts* — disse Sarah, o rosto contraído. — Tentei convencê-la a beber um suco verde, mas ela nem considerou isso.

Eu escondi um sorriso — adoraria ter visto a reação de Claudia à proposta.

A porta se abriu e um homem com o mesmo nariz aquilino saiu, com outro homem careca bem atrás dele.

— Pai, Roger, esta é Clover — Sarah disse sucintamente. — Ela está ajudando Selma e Olive a cuidar da vó.

— Ah, a doula da morte — Roger estrondou mais alto do que qualquer ambiente interno exigiria. — Tenho encontrado cada vez mais pessoas como você recentemente. Boa gente, vocês são.

— Obrigada. — Corei, evitando a expressão coletiva de julgamento das irmãs. — Como ela está?

Roger fechou a porta atrás de si.

— Não muito bem, receio. Eu diria que ela só tem mais ou menos um dia. — Ele olhou para a família de Sebastian. — Aconselhei todos a se despedirem enquanto podem.

Anne bufou um soluço e sacou um lenço de papel do bolso da calça jeans. O pai a observou estoicamente, mas não disse nada. Ninguém tentou consolá-la.

O corredor parecia lotado com tantos de nós juntos e eu conseguia sentir o cheiro de cigarro no blazer de Roger. A parede obstruiu minha tentativa de recuar e reaver algum espaço pessoal.

— Sebastian está vindo?

Não importa como seria para mim vê-lo pessoalmente, ele precisava estar ali para Claudia. Não queria de jeito nenhum que ele perdesse a chance de se despedir.

Sara revirou os olhos.

— Ele disse que logo estaria, mas está fazendo tudo no seu tempo tranquilo como sempre.

Quanto mais eu conhecia as irmãs de Sebastian, mais eu começava a entendê-lo melhor. Não era de admirar que tinha passado tanto tempo na casa de Claudia quando estava crescendo.

— Certo — eu disse. — Posso fazer companhia para Claudia por um tempo se houver algo de que vocês precisem cuidar. — Ela provavelmente precisava de um tempo de todas as visitas. — Eu aviso se a condição dela mudar de alguma forma.

— Obrigada. — Sarah conduziu todos pelo corredor. — Vamos estar lá embaixo, na cozinha, com a nossa mãe.

Claudia parecia ainda menor do que quando eu a tinha visto pela última vez dois dias antes. Os olhos dela se abriram quando a porta se fechou e ela conseguiu abrir um ligeiro sorriso.

— Ah, graças a Deus. Achei que eram minhas netas de novo para me inundar com suas opiniões extenuantes e sua histeria emocional. — Respirações curtas pontuavam suas frases. — Eu estava morrendo de vontade de ver você, Clover. Trocadilho absolutamente intencional, pois qual é o sentido de estar à beira da morte se não puder usar jogos de palavras?

Eu me sentei na cadeira mais próxima da cama e apertei a mão dela entre as minhas.

— Também estou feliz de ver você.

— Pela cara de todo mundo, parece que deram de vez minha sentença de morte. — Claudia virou a cabeça para olhar nos meus olhos. — Diga a verdade, minha querida. Você é a única que sempre faz isso.

Sorri de volta calmamente.

— Sim, acho que está quase na hora. Como você está se sentindo a respeito?

— Honestamente? Eu sei que a minha família tem boas intenções, mas não aguento essa agitação toda deles. — O lampejo característico voltou brevemente aos olhos dela. — Eu tenho fingido estar dormindo para que me deixem em paz por um tempo.

— Continuar em seus próprios termos até o fim, muito bem. — Uma rede de veias marcava suas bochechas pálidas. — Tudo bem eu estar aqui? Posso deixar você descansar, se quiser.

Claudia apertou minha mão.

— Fique, por favor. — Ela estava aos poucos ficando mais alerta. — Que tal você me contar sobre essa caixa de sapatos que tem debaixo do braço? Imagino que não seja um presente de despedida.

Coloquei a caixa no meu colo.

— Para dizer a verdade, meio que é, sim.

— Ah? — Claudia se animou ainda mais. — Então me conte.

Pensei em trancar a porta atrás, mas decidi que seria difícil explicar se alguém tentasse entrar. Coloquei a cadeira de costas para ela, o que me daria tempo para esconder as cartas, se fosse necessário.

— Bem, depois que você me contou sobre Hugo, fiz umas pesquisas e desenterrei umas coisas com a ajuda de uma amiga minha.

Os olhos de Claudia se arregalaram.

— E o que você… desenterrou?

Eu inspirei, me preparando para dizer o que eu tinha praticado tantas vezes na minha cabeça.

— Nós descobrimos que ele na verdade se mudou para os Estados Unidos, não muito tempo depois que você foi embora da França, e que estava morando no Maine até pouco tempo.

Fiz uma pausa para deixá-la processar a notícia.

A confusão nublou o rosto de Claudia.

— Não estou entendendo.

— Ele veio para Nova York atrás de você. — Talvez eu estivesse um pouco efusiva. — Mas aí ele viu você com seu marido e achou que pareciam muito felizes, então decidiu não falar com você. — Não é o relato mais romântico da história, mas foi um bom resumo.

Lágrimas escorreram dos cílios inferiores de Claudia.

— Ele veio por minha causa?

— Veio!

— Você quer dizer que… ele ainda está vivo?

Essa era a parte pela qual eu não ansiava. Eu apertei a mão dela mais forte.

— Infelizmente, nós descobrimos que ele faleceu há alguns meses — eu disse suavemente, desejando que houvesse um jeito melhor de dar a notícia. — Sinto muito, Claudia.

Esperei alguns minutos para deixá-la processar o momento. Quando finalmente falou, sua voz era baixa.

— Eu presumi que ele já tinha ido há muito tempo, mas a morte é de alguma forma menos dolorosa quando é hipotética.

— Bem, só que nós encontramos outra coisa: o neto dele. — Tirei a tampa da caixa de sapatos. — Ele nos deu estas cartas que Hugo escreveu, dizendo que você era o amor da vida dele, que ninguém nunca chegou perto de você.

— Ele disse isso? — Era a primeira vez que eu via Claudia alvoroçada.

Eu esfreguei o ombro dela, onde quase nada separava o osso da pele.

— Você gostaria que eu as lesse para você?

Lágrimas começaram a escorrer suavemente pelo rosto dela, descendo pelas rugas das suas bochechas como leitos de rios.

— Por favor.

Passei as duas horas seguintes lendo as cartas em voz alta, parando a pedido de Claudia para repetir certas passagens.

— Eu me lembro daquele dia de novembro na livraria — sussurrou ela, enquanto eu dobrava a última carta de Hugo. — Meu marido e eu tínhamos discutido naquela manhã porque ele não permitia que eu saísse de casa vestindo calças. Eu estava com tanta raiva, então fugi para a livraria, que parecia ser o único lugar onde poderia ser eu mesma. — Ela fechou os olhos, viajando de volta. — Ele me encontrou lá e se desculpou como sempre fazia, com seu jeito tão charmoso, e eu me dei conta de que tinha poucas opções a não ser perdoá-lo.

Essa coisa toda estava realmente me fazendo valorizar a minha liberdade.

— Você pensou alguma vez em voltar para a França e ficar com Hugo?

O sorriso cansado de Claudia era um misto de alegria e melancolia.

— Depois que escrevi minha última carta para ele, disse a mim mesma que, se ele respondesse tentando me fazer mudar de ideia, eu iria. — O sorriso dela desapareceu. — Mas ele nunca me escreveu.

— Bem, ele escreveu, mas simplesmente não enviou a carta. Mas o neto dele me disse que ele te amou até o dia em que morreu. Você sempre foi o grande amor dele.

A curva dos dedos de Claudia em volta da minha mão relaxou e ela fechou os olhos de novo.

— E ele o meu.

Com um subir e descer constante de seu peito, ela caiu em um sono satisfeito.

Surpresa com a abertura repentina da porta do quarto, juntei correndo todas as cartas e enfiei a caixa de sapatos dentro da minha bolsa. Fiz de tudo para não parecer culpada.

— Ei. — Sebastian estava melancólico na porta, segurando o cachecol entre os punhos. — Fiquei sabendo que você conheceu as minhas irmãs.

— Conheci. — Abri um sorrisinho. — Deve ter sido meio difícil quando você estava crescendo.

— Isso é um eufemismo.

Mesmo através dos óculos, dava para ver que Sebastian estava exausto. E parecia que ele não se barbeava fazia alguns dias. Mas, quando sorriu de volta, cansado, me dei conta de que o ressentimento latente que eu sentia desde a nossa viagem tinha ido embora. Naquele momento eu só sentia pena dele. Perder alguém que você ama é realmente uma droga, e não há nada que alguém possa dizer para fazer doer menos. Eu estava quase prestes a abraçá-lo.

Em vez disso, me levantei da cadeira e gesticulei para ele se sentar.

— Claudia acabou de cair no sono tem alguns minutos, mas tenho certeza de que ela adoraria que você se sentasse e conversasse com ela.

O corpo de Sebastian ficou tenso, mas ele seguiu minha indicação. Quando fechei a porta ao sair, ouvi ele começar a contar sobre um podcast que tinha acabado de ouvir.

A luz do início da noite destacou a madeira caramelo do violoncelo na biblioteca de Claudia, onde eu estava sentada folheando uma biografia de Henri Cartier-Bresson. Eu queria mandar uma mensagem para Hugo dizendo o quanto as cartas tinham sido importantes para Claudia, mas parecia cedo.

— É estranho, não é, como a minha avó está literalmente em seu leito de morte e ninguém na minha família quer falar a respeito?

Sebastian estava encostado na estante junto da porta. Quando desci para tomar um gole de água, sua família estava falando sobre tudo, exceto a única coisa que se negavam a aceitar.

— Na verdade, não — eu disse, pousando o livro. — Muitas pessoas acham difícil falar sobre a morte, mesmo quando está acontecendo. Mas você fez o melhor que pôde para ajudar a sua avó a passar por tudo. Eu sei que ela valoriza isso.

— Acho que sim. — Sebastian se sentou ao meu lado e pegou o peso de papel de baleia da mesa de centro. — Mas na verdade foi você que passou o tempo todo com ela.

— É verdade, mas foi você quem me encontrou, porque queria ajudá-la.

Ele passou a baleia distraidamente de uma mão para a outra.

— É só que eu sinto que poderia estar fazendo mais, sabe? Em vez de simplesmente ficar sentado aqui, esperando que ela morra.

Olhei para a bolsa de pano ao lado da minha perna, me perguntando se devia contar a ele sobre as cartas. Naquele momento, isso provavelmente só complicaria as emoções com as quais ele já estava lidando. Talvez eu pudesse contar um dia, quando sua ferida não estivesse tão aberta.

— Você acha que já disse tudo que precisa dizer a ela?

— Quer dizer, eu disse o quanto ela foi importante para mim e que sou grato por tê-la como minha avó. — Ele olhou para as mãos, constrangido. — A gente nunca diz de fato "eu te amo" nessa família. Soaria meio forçado se eu fizesse isso.

E eu me sentiria hipócrita se tentasse convencê-lo do contrário.

— Ela sabe como você a ama, mesmo que você não diga.

— Talvez. — Sua respiração profunda pareceu exagerada, até que me dei conta de que ele estava se preparando para falar outra coisa. — Clover — disse ele, colocando o peso de papel de volta na mesa. — Sinto muito por como as coisas acabaram se saindo na nossa viagem para o Maine. Eu fui meio escroto com você, mesmo antes dela. Mas eu quero que você saiba que eu acho você ótima, e que é incrível o que você faz por pessoas na situação da minha avó.

Eu definitivamente não estava esperando por isso.

— Ah, obrigada. E me desculpe por ter reagido daquela maneira. Acho que doeu bastante porque muito do que você disse era meio que verdade. — Foi surpreendentemente catártico admitir isso.

Tique-taque. Tique-taque. Tique-taque.

O ritmo do velho relógio de pêndulo na parede de repente pareceu muito mais alto do que o normal. Pelo menos ele destilava o silêncio.

Sebastian começou a bater a perna.

— Então, há outra coisa que eu provavelmente também devia te dizer.

Como as últimas semanas tinham sido cheias de revelações sensacionais, não fiquei realmente surpresa que houvesse outra. Preparei-me para o que estava por vir.

Ele se voltou para mim.

— Sei que você disse que queria desacelerar as coisas entre nós até a minha avó... você sabe.

— Sim.

— Bem, acontece que eu meio que voltei com Chrissie.

— Chrissie? — Franzi a testa tentando associar o nome a um rosto.

— A gente a encontrou quando estava no bar aquela vez, lembra? — Ele me olhava com cautela.

As três morenas.

— Ah, sim, me lembro. — Eu me preparei para tudo o que poderia sentir diante dessa notícia: rejeição, ciúme, traição, mas só consegui identificar uma emoção.

Eu me senti muito, mas muito aliviada.

Até conferi duas vezes para garantir que não estava mentindo para mim mesma ao entorpecer os outros sentimentos. Não. Estava definitivamente aliviada. Mas talvez eu devesse fingir estar um pouco decepcionada.

— Obrigada mesmo por me contar isso. — Eu esperava que não soasse indiferente.

— Claro. — Sebastian parou de bater a perna. — Sinto muito que as coisas não tenham funcionado entre nós, acho que não foi o momento certo, né?

— Pois é.

A batida na porta, por outro lado, parecia ter acontecido no momento certíssimo. Até que vi a expressão no rosto de Selma.

— Acho melhor vocês virem — disse ela sobriamente.

Assim que entramos no quarto de Claudia, senti aquele cheiro distinto, ainda que indescritível.

Embora estivesse difícil para ela respirar, Claudia ainda estava consciente.

— Vou chamar todo mundo lá embaixo — disse Selma, sua conduta em geral oficiosa tinha suavizado.

Sebastian ficou congelado na porta.

— Ah, eu já volto. — Ele se virou de uma vez e saiu.

Eu me sentei ao lado de Claudia, descansando minha mão em sua testa.

— Obrigada por me trazer um pouco de paz — Claudia sussurrou. — Tem tanta coisa que eu lamento nessa vida, e você está me ajudando a ir embora com a alma um pouco menos sobrecarregada para a próxima. — Ela parou para retomar o fôlego. — E eu estou pronta para a próxima.

— Aposto que ele está esperando por você lá. — Nem parecia um embelezamento misericordioso.

Claudia se recostou no travesseiro.

— Aprenda com meus erros, minha querida. — Cada palavra mais baixa, mais em staccato do que a última. — Não deixe o grande amor passar ao seu lado porque você tem medo demais do desconhecido.

Sebastian reapareceu, arrastando seu violoncelo para o quarto, o pé do instrumento batendo nas saliências do tapete. Ele puxou outra cadeira junto da cama e apoiou o instrumento entre os joelhos.

— Imaginei que talvez você gostaria de ouvir uma música, vó — disse ele com carinho.

Claudia assentiu sonolenta.

Sebastian posicionou a mão no alto do braço do instrumento, os dedos pairando sobre as cordas. Sua cabeça assentiu enquanto ele silenciosamente contava, então puxou o arco junto a corda mais grave formando uma longa nota que se transformou em uma balada lenta de Billie Holiday.

Eu me levantei e fui para o canto ao lado de Selma, enquanto o restante da família entrava no quarto.

Reunidos ao redor da cama de Claudia, eles deixaram que a música de Sebastian dissesse o que eles não conseguiam.

44

A caminhada do Upper West Side ao meu apartamento levou quase duas horas, mas mal notei o tempo passar. O mundo parecia um pouco mais vazio — como sempre acontecia quando um dos meus clientes acabava de falecer —, mas dessa vez o buraco era mais embaixo. Eu já sentia falta da espirituosidade e do calor de Claudia.

É engraçado como você não percebe o quanto a presença de alguém é importante até que ela não esteja mais lá.

Eu não me importei de ter desacelerado por causa do bando de alunos da escola serpenteando aos pares ao longo dos limites do Central Park. Eles não podiam ter mais de sete anos. Se tivessem a sorte de viver tanto quanto Claudia, significava que ainda teriam oitenta anos de vida pela frente. Perguntei-me quanto tempo levaria até que aquele olhar de maravilhamento nos olhos deles embotasse e sua curiosidade parasse de arder. Quando viver deixava de ser um privilégio para se tornar um hábito e os anos corriam despercebidos.

— Que tal uma foto, gata? — Um homem com uma fantasia barata de Batman estava diante de mim, as mãos na cintura e o peito estufado.

Eu estava tão absorta nos meus pensamentos que a rota da minha caminhada de alguma forma tinha ido dar no quarteirão triangular banhado de neon que qualquer nova-iorquino que se preze evita. Mas, apesar dos outdoors brilhantes, dos artistas de rua concorrentes, da mistureba de línguas e sotaques falados em volumes detestáveis, hoje achei a Times Square estranhamente reconfortante. A energia, o barulho e o movimento frenético eram todos símbolos de vida. De caminhos que se cruzam, de momentos fugazes que evaporam, de lembranças sendo entalhadas em memórias. E, acima de tudo, de uma bênção de ignorância de que sua vida pode acabar a qualquer momento.

Fiquei parada, bem no meio disso, me permitindo pela primeira vez ser a alga que balançava, e não o peixe que avançava disparado. Fechando os olhos, senti a mistura confortavelmente familiar de *pretzels* defumados, lixo apodrecendo e fumaça de escapamento, e deixei o caos auditivo atingir os meus tímpanos.

Eu ainda estava aqui, ainda estava viva.

Ou talvez eu estivesse apenas existindo por hábito.

George estava sentado no escuro em sua caminha quando cheguei em casa — eu tinha me esquecido de deixar a luz do apartamento acesa antes de sair naquela manhã. Ele apertou os olhos quando acendi a lâmpada, mas não se mexeu. Enquanto meus próprios olhos se acostumavam, notei uma coisa descansando debaixo do seu queixo.

O caderno de ARREPENDIMENTOS, aberto. Ele devia ter caído de algum jeito da prateleira — estranho, já que estava bem encaixado. Corri para resgatá-lo, rezando para que não estivesse cheio de baba, deixando todos os arrependimentos ilegíveis. George grunhiu enquanto eu tirava sua cabeça de cima dele.

Suspirei aliviada. Eu ainda conseguia distinguir o nome na página através da tinta borrada.

Doris Miller.

A saliva seca tinha enrugado as linhas onde o arrependimento de Doris estava escrito, mas a entrada ainda era legível. E mesmo que não estivesse, eu a conhecia de cor.

Eu gostaria de ter sabido que ia morrer sozinha.

Eu estava lá, é claro, segurando a mão de Doris na casa de repouso, então tecnicamente ela não tinha morrido sozinha. Mas viveu a vida na solidão, se agarrando firmemente aos rancores, afastando as pessoas que tentavam amá-la, nunca se permitindo ser vulnerável.

— Sempre disse a mim mesma que não precisava de ninguém. — Eu me lembro da única lágrima que rolou pelo seu rosto quando ela disse isso, sua pele pálida combinando com o tom deprimente das paredes da casa de repouso. — Mas agora cá estou eu, morrendo só, com uma estranha para segurar a minha mão, e deixo o mundo sem amor. Ninguém vai sentir minha falta.

Queria dizer que eu sentiria falta dela, para de alguma forma aliviar sua solidão. Mas não queria mentir.

George se encolheu quando fechei o caderno e o coloquei de volta na prateleira, como se a distância tornasse as palavras de Doris menos verdadeiras. Graças àquele caderno, eu tinha me salvado preventivamente de muitos arrependimentos potenciais na vida. Mas o dela parecia mais uma profecia sobre a qual eu não tinha controle.

Ao lado dos cadernos, as lentes dos binóculos brilhavam com o reflexo da luz da lâmpada. Eu os apanhei, apertando-o nas duas mãos como se deslizasse em um velho par de luvas. Um entusiasmo conhecido percorreu meu corpo.

George tombou a cabeça curioso enquanto eu seguia até as janelas e erguia as persianas devagar para que a luz da rua se espalhasse pelo assoalho de madeira. Minha pulsação martelou nos ouvidos enquanto eu ajustava o foco, me preparando para o que poderia ver.

A janela em frente brilhava, mas a sala estava vazia.

Joguei o binóculo no sofá, indignada comigo mesma.

O som de vidro tilintando veio da rua abaixo. Quando voltei a olhar pela janela para investigar, uma figura conhecida estava ao lado da escadaria do nosso prédio, o rabo de cavalo balançando enquanto jogava várias garrafas na lixeira de recicláveis.

Talvez eu de fato tivesse o controle, afinal.

Antes que eu pudesse pensar duas vezes, apanhei o saco de reciclagem da cozinha e me obriguei a sair pela porta da frente.

Sylvie estava prestes a subir as escadas quando saí. Ficamos paradas — eu no alto, ela embaixo — nos observando como se esperássemos para ver quem daria o primeiro golpe. Eu sabia que tinha que ser eu.

— Oi, Sylvie.

Eu nunca a tinha visto surpresa até aquele momento.

— Ah, oi, Clover. — A exclamação que geralmente acompanhava seus cumprimentos estava claramente ausente. — Quanto tempo.

— Pois é. — Eu queria desesperadamente romper o contato visual, mas me forcei a mantê-lo. — Desculpa, não tenho ficado muito por aqui. — Não era exatamente o pedido de desculpas que eu pretendia, mas eu poderia continuar trabalhando nele. Ergui o saco que segurava. — Nossa, essas latas de comida de gato estão realmente fedidas.

Pensei ter identificado um sorriso nos olhos de Sylvie.

— Achei que você estava ocupada com o trabalho. — Ela se encostou no corrimão. — Como está Claudia?

— Na verdade ela faleceu esta tarde. — Parecia cedo demais para dizer essas palavras, mesmo que fossem verdadeiras. A morte parecia estranhamente temporária a princípio.

— Ah, C., eu sinto muito. — Desta vez o sorriso chegou aos seus lábios. Eu tinha esquecido como ele era reconfortante.

Dei de ombros.

— Faz parte do trabalho.

— É, mas isso não torna as coisas mais fáceis, eu sei que você se importava com ela. — Sylvie subiu um degrau e parou. — Você acabou encontrando Hugo?

Levei um tempo para me dar conta de que ela estava falando do Hugo da Claudia — ela nem sabia que o outro existia. Eu me senti culpada por tudo que vinha escondendo dela.

Desci um degrau.

— Mais ou menos. É uma longa história. — Era tão tentador me esquivar do pedido de desculpas que eu devia a ela, mas se Sebastian era capaz fazer isso, eu também era. — Mas primeiro quero dizer que sinto muito pelo modo como agi da última vez que te vi.

Sylvie cruzou os braços e sorriu.

— É, aquilo foi meio estranho.

— Não é da minha conta quem você beija e com quem as pessoas são casadas.

— Você está certa — disse ela, franca, mas não indelicada. — Sabe, eu mencionei o seu nome para Bridget, e ela disse que não conhece você.

— Ah, eu não a conheço de fato. — O suor das minhas palmas grudava no saco plástico. — Acho que já a vi no mercadinho da esquina algumas vezes. Devo ter confundido ela com outra pessoa.

— Acho que sim. — Um brilho de malícia cintilou nos olhos de Sylvie. — Mas quando mencionei que você morava um andar acima do meu, Bridget se deu conta de que você devia morar bem em frente a ela e Peter, marido dela. E ela me perguntou se você assistia a muitas comédias românticas dos anos noventa.

Uma risada estranha escapou da minha garganta.

Sylvie parecia estar gostando de me ver envergonhada.

— Ao que parece, eles conseguem ver o seu apartamento do deles. Ela disse que os dois nunca viram você porque seu apartamento fica sempre tão escuro, mas que têm uma visão muito boa da tela da sua TV.

— Jura? — Eu não tinha certeza se me senti aliviada ou violada. — Acho que talvez eu tenha visto os dois algumas vezes também. Devem ser aqueles que assistem *Game of Thrones*.

Certa de que Sylvie não acreditaria na minha mentira, me preparei para o interrogatório. Mas ele não veio.

— Só para constar — ela disse —, Bridget e Peter têm um relacionamento aberto. Eu conheci os dois no Tinder. Na verdade, eu tenho saído, e ficado, com os dois nas últimas semanas. Eu realmente gosto de como me sinto junto deles. Vamos os três para Catskills no fim de semana que vem.

— Ah. — Meu Deus, como eu era ingênua. — Desculpe ter insinuado… outra coisa. E estou feliz por eles fazerem você feliz. — Eu realmente queria dizer isso.

— Agradeço por se desculpar. — Sylvie subiu mais um pouco para que ficássemos no mesmo degrau. — Agora, podemos voltar a ser amigas?

— Seria legal. — O mundo de repente parecia mais brilhante, menos inevitável.

— Ótimo! Venha jantar amanhã à noite e você pode me contar tudo sobre o Hugo! — Foi tão bom voltar a ouvir aquele ponto de exclamação.

Sylvie continuou subindo os degraus até a porta de entrada, então parou.

— Ah, e Clover, sabe o que é engraçado? Bridget disse que eles sempre brincaram que deviam comprar binóculos para ver melhor o seu apartamento.

Quando ela entrava no prédio, tive certeza de que ela deu uma piscadinha.

45

Apesar da declaração de Claudia de que todos os seus amigos estavam mortos, o enterro estava lotado.

Eu só ia aos enterros dos clientes se a família pedisse, ou, no caso de Doris, se ninguém mais aparecesse. Claudia havia feito o pedido pessoalmente — e era difícil recusar o convite de alguém para seu próprio funeral.

— Alguém precisa ficar de olho nas coisas — ela me disse.

Ainda assim, preferi me manter discreta. Abrindo caminho pelos grandes degraus da frente da igreja neogótica, vi Sebastian preso em uma conversa educada com duas mulheres idosas de chapéus elaborados. Pelo seu constante assentir, ficou claro que ele mesmo não conseguia encaixar uma palavra. Embora eu sentisse pena dele, especialmente hoje, era engraçado ver que ele tinha encontrado correspondentes de oratória. Eu chamei sua atenção e acenei enquanto tomei lugar na última fileira de bancos.

A família de Claudia tinha seguido pelo menos alguns dos desejos de como deveria ser o serviço funerário que tínhamos anotado no fichário da morte. Os vasos de hortênsias ao longo do altar. O jazz animado em vez do costumeiro bordão do órgão "perversamente deprimente". Nenhuma fotografia enorme dela sobre um cavalete junto do caixão.

— Essas fotos são sempre terrivelmente desconcertantes e é muito raro que tenham sido bem tiradas — Claudia proclamou quando declarou sua opção. — Não quero que todo mundo sinta que estou ali pairando sobre eles.

Mas ela permitiu que uma seleção de suas fotos das quais ela gostasse fossem impressas no folheto. Sorri enquanto o olhava. Havia algumas vinhetas das ruas de Nova York, mas todas as imagens em preto e branco restantes tinham sido claramente tiradas no sul da França. A imagem final — a única da própria Claudia — a mostrava em seus vinte e poucos anos sentada em uma pedra com vista para o Mediterrâneo, com um lenço de seda estampado amarrado em volta dos cabelos escuros. Mesmo em monocromo, sua pele apresentava um brilho de bronzeado. E enfiado debaixo de seus joelhos dobrados estava um Jack Russell de três pernas.

Claudia deixara claro quem ela planejava encontrar na vida após a morte.

Os enlutados deslizavam lado a lado como peças de Scrabble em apoios de madeira. Uma boa parte do público era grisalha, mas havia muita gente da minha idade, provavelmente amigos de Sebastian e de suas irmãs. Tentei imaginar como seria ter tantas pessoas dispostas a sair e apoiar você em um momento de dor.

A cerimônia em si sem dúvida não refletia os desejos de Claudia. Em vez de ser curta e otimista, com bem pouca afirmação religiosa, foi longa, melancólica e devota. E também meio chata.

Funerais tinham isso — não importa o quanto você tente controlar o show, uma vez que você morreu, está fora do seu alcance.

O farfalhar inquieto dos folhetos se agitava pela igreja, enquanto o pai de Sebastian fazia um discurso fúnebre seco e autorreferencial que não capturava nenhuma das melhores qualidades de Claudia — seu humor espirituoso, seu senso de aventura flamejante. Eu esperava que todos estivessem meditando sobre elas em silêncio, mas era difícil captar o estado emocional das pessoas olhando para a nuca delas.

O discurso se arrastou — Sebastian obviamente tinha herdado sua verbosidade. Ao examinar os bancos da frente, o localizei entre Claire e Anne, os ombros sacudindo no ritmo de seus soluços.

Para não bocejar, comecei a contar os arcos no teto abobadado da catedral. Como meu avô tinha me criado agnóstica, eu não ia muito a igrejas a não ser para funerais. O drama arquitetônico daquela parecia condizente com a personalidade extrovertida de Claudia. Mas quando me voltei para os fundos da igreja, perdi a conta na hora.

Uma silhueta conhecida contra a luz do sol na porta. Alta, mas não muito esguia. Uma cabeça inclinada, em deferência, cachos contidos à formalidade com uma mão pesada de produtos para cabelo.

Hugo. Aqui em espírito e sangue — nem que fosse através de um neto.

Como se sentisse meus olhos sobre ele, ergueu a cabeça e olhou direto para mim. Mantendo a mão na altura da cintura, seu aceno foi discreto, mas seu sorriso, genuíno.

Depois que retribuí o sorriso e nós dois nos voltamos para o altar, me dei conta de que meu corpo inteiro estava formigando.

Após a música, saí discretamente pela porta lateral da igreja e tentei não dar na cara ao buscar por cachos naquele mar de cabeças. Não foi difícil identificar Hugo no pé da escada — é difícil desaparecer quando você é trinta centímetros mais alto do que a maioria das pessoas. Sempre suspeitei de que o motivo pelo qual meu avô usava tons de verdes suaves e neutros era para se camuflar no ambiente urbano.

Desta vez, o aceno de Hugo foi entusiasmado. Ele veio em minha direção, parando um degrau abaixo para que a gradação anulasse nossa diferença de altura.

— Oi, Clover — ele sorriu. Eu gostava de como o volume da voz dele era consistentemente manso, como se ele estivesse falando em uma biblioteca ou quando as luzes diminuíam antes de uma apresentação de teatro.

— Oi, Hugo. — Era estranho sentir uma familiaridade tamanha com alguém que eu mal conhecia.

— Espero que não tenha problema eu estar aqui — disse ele, olhando em volta para os outros enlutados. — Depois que você me mandou a mensagem avisando que Claudia tinha falecido, pensei em quanto significaria para o meu avô se eu viesse prestar sentimentos em nome dele. E depois que eu vi, no obituário, que o funeral ia ser realizado nesta igreja, que não é exatamente pequena, então imaginei que talvez pudesse passar despercebido. — Ele deu um tapinha no topo de sua cabeça. — Bem, até onde a minha altura me permite.

— Claudia teria adorado a sua presença aqui. — Agora que nossos olhos estavam quase na mesma altura, notei as pintinhas âmbar em seus olhos cinzentos. — Ler essas cartas e saber que o seu avô veio atrás dela a ajudou de verdade a ter um pouco de paz.

— Estou feliz que ela tenha visto as cartas antes de, bem, você sabe... — Hugo acertou a gola do casaco. Ele ficava bem elegante quando se arrumava.

— Chegamos bem na hora. — Olhei por cima do ombro dele, esperando que a breve pausa no contato visual acalmasse o meu nervosismo. — Estou com as cartas em casa, se as quiser de volta. Eu ia mandá-las para você.

— Sim, eu adoraria ficar com elas, se você não se importar. Elas fizeram com que eu me sentisse muito mais perto dele. Sabe, poder conhecê-lo quando era jovem, em vez de só como meu avô.

— É claro. — Vi Sebastian subindo os degraus em nossa direção, Chrissie o seguia em um vestido rosa curto que, apesar da minha falta de experiência, não parecia apropriado para um funeral. — Mas eu estava pensando em escaneá-las primeiro, se não for um problema. Ainda não contei a Sebastian sobre elas, mas pode ser que ele queira vê-las um dia.

— Boa ideia. — Quando Sebastian chegou junto dele, Hugo estendeu a mão para cumprimentá-lo. — Ei, Sebastian, sinto muito pela sua perda. Mesmo quando sabemos que vai acontecer, não fica mais fácil.

— Obrigado, cara, obrigado. — Sebastian me olhou de lado e depois de volta para Hugo como se estivesse montando um quebra-cabeça.

— Espero que você não se importe de eu ter vindo — disse Hugo. — Vi o obituário no jornal e quis dar meus pêsames.

A explicação pareceu deixar Sebastian um pouco mais relaxado.

— Nem um pouco. É uma pena que você não tenha conhecido a minha avó.

Hugo deu um tapinha no bolso do peito.

— Estou ansioso para ler o folheto. A fotografia dela está linda. — Ele se virou para Chrissie, que estava pairando rígida atrás de Sebastian, e sorriu. — Olá, eu sou Hugo.

Sebastian parecia ter acabado de lembrar que ela estava ali.

— Ah, desculpa, esta é Chrissie. — Ele olhou brevemente para mim. — E vocês já se conheceram.

Chrissie enlaçou o braço possessivamente no cotovelo de Sebastian.

— Ah, sim, no bar. Qual é o seu nome mesmo? — A voz dela era bem melosa, como eu me lembrava.

— Clover.

— Que fofo — disse ela de um jeito que me fez me perguntar se era um elogio.

— Sebastian! — Sarah estava andando rapidamente em nossa direção, se equilibrando sobre saltos agulha, com uma criança se contorcendo no colo. — Estamos voltando para casa para terminar os preparativos antes que todo mundo chegue para o velório. Ah, oi, Clover, que bom que você veio. — Sarah olhou para Hugo hesitante.

— Oi, Sarah — eu logo disse. — Este é Hugo.

Os olhos de Sarah dardejaram entre Hugo e eu.

— Prazer em conhecê-lo. Vocês dois vão conosco para o velório?

O rosto de Hugo se iluminou.

— Sem dúvida.

Pela primeira vez o rosto de Sarah implicava que ela estava aprovando alguma coisa.

— Ótimo! — Sua expressão se tornou autoritária quando ela se voltou para o irmão. — Sebastian, você vem com a gente?

Ele se endireitou como um cachorrinho sendo puxado.

— A gente já vai — disse ele, olhando para nós como se tentasse entender com o que a irmã tinha ficado tão satisfeita. — Vejo vocês mais tarde então.

Eu tinha planejado passar só uma hora cortês no velório, então fiquei grata quando Hugo me disse que tinha que ir e perguntou se eu queria uma carona.

— Você disse que mora no West Village, não é? Estou ficando com um amigo no Brooklyn, então posso te deixar no caminho, se quiser.

— Seria ótimo. — Eu nem ia pedir para que ele me deixasse a alguns quarteirões do meu apartamento.

Procurei Sebastian na sala cheia e percebi que era a primeira vez que via aquele lugar com algum sinal de vida. Ele estava sendo requisitado de novo pela dupla de chapelões da igreja. Quando chamei sua atenção e dei a entender que estava indo, ele olhou de volta impotente e acenou resignado. Embora eu estivesse secretamente aliviada por nossa despedida poder ser limitada a uma simples troca de gestos, ainda senti uma pontada de tristeza. Passamos por tanta coisa no último mês — seria estranho ele não estar por perto. Talvez nós pudéssemos ser amigos um dia.

Enquanto eu desviava de um corredor polonês de nova-iorquinos endinheirados na saída, uma mão agarrou meu antebraço. Com uma criança diferente se contorcendo no colo, Sarah se inclinou para longe do marido, em direção à minha orelha esquerda.

— Esse seu cara é bonitão. — Ela indicou Hugo, que estava esperando pacientemente na porta de entrada. — Bom para você.

— Ah, obrigada. — Eu não me dei ao trabalho de corrigi-la.

Sarah e Claudia não tinham a mesma opinião sobre sucos verdes, mas seu gosto por homens ainda parecia seguir a mesma linhagem.

Quando o carro de aplicativo parou na frente do meu prédio, parecia que só alguns minutos tinham passado desde que saímos do Upper West Side. Hugo se inclinou entre os bancos da frente para se dirigir ao motorista, um colombiano com uma pele coriácea velha e cabelos como palha de aço.

— Ei, cara, pode esperar alguns minutos, por favor? Fique à vontade para encerrar a corrida e reiniciá-la, para que você seja pago pelo seu tempo.

Estávamos no alto dos degraus na frente do meu prédio, o brilho da tarde se tornando um crepúsculo melancólico.

— Foi muito bom ver você — disse Hugo. — Eu gostaria de não ter que sair correndo, mas prometi ao meu amigo que o encontraria para tomar um drinque e eu realmente não posso dizer não, já que estou dormindo no sofá dele e ele está tomando conta do Gus agora.

— Sem problema. — Fiz de tudo para soar indiferente. — Agradeço mesmo a carona para casa, obrigada.

O motorista nos observava, com expectativa.

Hugo enfiou as mãos nos bolsos e olhou para as copas das árvores.

— Então... eu vou estar na cidade na semana que vem, talvez um pouco mais. E se a gente se encontrasse para tomar um café de novo... e eu poderia pegar aquelas cartas?

É claro que era das cartas que ele estava atrás. Eu senti vergonha por ter me permitido pensar o contrário, nem que fosse por um segundo.

— Sim, claro. Vou digitalizá-las amanhã para que estejam prontas para você levar quando quiser.

— Perfeito! Te mando uma mensagem. — Hugo tocou de leve no meu ombro. — Não vejo a hora mesmo de te ver de novo em breve.

— Eu também.

Minutos depois que o Lyft tinha partido, eu ainda podia sentir sua presença.

46

Mantendo sua palavra, Hugo mandou uma mensagem, sugerindo que nos encontrássemos no Washington Square Park no domingo. Mas eu não teria me importado se ele tivesse ligado.

Quando joguei minha carteira e minhas chaves na bolsa de pano junto com as cartas, reconheci a sensação em meu estômago. Era a mesma que eu sentia sempre que estava prestes a embarcar em um avião para um destino que nunca tinha ido — um misto vertiginoso de nervosismo e excitação.

Não tinha me dado conta de como sentia falta dessa sensação.

Aquele domingo era o primeiro dia do ano quente o bastante para ficar ao ar livre sem casaco, e o Washington Square Park estava banhado pela luz do sol suave, se livrando da sedação do inverno. Os gramados eram um mosaico de toalhas de piquenique, casais empoleirados na beira da fonte e músicos que salpicavam as calçadas, cada um tomado por sua própria melodia.

Vi Hugo encostado debaixo da arcada, com dois copos de café para viagem, tentando não sair nas fotos dos turistas. Enquanto caminhava até ele, senti uma brisa forte me empurrando para a frente. E, no entanto, as copas das árvores estavam imóveis.

— Ei! — O aceno de Hugo foi mais uma mexidinha de dedos, já que suas mãos estavam ocupadas. As mangas de seu suéter estavam arregaçadas até os cotovelos, revelando uma pequena tatuagem botânica em seu antebraço direito.

— Oi! — Um pouco mais entusiasmado do que eu pretendia.

— Está um dia tão ensolarado que achei que talvez você quisesse dar um passeio pelo parque em vez sentar em um café lotado em algum lugar.

— Boa ideia. — Eu sempre me sentia menos nervosa quando meu corpo estava se movimentando.

Ele me entregou um copo.

— Preto, sem açúcar, como o do seu avô, certo?

O cuidado me pegou desprevenida.

— Estou surpresa por você ter se lembrado.

Hugo deu de ombros.

— Eu meio que tenho a manha de observar pequenos detalhes. — Ele inclinou a cabeça para a frente e baixou a voz. — Mas, por favor, não conte a ninguém. Algumas pessoas acham esquisito o quanto me lembro das coisas delas.

— Todo mundo tem seus segredos — eu disse, fingindo solenidade. — Sorte que eu sou muito boa em guardá-los.

— Bem, nesse caso, estou ansioso para saber qual é o seu. — Hugo sorriu e apontou o café para a fonte no centro do parque. — Será que vamos assistir ao drama se desenrolar no cercado de cães? É um prazerzinho que eu tenho.

Normalmente, isso só me lembrava de como eu sentia falta do meu avô, mas hoje estava doendo um pouco menos.

— Eu adoraria.

— A gente devia ter trazido Gus e George para que eles pudessem se conhecer. — De alguma forma, os olhos dele pareciam felizes, mesmo quando sua boca estava neutra.

— Ah, talvez outra hora. — Eu não tinha certeza de por que a sugestão parecia tão íntima. Confusa, entreguei a Hugo a bolsa com as cartas. — É melhor eu te entregar as cartas, já que é para isso que estamos aqui.

Ele levantou a bolsa e examinou o logotipo.

— Representando a Biblioteca Pública de Nova York, hein?

Corei. Graças a Deus não tinha pegado a bolsa da Trader Joe.

— Sou meio rata de biblioteca.

— Que legal — disse Hugo, enquanto caminhávamos em direção ao cercado de cachorros. — Nós somos criaturas raras agora que ninguém larga o celular. Qual foi o último livro bom que você leu?

Eu gostava de ser incluída em seu "nós".

— Acabei de terminar um da Martha Gellhorn que adorei. — Ele deve ter pedido uma dose dupla de expresso para mim: meu cérebro estava hiperalerta.

— A jornalista, certo? A que escreveu sobre a Guerra Civil Espanhola?

— Sim, ela mesmo. — Nossa, ele realmente tinha uma cabeça boa para detalhes. — Claudia me lembrou ela, na verdade. É uma pena que tenha desistido da carreira de fotografia.

— Por tantas razões — disse Hugo, apertando os olhos para o sol. — Você acha que eles estão juntos agora? Claudia e o meu avô?

— Espero que sim. — Eu tinha certeza de que estavam.

Ele tomou seu café devagar.

— Sabe, eu gosto de verdade do que ela disse na última carta que escreveu. "Não estamos destinados um para o outro nesta vida... talvez nos encontremos na próxima." É superpragmático. Como se tivéssemos negócios diferentes com as mesmas almas em cada vida. E nem sempre as coisas funcionam como queremos em cada uma delas.

— Eu me pergunto qual era o negócio deles nesta aqui.

— Ótima pergunta — Hugo sorriu. — Acho que só eles poderiam responder. Talvez nos digam na próxima, quando tiverem uma segunda oportunidade.

— Talvez digam. — Adorei essa ideia.

— Então, no que você gostaria de ter uma segunda oportunidade? Nesta vida, quero dizer. — Hugo perguntou casualmente, como se perguntas tão profundas fossem normais entre dois estranhos.

Mas me surpreendeu como a resposta veio fácil — e como foi natural dividi-la com ele.

Eu inspirei lentamente.

— Eu queria ter estado com o meu avô quando ele morreu. — Andamos alguns segundos em silêncio e Hugo não tentou preenchê-lo. — Foi quando eu estava morando no Camboja. Ele teve um derrame na sala dele em Columbia tarde da noite e morreu... sozinho.

Mais alguns segundos.

— Clover, eu sinto muito. Deve ter sido tão arrasador não estar junto dele.

Meu corpo inteiro ficou tenso.

— Eu sei que soa estúpido, mas eu gostaria de ter pedido perdão por eu estar do outro lado do mundo quando ele precisou de mim — Eu dizia as palavras em voz alta, e era como se alguém tivesse tirado um peso dos meus ombros. Que eu carregava sem saber havia anos.

Hugo pressionou os lábios enquanto ponderava as palavras.

— Você acha que talvez seja por isso que você se dedicou a estar com outras pessoas no momento da morte delas?

Eu estava envergonhada por nunca ter feito aquela ligação óbvia. Mas Hugo tinha feito a pergunta com tanta delicadeza, sem julgamentos, que o constrangimento diminuiu tão rápido quanto surgiu.

— Eu nunca pensei sobre isso dessa maneira.

— Sabe, pelo que você me contou, parece que ele não teria qualquer problema em te perdoar. — Hugo parou de caminhar e olhou para mim. — Quem sabe seja mais uma questão de você mesma se perdoar?

Uma frase e as emoções que eu tinha habilmente escondido durante anos correram pelo meu corpo como um rio por fim libertado de sua represa. Eu sabia que tinha que dizer alguma coisa, mas estava com medo de desmoronar bem no meio do parque.

— Desculpe — eu disse, sugando o fôlego. — Não tenho certeza se consigo falar a respeito.

Hugo colocou a mão no meu ombro, mudando sua pose até que eu finalmente olhasse nos olhos dele.

— Você não precisa — disse ele, calmo. — A dor é só sua e você vai lidar com ela em seu próprio tempo, do jeito que funcionar para você. Ninguém pode te dizer como fazer isso. Mas, se sentir vontade de falar a respeito, eu sou bom ouvinte. Não é para me gabar nem nada.

Eu não pude deixar de sorrir. Mas também pensei ter detectado uma ponta de dor em seus olhos.

Hugo indicou o cercado de cães com a cabeça.

— Aposto que estamos perdendo algum belo drama canino agora. Vamos continuar andando?

— Sem dúvida. — Eu já me sentia mais calma. Como ele tinha feito isso?

Chegamos ao cercado de cães, onde dois golden retrievers estavam sobrepujando uma poodle cinza de pelo curto com suas brincadeiras turbulentas. A poodle estava completamente imóvel enquanto os outros dois brincavam ao redor dela, como se ela estivesse rezando para ninguém a notar.

— Acho que alguém precisa dar uma palavrinha com aqueles dois goldens sobre aprender a brincar de um jeito mais calmo. — Hugo riu.

Eu torci o papelão que envolvia meu copo de café.

— Ou talvez seja uma boa oportunidade para a poodle sair de sua zona de conforto.

— Eu gosto do jeito que você pensa — disse Hugo, apoiando os antebraços casualmente na cerca, à vontade consigo mesmo e com o mundo.

De repente me dei conta do meu hálito de café.

— Quando é que você volta para o Maine?

— Parece que vou ficar por aqui alguns dias a mais do que eu achava — disse ele. — Recebi uma oferta de trabalho bem legal, construir jardins no terraço de algumas escolas públicas daqui. Tenho umas reuniões esta semana para falar sobre os detalhes e ver se vou aceitar.

— Parece bem interessante — eu disse. — Por que você ainda não decidiu?

Hugo observou uma corgi gorducha rebolando orgulhosa com um pauzinho com o dobro do seu tamanho.

— Acho que significaria me comprometer em morar aqui por pelo menos seis meses para supervisionar o projeto. Só tenho que descobrir se eu quero voltar a me aventurar no mundo, por assim dizer. Eu meio que estou adorando ser um recluso vivendo em uma casa-barco por um tempo e não ver ninguém. É esquisito, eu sei.

Cada pequeno detalhe que ele dividia sobre si mesmo era como apanhar um vaga-lume em um pote.

— Não acho nada esquisito.

Ele indicou o poodle.

— É, mas acho que está na hora de sair da zona de conforto de novo. É lá que as coisas melhores sempre estão, não é?

— É. — Mas também era assustador.

— Eu não sou uma pessoa realmente matinal, então vou ter que trabalhar duro para não ficar mal-humorado acordando tão cedo. — Era difícil imaginá-lo mal-humorado. — E você? Quais são as possibilidades agora que este trabalho acabou?

A corgi veio rebolando até nós ostentar seu pauzinho. Eu me abaixei para acariciá-la através da cerca.

— A não ser por uma partida de mahjong com meu vizinho, Leo, de oitenta e sete anos e ficar com os meus bichos de estimação, provavelmente vou ler a maior quantidade de livros possível e quase nunca sair de dentro de casa.

— Parece perfeito para mim. — Ele se abaixou para acariciá-la também. — Entendo completamente como você precisa de tempo para relaxar depois de um trabalho como o seu, sobretudo quando ele requer uma viagem de última hora para o Maine.

Coloquei o cabelo atrás da orelha, me perguntando se queria dizer o que estava na ponta da minha língua. Olhei para a poodle. A filhote tímida tinha cedido à persistência amigável dos golden retrievers e brincava com eles — embora muito sem jeito. Eu me atrevi a arriscar.

— Então, a livraria preferida do meu avô fica bem perto daqui e era meio que nossa tradição ir lá aos domingos. — Uma respiração profunda. — Quer ir comigo?

Hugo lançou seu copo de café e acertou direto na lata de lixo próxima, então sorriu.

— Eu adoraria.

A livraria estava surpreendentemente tranquila para um domingo — vazia, a não ser por duas mulheres de meia-idade conversando em mandarim junto da seção de ficção histórica. Soava como fofoca.

Procurei por Bessie, mas não consegui vê-la. Fiquei levemente aliviada, para ser sincera. Eu estava meio que temendo a reação dela ao fato de eu não ter vindo sozinha. Ela era sempre tão… profusa. E eu não queria assustar Hugo.

— Clover, querida! — Meus batimentos se aceleraram quando Bessie se materializou atrás de algumas prateleiras. — Dei uma fugidinha dos clientes enquanto tive uma trégua para buscar alguns exemplares extras de *Cinquenta tons de cinza*. — Quando ela notou Hugo parado ao meu lado, parou tão rápido que eu quase consegui ouvir o som de seus calcanhares freando, como nos desenhos animados. — Ah, olá para você.

Hugo abriu um sorriso fácil, aparentemente sem compartilhar o meu constrangimento.

— Você deve ser Bessie — disse ele, estendendo a mão para cumprimentá-la. — É um prazer. Eu sou Hugo. Estou ansioso para dar uma olhada na sua seleção de livros. — Ele sorriu para mim. — Foi muito bem recomendada.

Bessie sorriu.

— Bem, Clover compra livros aqui desde os seis anos!

— Foi o que ela me disse — disse Hugo. — Esse embasamento já basta para mim.

Achei que Bessie poderia estirar um músculo, de tanto que estava sorrindo.

— Hum, Hugo é arquiteto e paisagista — eu disse, esperando levar logo as coisas adiante. — Lembrei que você tinha uns bons livros sobre paisagismo. — Pode ser que eu tenha pesquisado depois da viagem ao Maine.

— Ah, sim, sem dúvida tenho — disse Bessie. — Tem um estudo maravilhoso de Roberto Burle Marx que especialmente adoro.

O rosto de Hugo se iluminou.

— Burle Marx é um dos meus favoritos. Adoro o otimismo do trabalho dele. — Guardei o nome na cabeça para pesquisar no Google mais tarde.

— Imaginei que ele poderia ser. — Bessie parecia satisfeita consigo mesma. Tinha uma espécie de sexto sentido para o que as pessoas gostavam de ler. — Vou mostrar onde está.

Por um momento, temi que ela pegasse Hugo pela mão.

— Ótimo! — Em vez disso, ele simplesmente a seguiu em direção aos fundos da livraria e me chamou por cima do ombro. — Não me deixe comprar livros demais, Clover, ou não vai sobrar espaço para Gus no carro.

Uma pontada de ciúme apertou meu coração enquanto eu observava Bessie e Hugo rindo juntos. Afastei a sensação e me ocupei examinando a mesa de lançamentos.

A sineta do alto da porta tocou várias vezes seguidas enquanto mais pessoas preenchiam o espaço. Em um instante, a livraria minúscula parecia lotada.

Entre a leitura de várias sinopses, dei uma olhada furtiva para Hugo, que estava folheando alegremente alguns dos livros que Bessie lhe havia recomendado. Era quase como se eu tivesse que continuar conferindo se ele estava mesmo ali e que não era tudo apenas uma fantasia que eu tinha fabricado na minha cabeça. O dia todo parecia meio surreal.

Após cerca de trinta minutos olhando, eu estava perdida no primeiro capítulo de *Bom dia, tristeza*, de Françoise Sagan, quando senti o cheiro conhecido de cedro e cipreste.

Ergui os olhos e vi Hugo parado ao meu lado, com um livro na mão. Ele o estendeu para mim.

— Acho que vai gostar deste. — Mesmo sabendo que ele estava mantendo a voz baixa por respeito aos outros clientes, pareceu íntimo, especial. — É sobre Gertrude Bell, a arqueóloga e escritora de viagens do início dos anos 1900.

— Esse eu não li. — Mas soava perfeito. Eu nunca tinha me sentido tão compreendida.

— Minha mãe também adorava ler livros sobre mulheres aventureiras da história. — Desta vez sem dúvida havia dor em seus olhos. — Mesmo que ela já tenha partido há quinze anos, às vezes esqueço por um momento e vou comprar um livro que ela ia adorar.

— Eu entendo.

O sorriso de Hugo voltou.

— Acho que vocês duas teriam se dado bem.

Eu me atrevi a não desviar o olhar.

— Queria ter conhecido ela. — Nem adiantava tentar esconder o rubor se espalhando pelas minhas bochechas.

Um pigarro. Atrás de nós, um homem careca com uma criança pequena em um carrinho tentava passar pelo corredor estreito entre as prateleiras.

Quando Hugo ficou perto de mim para deixá-los passar, senti nossos mindinhos se tocarem de leve.

47

Do lado de fora do apartamento de Leo, bati pela quinta vez na porta. Aquilo era estranho. Não conseguia me lembrar de uma ocasião em que havia tido que bater mais de duas vezes até a porta se abrir para seu sorriso com um dente de ouro e seus olhos castanhos vivos.

— Leo? — Bati mais uma vez. — Sou eu. Está tudo bem?

Talvez ele simplesmente não estivesse em casa ou tenhamos nos desencontrado. Mas Leo nunca tinha me dado um cano antes. Segundo nossas regras, uma data cancelada significava uma derrota instantânea, e um ponto extra para o oponente. Como estávamos empatados em sessenta e sete jogos para cada um, e nós dois éramos bastante competitivos, duvidei que ele abriria mão de um ponto, a menos que algo estivesse bem errado.

Tirei meu molho de chaves do bolso da calça de moletom, tentando me lembrar qual era a do apartamento de Leo. Minhas mãos tremiam enquanto a busca se tornava mais apavorada.

— Leo? Você está aí? — Voltei a vasculhar as chaves, finalmente enfiando a correta na fechadura e girando-a na rotação extra, que era uma peculiaridade das portas do nosso prédio.

Entrei na sala vazia. A caixa de peças de mahjong já estava em cima da mesa, mas não havia sinal de Leo. O único indício de que alguma coisa estava errada era o assobio insistente da chaleira no fogão. Joguei as chaves na mesa e corri em direção ao som.

Leo estava curvado sobre o balcão da cozinha compacta, com a mão no peito. O suor molhava sua testa.

— Leo, qual é o problema? — Meus sapatos grudaram nos azulejos enquanto eu corria para ajudá-lo.

— Parece que... — Ele colocou a mão no armário para se equilibrar. — ...um elefante está sentado em cima do meu peito.

Eu o levei até a sala de estar e segurei seus antebraços enquanto ele se abaixava no sofá.

— Você pode estar tendo um infarto. — Peguei o celular, as mãos de novo trêmulas. — Vou chamar uma ambulância, só espera. Você vai ficar bem.

A respiração de Leo ficou profunda por um momento.

— Não ligue, por favor. — Ele acenou com a mão fracamente. — Só fique aqui comigo um pouco.

— Mas você precisa de um médico. — A chaleira já assobiava freneticamente.

— Não preciso.

O pavor pesou nas minhas entranhas enquanto minha respiração ficava rasa como a dele.

— Pelo menos me deixa pegar aspirina e água. Se for o coração, vai ajudar.

Leo estendeu a mão frágil e a pousou sobre a minha.

— Só fique aqui comigo, por favor. — Meu pavor se transformou em desespero. Eu conhecia bem a serenidade que envolvia seu comportamento. Eu a tinha visto muitas vezes no rosto das pessoas à beira da morte.

Quando nossos olhos se encontraram, ele confirmou minha pergunta sem que eu tivesse que perguntar.

— Leo — eu sussurrei. — Por favor, não.

— Está na hora, Clover — ele implorou. — Eu estou pronto para ir.

O desespero percorreu meu corpo. Com todos os meus anos de experiência, tudo o que eu sentia era pânico.

— Mas você não pode, eu preciso de você.

Leo sorriu sonolento, com a mão no peito.

— Você deveria saber melhor do que ninguém que quando está na hora, está na hora.

— Eu sei — eu disse suavemente. — Mas você é tudo que eu tenho.

— Que viagem que nós tivemos, hein? — Os olhos dele piscaram rapidamente, mas seu sorriso permaneceu. — Eu vivi um inferno na minha vida e agora chegou a hora de eu pegar a próxima saída. — Ele olhou para o retrato de Winnie.

Eu apertei seus dedos longos enquanto sua respiração ficava irregular, como se uma lata de alumínio estivesse batendo em seus pulmões.

— Você realmente viveu um inferno na vida — eu disse, espelhando seu sorriso o melhor que pude. Não adiantava tentar convencê-lo. Quando alguém decidia caminhar confiante em direção à morte, você não podia impedir.

— Clover... eu quero te dizer uma coisa.

Eu apertei a mão dele.

— Claro, Leo.

— Eu vi você passar a vida tentando ajudar as pessoas a terem uma morte bonita... aquilo que você não pôde dar ao seu avô. — Até mesmo nesse momento, seus olhos castanhos davam um jeito de brilhar. — Mas o segredo para uma morte bonita é viver uma vida bonita. Expor o seu coração. Deixar que ele se parta. Arriscar. Cometer erros. — A respiração de Leo estava ficando difícil demais para ele falar. — Promete, garota — ele sussurrou — que você vai se permitir viver.

Descansei a cabeça no seu ombro.

— Eu prometo.

Seu aperto afrouxou quando ele conseguiu dar um último sorriso.

— Eu te amo, Clover.

— Eu te amo, Leo.

O que começou como um fiozinho na minha bochecha logo se tornou uma enxurrada. E pela primeira vez desde que eu tinha seis anos, deixei que as lágrimas caíssem à vontade.

48

No funeral de Leo, a igreja estava lotada de pessoas do bairro que tinham passado a amá-lo muito ao longo dos anos. Tinham sido as consultas médicas — e não escapadas da cidade — que o haviam mantido ocupado. Doença cardíaca, os especialistas tinham lhe dito.

Mas Leo não contou a ninguém. Em vez disso, discretamente colocou seus assuntos em ordem, reservou uma soma considerável para o seu funeral — ou "celebração da vida", como havia especificado, com comida e bebida fartas — e doou o resto de seu dinheiro e todos os bens para um centro comunitário no Harlem.

Quer dizer, todos os seus bens, exceto dois — ele me legou seu carrinho de bar e seu jogo de mahjong.

A graça do início da primavera condimentou a brisa da tarde enquanto Sylvie e eu caminhávamos para casa depois da cerimônia.

— Foi a despedida perfeita para Leo — disse Sylvie, me dando o braço. — Estou honrada só de ter passado alguns meses na sua órbita. Onde quer que esteja, tenho certeza de que está sorrindo loucamente com aquele dente de ouro dele.

A imagem era reconfortante. Eu não tinha certeza se teria conseguido passar os últimos dias sem Sylvie. Era como se o coração do nosso prédio estivesse faltando.

— Espero que sim.

Seguimos pelo próximo quarteirão sem falar, até que Sylvie parou do lado de fora de um mercadinho.

— E se a gente comprar um sorvete e depois colocar pijama e fazer uma maratona de comédias românticas dos anos noventa? Eu voto em alguma com a Cameron Diaz.

Palavras subiram até a minha garganta várias vezes, só para encontrar uma parede quando chegaram aos meus lábios.

— Na verdade — eu disse tímida — tem uma coisa que eu queria te pedir. Um favor.

— Assistir a um filme do John Cusack? Porque você sabe que eu não suporto ele. — Sylvie sorriu. — Mas eu estaria disposta a aguentar duas horas de Cusack tristonho por você.

— Não, não é o John. — A piada me relaxou um pouco. — Eu estava pensando sobre o que você disse sobre todas as coisas no meu apartamento… As coisas do meu avô.

Sylvie acariciou o queixo teatralmente.

— Pode continuar.

— E acho que você está certa… Talvez eu esteja usando tudo como um cobertorzinho ao qual me apeguei. Um jeito de mantê-lo perto de mim para que eu não tenha que me ligar emocionalmente a outras pessoas.

Sylvie fingiu indiferença, com graça.

— Entendi.

— Acho que talvez esteja na hora… de me livrar de uma parte delas.

— E? — Ela estava provocando de propósito para que eu botasse as palavras para fora.

— E eu estava me perguntando se você poderia me ajudar. Algumas delas podem ter valor para museus ou universidades, que você conhece melhor do que eu. Mas também… — Um suspiro longo e profundo. — Acho que vai ser difícil me desapegar.

— Ah, C., claro que vai ser — disse Sylvie. — O seu avô era o amor da sua vida… Como é que não ia ser difícil? — Ela colocou o braço nos meus ombros. — Eu vou ficar honrada em estar lá para ajudar você a encarar isso. Para que servem os amigos, e os vizinhos, se não for para ajudar a gente a organizar a nossa bagagem emocional?

49

Sylvie era uma juíza implacável. Depois que eu passava cada dia classificando as coisas entre "Doar", "Jogar fora", "Sem dúvida manter" e "Não sei", ela chegava à noite para se sentar com seu martelo imaginário no sofá que tinha se tornado seu posto de juíza.

O processo logo desenvolveu um padrão — Sylvie imediatamente relegou qualquer coisa que eu categorizasse como Não Sei para Doar/Jogar Fora e franzia a testa com ceticismo enquanto eu tentava defender a maioria dos itens que tinha colocado em Sem Dúvida Manter.

— Tenho quase certeza de que o que você está segurando apresenta risco biológico e só deve ser manuseado usando uma roupa de proteção contra materiais perigosos — disse Sylvie, não se deixando influenciar pelo meu argumento de que o pote de espécimes com uma espécie de criatura marinha era um dos favoritos do meu avô. — Coloque na pilha de doações e deixe o departamento de biologia da NYU lidar com ele.

Através de seus contatos, Sylvie tinha encontrado em um museu de esquisitices biológicas, localizado em um pedaço gentrificado do Brooklyn, um lar para a parafernália científica mais rara. Bessie conseguiu que o dono de um sebo ficasse com as centenas de obras de referência e as tornasse acessíveis a bibliófilos do ramo que, esperávamos, os apreciariam tanto quanto o meu avô.

Algumas coisas foram fáceis de deixar de lado. Itens que sempre estiveram lá, mas que eu nunca tinha visto — partes anônimas que compunham um todo significativo. Outros pareciam um corte impiedoso de outro fio essencial que me ligava ao meu avô. O que restava de seus bens eram as coisas mais sagradas — coisas que até Sylvie sabia que não devia desalojar. Os cadernos do meu avô, décadas de observação meticulosa, reduzidos a fileiras encapadas em couro, armazenadas na mala azul-celeste que tinha presenciado o início de nossa jornada juntos. O casaco de inverno de tweed no qual eu me agarrava quando era criança enquanto ele caminhava confiante pela multidão na calçada, sempre me levando para a segurança. A velha bolsa de couro, seu amor e sabedoria para sempre gravados em cada uma de suas rugas e arranhões.

À medida que a bagunça diminuía, o espaço aumentava. A luz do sol rebotava em faixas de parede branca havia muito tempo escondidas por objetos empoeirados e compêndios. Sombras de árvores dançavam no piso de madeira, por fim livres das torres de caixas de armazenamento.

No alto do último caixote de livros que eu estava levando para Bessie estava *The Insect Societies*, de Edward O. Wilson — que por fim admiti para Sylvie que provavelmente eu nunca leria. Mas poderia pelo menos dar uma olhada. Eu o peguei e folheei, imaginando o dedo indicador do meu avô no canto superior de cada página amarelada, pronto para virá-la bem antes de ele terminar de lê-la. Sempre gostei de imaginar que era um sinal de sua curiosidade insaciável, sempre querendo saber mais.

Enfiado entre as páginas 432 e 433 do livro estava um velho porta-copos de papelão de um bar argentino do East Village. Como eu nunca tinha lido o livro, a bolacha tinha que ter pelo menos treze anos. Alguém tinha escrito no verso, mas não eram as letras maiúsculas distintas do meu avô. Era uma letra cursiva claramente inclinada que reconheci do único cartão de Natal que eu recebia todos os anos sem falta — a de Bessie.

Meu querido Patrick. Eu não poderia pedir um parceiro de tango melhor.

Olhei para o coração que tomava o lugar do pingo no "i" no nome do meu avô (um floreio que nunca aparecia nos meus cartões de Natal) e reli o porta-copos várias vezes, sem me decidir se era melhor saber se a mensagem era literal ou um eufemismo.

O meu avô e Bessie? Certamente não. Ele era tão solitário quanto eu — foi isso o que eu puxei dele.

Mas Leo mencionou que o meu avô tinha pedido dicas para Bessie quando foi comprar meu primeiro sutiã. Ah, meu Deus. Isso significa que ele *tinha visto* Bessie de sutiã? Tentei me lembrar de qualquer outro sinal que indicasse que o relacionamento deles transcendia o de uma livreira e seu cliente devotado. Mas, também: meu avô dançando tango? Eu nunca o tinha visto tentar um passo de dança na vida.

De repente, sua memória ficou diferente na minha cabeça.

Comecei a vê-lo não como avô, mas como homem.

Fui carregando o caixote por quatro quarteirões até a livraria, e me convenci de que pegaria leve com Bessie. Provavelmente havia uma explicação bem chata para aquilo tudo.

— Estes são os últimos livros, prometo — eu disse, soltando o caixote no balcão enquanto o porta-copos coçava dentro do meu bolso. — Obrigada mesmo por me ajudar a encontrar um lar para todos eles. Teria sido tão triste mandá-los para a reciclagem.

— Claro, querida, estou feliz que você tenha me pedido. — O sorriso radiante de Bessie estava acolhedor como sempre, mas não pude deixar de me perguntar se ela tinha um outro especialmente para o meu avô. — Como é que você está com toda essa limpeza do apartamento?

— Estou bem, acho. — A verdade é que estive tão ocupada que não me permiti processar as minhas emoções. — Tive uma ajuda para lidar com tudo.

Parei para saborear minha última frase — apenas um mês atrás, teria parecido ridículo dizer aquilo.

Evasiva, Bessie ergueu o ombro junto do rosto.

— Aaah, quer dizer aquele jovem bonitão que você trouxe aqui no outro dia?

— Ah, não, não o Hugo — eu disse tímida, mas secretamente emocionada por ela o ter mencionado. Nas semanas desde então, ele me mandou mensagens várias vezes para me dizer o quanto estava gostando de um dos livros que eu tinha escolhido (junto com várias fotos de Gus), e que ele tinha aceitado a oferta de emprego. Estávamos planejando nos encontrar quando ele estivesse aqui e levar George e Gus para o parque de cães.

— Entendi — disse Bessie, suas covinhas ficando mais fundas. — Bem, ele me pareceu um perfeito cavalheiro. Acho que seu avô teria aprovado.

Passando os dedos na borda do porta-copos, me perguntei se eu estava invadindo a privacidade do meu avô. Talvez eu pudesse ser sutil a respeito.

— Na verdade, Bessie, encontrei uma coisa quando estava mexendo nas coisas dele. — Deslizei o porta-copos pelo balcão como se fosse contrabando. Não queria deixá-la constrangida na frente dos outros clientes.

Bessie levou as mãos ao peito e suas bochechas ficaram mais vermelhas do que parecia biologicamente possível.

— Meu Deus — disse ela, rindo. — Isso me traz memórias maravilhosas.

Memórias que eram apropriadas para compartilhar com uma neta? Mantive minha reação neutra.

— Ah?

— Bem, você provavelmente já entendeu. — Enquanto ela se inclinava conspiratoriamente para a frente, não pude deixar de notar o decote robusto espreitando através de sua blusa.

— Entendeu o quê?

— Que seu avô e eu éramos… amigos especiais. — Os olhos de Bessie percorreram a livraria. — Acho que vocês mais jovens chamam isso de "amizade colorida".

Suas aspas com os dedos eram bastante desnecessárias.

Lutei contra a vontade de tapar os ouvidos com as mãos e torci para não me arrepender da pergunta seguinte.

— O meu avô gostava de dançar tango?

Ela olhou sonhadora para o porta-copos.

— E como. Nós saímos para dançar todas as noites de quinta-feira por quase vinte e cinco anos.

— Eu nunca soube disso — falei baixinho. Ele sempre me disse que tinha uma reunião do corpo docente que ia até tarde às quintas-feiras. Eu não tinha certeza se devia me sentir traída por ele ter tido uma vida dupla ou exultante por ele não ter estado tão solitário quanto eu imaginava.

— Ele sempre ficava tão feliz quando estava dançando — disse ela, os olhos brilhando ao se lembrar. — Como se ele tivesse permissão para tirar a armadura. — Bessie deu um tapinha no meu braço. — Sabe, eu me lembro da última vez que fomos dançar… antes de ele falecer. Ele tinha acabado de falar com você no telefone uns dias antes. Você estava na Tailândia, acho.

Meu peito apertou.

— No Camboja.

— Ah, é, no Camboja! De qualquer forma, lembro que ele estava tão feliz de saber que você estava viajando, aprendendo sobre o mundo. Ele não podia estar mais orgulhoso de você e do que você estava fazendo. Sei que ele se arrependia de não ter sido um pai melhor para sua mãe, e acho que de alguma forma isso deu a ele uma sensação de paz por ter feito as coisas direito quando criou você. Era uma alegria ver.

A livraria começou a girar enquanto as emoções inundavam meu corpo. A realidade dos últimos treze anos de repente ia se reorganizando em minha mente.

Fingi olhar o relógio.

— Desculpa, Bessie, estou atrasada para uma coisa.

— Claro, não me deixe atrapalhar, querida. — Ela apertou meu braço com força e me puxou para mais perto. — Mas eu estou sempre por aqui se precisar de mim.

Tomei o caminho mais longo para casa, caminhando ao longo do rio Hudson e depois voltando, tentando examinar o que estava sentindo. E imaginar como o meu avô devia ser dançando — e flertando.

Eu era egoísta por pensar que era a única pessoa importante na vida dele por todos aqueles anos — Bessie também tinha perdido o meu avô. Mas também me senti infinitamente grata. Mesmo que ele tenha morrido sozinho, ele não morreu na solidão.

E estava orgulhoso de mim.

Foi um pouco impactante chegar em casa e encontrar o apartamento com sua nova decoração. Pelo parâmetro da maioria das pessoas, não teria parecido vazio. Muitos dos meus próprios livros ainda estavam nas prateleiras, ao lado de alguns dos suvenires de viagens. A quantidade de móveis estava de acordo com a de um adulto da minha idade, com algumas peças novas — graças ao cutucão de Sylvie — que faziam o apartamento parecer quase moderno. Mas, para mim, ainda parecia vazio.

E ainda havia um item com partida programada.

Quando Sylvie sugeriu pela primeira vez que doássemos a poltrona do meu avô para o brechó, recusei desafiadoramente. De jeito nenhum eu me livraria do objeto que me fazia sentir mais próxima dele. Mas à medida que as semanas passavam, minha consciência reclamava. Muitas vezes eu tinha visto membros de famílias se recusarem a sair de junto de seu ente querido falecido bem depois de sua vida — sua essência — ter partido, e tudo o que restava era um corpo. O momento angustiante em que tinham que aceitar que a única maneira de manter viva aquela essência era levá-la nos próprios corações.

Eu me sentei em sua adorada poltrona de veludo cotelê verde, passando os dedos em seu tecido puído e me permitindo desfrutar de seu abraço uma última vez. E enquanto eu estava no corredor, observando os homens que vieram buscá-la a manobrando para tirarem do prédio, senti como se estivesse tendo a chance de me redimir.

Estar presente quando o último suspiro partia do corpo do meu avô.

Quando voltei ao apartamento, vi um grande pacote da UPS encostado nas escadas. Estranho. Eu não tinha pedido nada nos últimos tempos — o objetivo era me livrar das coisas.

Eu o coloquei na mesa de centro e o encarei, tentando adivinhar o que poderia ser. Então olhei o nome do remetente na etiqueta.

Selma Ramírez

Por que Selma estaria me mandando alguma coisa? Passei a chave de casa ao longo da fita da embalagem e encontrei outra caixa dentro. Ao tirá-la, um cartão dobrado caiu no chão com meu nome nitidamente escrito do lado de fora na caligrafia elegante de Claudia.

> *Minha querida, Clover,*
>
> *Adoro o modo como você enxerga o mundo — espero que isso a ajude a compartilhar essa visão com os outros.*
>
> *(Nunca é tarde para começar um novo hobby, não é?)*
>
> *Atenciosamente,*
>
> *Claudia Wells*

Debaixo das camadas de papel, desenterrei uma câmera digital novinha em folha e várias lentes.

Eu me sentei no sofá, processando os eventos do último mês. Talvez meu avô, Claudia e Leo tivessem se unido do outro lado.

Eu só tinha que descobrir como viver uma vida da qual eles se orgulhariam.

50

Lola e Lionel observaram curiosos enquanto eu levava minha mala leve e nova em folha para a sala de estar. George já estava confortavelmente acomodado em seu período sabático de três meses no apartamento de Sylvie, mas os dois gatos malhados ficariam aqui com a colega chilena de Sylvie que sublocara o apartamento e que tinha uma queda por animais que rivalizava com a minha.

O apartamento já não parecia vazio, mas eu também não me sentia acorrentada a ele. Mesmo sem todos os seus bens, eu ainda sentia a presença do meu avô. Acontece que o amor transcende os pertences materiais — eu o estava levando comigo o tempo todo.

Mas havia três objetos nas estantes dos quais eu jamais me livraria.

Leo tinha proferido suas últimas palavras havia mais de um mês, mas eu ainda não tinha conseguido registrá-las. Fechei os olhos na frente das prateleiras, juntando minhas forças, então puxei o caderno que dizia CONSELHOS entre seus dois pares.

Virando uma página vazia, abri a caneta-tinteiro que o meu avô tinha me dado de presente no meu aniversário de nove anos, no que já deveria ser seu milésimo cartucho de tinta.

Então escrevi o nome de Leo, seu endereço, a data em que ele morreu e suas palavras de sabedoria.

O segredo para ter uma morte bonita é viver uma vida bonita.

Degustei as palavras por alguns momentos, gravando-as no meu coração para guardá-las comigo. Então soprei rapidamente a tinta e fechei o caderno. Quando o devolvi ao seu lugar, meus olhos recaíram sobre os binóculos na prateleira ao lado dos cadernos. Mas não senti nada. Eu não poderia ligar menos para o que estava acontecendo no apartamento do outro lado da rua — minha própria vida estava se provando muito mais premente.

Sylvie atendeu assim que bati.

— Eu estava esperando perto da porta para ouvir os seus passos porque estava com medo de que você tentasse fugir sem se despedir. — Ela cruzou os braços. — Eu sei que você é boa em ser furtiva quando quer.

Eu me encolhi, esperando que ela me deixasse esquecer isso um dia.

— Eu nunca faria isso. Juro.

— Que horas Hugo vem te buscar? — disse ela cantarolando como uma adolescente.

— Daqui a uns cinco minutos, então é melhor eu ir lá para baixo. — Dava para ver George roncando contente em um pedaço ensolarado no sofá. Por mais que eu quisesse dar um último abraço nele, não queria confundi-lo quando ele já estava se sentindo em casa com Sylvie. — Obrigada de novo por cuidar de George.

— Você está brincando? É um sonho, e tenho certeza de que três meses é tempo o bastante para convencê-lo a gostar de *doga*. — Sylvie abriu o sorriso astuto de que eu já sabia que sentiria falta. — E, só para constar, apesar da minha decoração minimalista, George e eu esperamos receber um cartão-postal de cada lugar que você visitar.

Senti um misto de tristeza e animação.

— Posso fazer isso.

— Excelente. Agora, eu sei que fica superconstrangida com abraços, então já vou avisando que estou prestes a te dar um.

Graças a Deus ela tomou a frente — parecia tão antinatural começar um abraço. Larguei minha bagagem na expectativa.

— Tudo bem por mim.

Ela me apertou com força, descansando o queixo no meu ombro.

— Vou sentir tanta saudade!

Parecia um privilégio ter alguém para sentir minha falta.

— Vou ficar com saudade também.

Hugo chegou ao prédio bem na hora, o Land Rover gasto incongruente com a paisagem urbana bem cuidada do West Village.

— Você tem pouca bagagem. — Ele sorriu, colocando minha mala no banco de trás e abrindo a porta do lado do passageiro. Gus se espremeu aos meus pés.

— Muito obrigada por me levar. — Cocei o queixo de Gus e guardei seu olhar canino de adoração na lembrança.

— Não tem problema! — Hugo manobrou o Land Rover deixando para trás um caminhão de entregas estacionado em fila dupla. — Estou feliz de poder passar mais cinquenta minutos com você antes de você ir. Dependendo do trânsito, claro.

Uma onda de tristeza me tomou quando saímos da minha rua. Fiquei com ela e esperei que desvanecesse.

Olhei para Hugo. Seus cachos estavam mais contidos do que o normal — ele provavelmente tinha cortado o cabelo antes de começar no emprego novo.

— Então, como está se adaptando à vida na cidade?

— Bem, o Brooklyn não é tão tranquilo quanto uma casa-barco em um lago, mas tem me recebido bem até agora — disse ele. — E é bom não ter que dirigir sete horas.

— Aposto que sim.

O cinema independente da Sexta Avenida passou pela minha janela e minha nostalgia veio à tona de novo. Eu ia sentir falta dessa cidade, de ser apenas uma conta em seu infinito ábaco de habitantes.

— Então, primeira parada, Nepal, certo?

— Isso! — A animação tomou meu corpo. — Minha primeira vez lá.

— E depois?

— Quem sabe? — Pela primeira vez, a ideia de não ter plano fixo foi estimulante. — Para onde eu tiver vontade de ir em seguida, acho.

Hugo bateu na coxa nervosamente.

— Mas você sem dúvida vai me encontrar na Córsega daqui a três meses, certo?

— Eu sempre cumpro a minha palavra. — E estava guardando o melhor da minha viagem para o final. No bolso da minha mochila estava um pequeno pote com as cinzas de Claudia que Sebastian tinha me dado. Ela me acompanharia em minha aventura pelo mundo antes de se juntar ao seu amado no mar Mediterrâneo.

— Ótimo — disse Hugo, ainda batendo na coxa. — Isso é ótimo.

Por alguma razão lhe faltava o desembaraço de costume.

Quando paramos no meio-fio do JFK, a expectativa borbulhava em minhas veias. O passaporte na mão parecia uma chave-mestra pronta para me escoltar para incontáveis novos mundos. E a câmera no meu ombro estava pronta para documentá-los. Como pude esperar treze anos para ter de novo essa sensação?

Hugo colocou minha mala no chão e estendeu a alça.

— Ah — disse ele, aflito. — Não acredito que quase esqueci. — Ele procurou alguma coisa banco de trás e apanhou um saco de papel. — Comprei um presente para a sua viagem.

O uso sem comedimento de fita adesiva e as dobras assimétricas do papel de embrulho tocaram um sentimento familiar, assim como o conteúdo do pacote: um caderno encapado em couro com a palavra AVENTURAS escrita na lombada.

Acolhi as lágrimas que jorravam dos meus olhos. Eu só tinha mencionado os meus cadernos para Hugo uma vez. Devia ser sobre isso que Claudia estava falando — como era ser de fato vista por alguém.

— Obrigada — eu disse, acariciando sua capa tão lisa. — É perfeito.

— Que bom que gostou. — Ele colocou as mãos nos bolsos e olhou para os pés. — Vou sentir mesmo falta passar tempo com você, Clover.

Duas pessoas sentiriam a minha falta. Parecia quase inacreditável.

Abrindo o caderno, vi uma inscrição à mão na parte inferior da primeira página.

Por viver uma vida sem arrependimentos. — Hugo

Em meio às buzinas impacientes, despedidas gritadas e ao caos geral do desembarque do JFK, ouvi um coro de vozes familiares me impelindo a seguir em frente: Leo, Claudia, Sylvie, Bessie, o meu avô. As asas do beija-flor batiam sob minhas costelas.

Respirei fundo, fiquei na ponta dos pés e coloquei minha mão na bochecha de Hugo, olhando-o nos olhos com confiança.

E meu segundo primeiro beijo foi exatamente como imaginei que seria.

este livro, composto na fonte Fairfield,
foi impresso em papel Pólen Natural 70g/m² na Coan,
Tubarão, maio de 2023.